去做一个堂吉诃德吧

姚洋 等／著

中国财富出版社

图书在版编目 (CIP) 数据

去做一个堂吉诃德吧 / 姚洋等著 .—北京：中国财富出版社，2019.11
ISBN 978－7－5047－7079－0

Ⅰ.①去… Ⅱ.①姚… Ⅲ.①演讲—中国—当代—选集 Ⅳ.① I267

中国版本图书馆 CIP 数据核字 (2019) 第 249390 号

策划编辑 宋江伟　　**责任编辑** 齐惠民　宋江伟
责任印制 梁　凡　　**责任校对** 刘瑞彩　　**责任发行** 董　倩

出版发行 中国财富出版社
社　　址 北京市丰台区南四环西路 188 号 5 区 20 楼　　**邮政编码** 100070
电　　话 010－52227588 转 2098(发行部)　　010－52227588 转 321(总编室)
010－52227588 转 100(读者服务部)　　010－52227588 转 305(质检部)
网　　址 http://www.cfpress.com.cn
经　　销 新华书店
印　　刷 北京京都六环印刷厂
书　　号 ISBN 978－7－5047－7079－0/I·0302
开　　本 710mm×1000mm　1/16　　**版　　次** 2019 年 11 月第 1 版
印　　张 15.25　　**印　　次** 2019 年 11 月第 1 次印刷
字　　数 231 千字　　**定　　价** 56.00 元

纵然我，

终将疲倦无力，

仍要用伤痕累累的双手，

去摘，

遥不可及的星！

——《我，堂吉诃德》，程何 / 译配

临别的话

孙　郁
中国人民大学文学院前院长

同学们：

毕业时刻的来临，意味着每个人都面对着新的开始。这个时候，除了记忆的重温外，我们议论更多的是未来：将要有怎样的明天？作为前辈，我的经验不足以说清这样的话题。而能说的话先前已经说过，今天不妨再念念旧经，所言者不过以下几点。

我自己已经过了耳顺之年，知道一些人生的苦味。想告诉大家的是，禁不住质疑的学问，是脆弱的。人的认知其实有限，只有不断反诘和追问，方能丰富自己。我青年的时候很盲从，只相信教条的知识，四十年前那场“实践是检验真理的唯一标准”的大讨论，才使我从迷雾中走出，知道独立思考与精神突围的意义。人的一生不断面临着各种突围，大学的教育，就有着类似的提示和知识训练。我们一定要珍视老师们的这种提示与训练。

但这并不意味着找到了思想的钥匙。人的智慧，是无处不可以生长的。文凭不等于学问，象牙塔里的积蓄未必能够应付现实的一切。我自己所在专业的能人，有许多学历不高，但他们照样很深刻。因为他们在谙熟书本知识的同时，也深味人间这部大书。而这部大书，学院派的话语，有时与其颇为隔膜。这也从反面说明，如今的教育，是有盲点的。

就我的感受而言，人在固定思维里待久了，易出现认知的偏差，且往往会把自己封闭起来。其实我们在接触不同的思想与人群的时候，就会发现我们的一些见识，需要在开阔的视域里生长。自闭与自满，可能都会使我们的意识渐渐枯萎。比如我过去喜欢俄罗斯悲壮气质的作家，最初看到王小波的作品，觉得过于搞笑，没有意思，后来是青年朋友纠正了我的看法，渐渐地发现，原来我自己其实就是缺少趣味的人。

这让我很是惭愧，慢慢觉得警惕被单一思路的束缚，是多么重要，它会避免我们走向偏执之途。自从八股取士后，许多读书人的想象力弱化了。要不是总有逆俗者站出来，会有后来的思想解放吗？恐怕连蒲松龄、曹雪芹、鲁迅这样的人的精妙文本也不会出现吧？单一思维，毁坏了我们的认知模式。在这个层面上说，我礼赞五四精神，因为它让中国人有了思想的自觉和选择的自觉。

对我们来说，许多精神之门还没有打开，未知的世界还有很多。真正的读书人，永远保持着对世界的好奇心和猜想。我们要听悦耳的声音，也要面对各种杂调。在辨析中坚守自我的同时，也要关心“他人的自己”。大凡自满与取巧的人，其行不远，其德亦荒。差异性语境里形成的思想，才能够成为我们的精神前导。

现在，你们带着期冀就要远行了。人的抵达之所，无非是这样：一个是别人走过的地方，一个是无路之途，后者检验着创造性的有无。而要走出自己的路，不能没有批判理性和阔大的情怀，否则易变为无智无趣的人。一切都可能改变，但知识阶级的责任是不变的。这是精神的原点，母校赋予了你们许多的梦，我们都知道，现实不都是梦，却可以试炼青年的智性。在那里，或许有大漠惊沙，有无量悲苦，但在座的同学们，因了曾有的憧憬，就可以在坚守中将梦想变为现实。

祝福同学们，世界会因你们而改变。

（本文为作者在中国人民大学文学院 2018 年学位授予仪式暨毕业典礼上的致辞）

第一部分

社会是一所更大的学校

第二部分

像弱者一样感受世界

第三部分

生活的理想是为了理想的生活

第四部分

去做一个堂吉诃德吧

附 录

第一部分

社会是一所更大的学校

尽管向更远处走去，向一个生疏世界走去，把自己生命押上去，赌一注看看，看看我自己来支配一下自己，比让命运来处置得更合理一点呢还是更糟糕一点？若好，一切有办法，一切今天不能解决的明天可望解决，那我赢了；若不好，向一个陌生地方跑去，我终于有一时节肚子瘪瘪的倒在人家空房下阴沟边，那我输了。

——沈从文《从文自传》

做永远向上的青年

郝　平
北京大学校长

尊敬的各位来宾、各位老师，亲爱的2019届毕业生同学们：

大家上午好！

这是一个值得我们铭记的日子。大家即将从北大出发，走上新的人生旅程。这里，请允许我代表全校师生员工，向大家顺利完成学业并获得学位，表示衷心的祝贺！

过去的几年中，你们把自己的青春时光挥洒在这个校园里，学习知识，结识好友，增长才干。过往的校园生活和师生情谊都将成为你们一生中最美好的记忆。

今年是北大建校121周年。121年前，在救亡图存的维新浪潮中，京师大学堂应运而生。从那以后，每当国家和民族遇到挫折和危难，北大和北大青年，总是以一股向上的力量，去振奋一个时代，点燃一份希望。

今年还是五四运动100周年。100年前，北大青年发起了五四爱国运动。“爱国、进步、民主、科学”成为一代代北大青年毕生追求和践行的信念。40年前，北大青年学子喊出了“团结起来，振兴中华”的口号，为改革开放注入了青春与活力。

去年5月2日，习近平总书记到北大考察，向学校师生员工祝贺建校120周年，“团结起来，振兴中华”的口号再次响彻校园。

同学们，每一代青年都有自己的际遇和机缘，国家需要青年，青年也将自己的命运与国家的命运紧密相连。

鲁迅先生在《我观北大》一文中说："北大是常为新的，改进的运动的先锋，要使中国向着好的，往上的道路走。"他设计的北大校徽，有一种很形象的比喻是，一个人用双肩奋力向上托举着两个人，三人为众，众志成城。

今天的北大青年，依然需要承担奋力向上托举的重任。所以，临别之际，我想送给大家的话，就是"做永远向上的青年"。"永远向上"是一种奋斗者的姿态，是执着追求的境界与持续努力的方向，更是一种价值观。

做永远向上的青年，要坚守立身处世的定力

孙中山先生说：做人最大的事情，就是要知道怎么样爱国。对国家和民族怀有赤子之心、报国之志，是实现我们人生价值的最大定力。只有具备这样的定力，才能为国家和民族尽到自己的一份责任，贡献一份力量。

西南联大时期，办学条件非常艰苦，学校缺少教材，著名物理学家、北大前校长周培源先生就亲自刻钢板，印制讲义。今天北大校史馆还保留着老校长当年亲自刻印的教材。

发明汉字激光照排系统的王选院士，临终前在遗嘱中写道："我对国家的前途充满信心，21 世纪中叶，中国必将成为世界强国，我能够在有生之年为此做出一点贡献，已死而无憾了。"读来让我们为之动容。

去年，我到延安看望选调生，一位"90 后"的北大毕业生，主动请缨到贫困村工作。初春时节，为了给刚刚开花的苹果树保暖，让老乡们有一个好收成，他在山上坚守了三天三夜，老乡们伸出大拇指夸赞他是"好后生"。每年我们都有一批本科毕业生，到西部和边疆地区开展支教服务，这是北大的传统，已经坚持了 20 年。今天，你们中间又有一批同学接过了接力棒，到祖国的最基层去续写向上的青春篇章。

同学们，北大人对祖国的热爱，流淌在 121 年的精神传承之中，是去不掉、断不了的血脉，是我们最强大的精神追求和永远向上的精神定力。

做永远向上的青年，要积蓄久久为功的动力

有人说，这是一个浮躁的时代。浮躁，让有的人不再相信勤勤恳恳、默默无闻可以有所成就。但是在这里，我想和各位同学说的是，要相信“始终坚持”的力量，脚踏实地，一步一个脚印地前行。

老校友屠呦呦是我国第一位在本土荣获诺贝尔生理学或医学奖的科学家。她成功的背后充满着艰辛。

从 20 世纪 60 年代起，她带领团队调查了 2000 多种中草药制剂，经历了一次次实验失败后，她不气馁、不放弃，最终在第 191 次实验中获得了成功。

我们的老教务长王义遒教授，在 20 世纪五六十年代各方面条件都比较艰苦的情况下，带领团队夜以继日、刻苦攻关，于 1965 年研制成功我国第一批原子钟。他几十年不懈努力，为我国正在建设的独立自主的、国际先进水平的时间频率体系做出了极为重要的贡献。

同学们在未来的事业中，都会面临一些困难与挑战。只有耐得住平凡，才能收获不平凡。只有在挫折面前坚强、坚持和坚守，才能积蓄久久为功的动力。

做永远向上的青年，要成为世界和平与发展的助力

当今世界，如同一个五彩斑斓的拼图，各个国家、各个民族一起构成了多元的人类文明。人类社会形成了越来越紧密的命运共同体，面临着越来越复杂的困难、挑战与不确定性。

2013 年至 2015 年担任联合国教科文组织第 37 届大会主席的经历，让我对这些问题有了更加直观的感受。因为每一种文明都有其独特的魅力和深厚的底蕴。不同文明之间应该相互尊重，共同进步。

2018年，北大学生中共有84人次到国际组织实习或任职，4600多人次通过各级各类项目出国学习交流。我们还有长短期留学生7000多人，今天，他们当中的毕业生也来到了典礼现场。大学已经成为推动各国教育合作的重要桥梁和纽带。世界各地的优秀文化在北大相互交融，新科技、新思想、新知识在交流切磋中不断迸发。

我希望同学们树立广阔的国际视野，开放包容，交流协作，和而不同，保护文明的多样性，勇于面对人类社会共同的难题，培养与增强解决这些问题的能力。

做永远向上的青年，还要保持不断探索新知的学习力

当前，以人工智能和大数据为标志的“第四次工业革命”，已经给这个时代带来了颠覆性的影响，信息和知识更新换代的速度大大加快。几年来，同学们在北大收获了很多学科领域的知识，但我认为更重要的收获，是持续学习、终身学习和勇于创新的意识和能力。

著名学者季羡林先生篇幅最大的一部学术著作是有关制糖历史的专著。我曾当面问过他：为什么会对这个问题产生兴趣？他说，“糖”这个字在西方各国的语言中都是外来语，来自梵文，反映了人类文化交流的历史。最终经过十几年的不懈努力，季老完成了《糖史》这部著作，时年已87岁高龄。北大还有很多老教授们，虽然已到退休年龄，依然从事着科学前沿领域的研究。老教师们尚且“志在千里”，我们更应该努力。

学无止境。人类对于世界以至宇宙的探索和认知才刚刚开始。现代科学诞生不过几百年，探索航天技术不过几十年，这和地球年龄的46亿年、银河系年龄的100多亿年相比，何异于沧海一粟。

希望同学们在今后的生活中，始终保持对新领域、新事物的求知欲和探索心，站在更高的高度，用整体和更广阔的视角，认识我们所处的这个星球，思考

我们人类的前途和命运，心怀敬畏，勇于探索，只争朝夕。

一百年前，李大钊先生对青年讲："为世界进文明，为人类造幸福，以青春之我，创造青春之家庭，青春之国家，青春之民族，青春之人类，青春之地球，青春之宇宙，资以乐其无涯之生。"

两个月前，习近平总书记在纪念五四运动100周年大会上指出："青年是整个社会力量中最积极、最有生气的力量，国家的希望在青年，民族的未来在青年。"

青年朋友们：你们即将从北京大学毕业，拥抱伟大时代，走向广阔天地。今天，国家发展，正当其时，希望你们成为中华民族伟大复兴的追梦人和奋斗者。我衷心祝福大家在未来的学习、工作和生活中，健康快乐，永远向上，前程远大！

谢谢大家！

（本文为作者在北京大学2019年毕业典礼暨学位授予仪式上的致辞）

儒者在朝则美政，在乡则美俗

苏亦工
清华大学法学院教授

同学们好，在座的各位同学、家长和各位老师们：

大家好！

院领导让我在今天的毕业典礼上代表法学院教师发言。推托不掉，只好勉为其难了，感到很惭愧，也很惶恐。首先我要声明，我代表不了本院教师，只能谈谈个人的一点想法，这是让我感到惭愧的地方。其次，让我感到惶恐的是，不知道该说些什么，怕说得不中听，引起大家的反感。我知道，今天这个场合，最简单也最安全的讲法是向大家说些恭维、祝福的套话。这些话我也会说，想必你们已经听得不少了。无非是：“你们是天之骄子”“你们是状元、才子”，是国家未来的栋梁之材，是高智商的种群云云。大概你们一走进清华园，听到的就是些谀辞艳句了吧？在你们行将走出清华园之际，如果还沉湎于这些华丽的辞藻中不能自拔，我怕你们在今后的生活环境里会水土不服的。

不错，你们确实都很优秀。但是这个社会优秀的人很多，应该不止你们在座的这些吧？只是很多人没你们这样幸运罢了。你们能走进清华园，是凭着自己的优秀呢，还是凭着幸运？抑或二者兼有呢？但愿你们心里都能有点儿数。不要稀里糊涂地进来，又稀里糊涂地出去。如果到现在还弄不清楚的话，以后难免会碰壁的，幸运之神不可能永远站在你这边。要知道，这个世界从来不缺聪明人，但据说这世界上的蠢事都是聪明人干出来的。《红楼梦》里的王熙凤很聪明，结果怎么样呢？“机关算尽太聪明，反误了卿卿性命”。整天靠耍小聪明过日子是走不了多远的！

孟子说：“始条理者，智之事也；终条理者，圣之事也。”刚开始做事很有条理的，不过巧智而已；但是能够从头到尾都做得很有条理，最终能成就一番事业的，那可就是圣人了。圣人的事业靠投机取巧是不行的。

看着你们即将离校走向各自的未来，就像看着我自己的孩子一个人初次离家远行一样，心情很是复杂。一方面为你们高兴，你们终于长大了，终于可以不依赖父母了。但是，更多的一面则是为你们担忧，担心你们还太年轻、太单薄、太脆弱，能不能够应付得了当今这个险恶冷漠、复杂而又多变的世界？你们能行吗？能扛得住吗？

我带过一个学生，周围的老师和同学都夸她智商高，她自己也以为自己聪明绝顶。只有我这个导师说她傻，简直是傻气四溢。你说什么她都听不进去，那只有随她去了。毕竟以后的路要靠她自己走，走得怎么样，只有凭她个人的造化了。这样的学生，我在清华见到的可不止一个，应该说不是个别现象，有一定的普遍性。有些同学，人很聪明，学习能力很强，但就是做事不通情理。是何原因造成的呢？我反思了一下，应该是我们的教育出了问题。尤其是法学教育，究竟教给了你们些什么？你们学到了些什么？你们学到的那些法学到底是从何而来的呢？依我之见，那是一套经过汉译的纯西方话语体系，是全套的西方概念、制度、价值观和文化背景的移译。我听说，有位部门法博士生，记不得是民法还是刑法专业的博士生了，他说他感觉自己的文化祖国是德国。以此类推，宪法的博士生可能会觉得他们的文化祖国是美国，有的专业的博士生可能还会觉得他的文化祖国是英国、法国、日本，如此等等。他们有这样的感觉应该说毫不奇怪。但是我们不妨扪心自问，难道我们多年来处心积虑的教育就是要把你们培养成黄皮白心的香蕉吗？就是要把你们培养成会说中国话但连自己的文化祖国都忘却了的西方人吗？这样的教育和学习会产生什么样的后果呢？请大家不要做意识形态化的理解，我说的与政治无关。我个人以为，西方文化有两个基本特征：那就是功利主义和斗争哲学。法学应该就是西方文化这两个特征的最集中体现。著名的德国法学家耶林有本名著叫作《为权利而斗争》，这个书名应该说就是对全部西方法学的精确概括。

西方法学上所说的权利是什么呢？学界有各种各样的解释。在我看来，说穿了，就是财产利益和可以折算成财产的利益。但不要忘了，西方的功利主义又是和个人主义捆绑在一起的。西方人鼓吹的斗争哲学，通常都带有浓厚的暴力色彩。这样的一套为自身利益而拼命斗争的学说体系经过中国法学教师群体的概念化、教条化的理解或曲解并传授给你们，会产生什么样的效果呢？

隔壁大学有位已退休的教授钱理群先生有一句名言，大家应该都知道：如今中国大学教育培养出来的是一群“绝对的、精致的利己主义者”。这些精致的利己主义者包不包括你们呢？应该包括吧？但显然不止你们，也应该包括我们这些教过你们的老师们吧？

再这样说下去，你们要么很悲观，要么很愤怒。在座的我的同事们可能要站起来骂我，或者要把我赶下台了。这就是一开始我就声明我不代表本院教师的用意所在。

好了，概括一下我方才说的这些话的意思，不外是说：你们这些年来学到的西方知识体系与你们即将面对的中国社会是格格不入、完全脱节的。这就是我对你们的最大忧虑所在！

如此说来，你们的所学岂不是全都白费了吗？那倒也不至于。不要忘了，你们毕竟还是中国人，你们就生活在中国的土地上，生活在中国人的社会中。只要你们能洗脱你们身上的四股气，老老实实做人，扎扎实实做事，认真解读人生的这本大书，解读中国社会和中国文化的这本大书。一旦当你们真正读懂了人生和社会文化这两本大书的时候，你们就会脱胎换骨，获得新生。你们就可以真正消化吸收这些年里学到的西方知识，并将这些西方知识变成有益的营养，变成你们生活、学习和工作的动力。

那位可能会说，您说的那四股气是指什么？告诉你们，就是：傲气、洋气、娇气和俗气！你们身上有没有这四股气？自己掂量去吧。不用跟我来争！

等到你们走出校门之后，可能很快会发现，你们这些年来在清华辛辛苦苦学到的那些法学知识，不知不觉间就被忘了个精光。不过不要为此感到苦闷，学习最要紧的是明理，忘掉那些具体的知识也没什么大不了的。但是有两句话希望你们一定要记住，永远要牢记！那就是清华的校训：自强不息，厚德载物！这两句校训想必你们早都耳熟能详了。这两句分别来自《周易》乾、坤两卦《象传》的校训究竟是什么意思呢？你们认真思考过吗？

时间不多了，不能多讲了。这里我仅借用《孟子·离娄上》的话来稍做阐释："爱人不亲，反其仁；治人不治，反其智；礼人不答，反其敬。行有不得者皆反求诸己，其身正而天下归之。"简单翻译一下就是：做事不成，要找自己的原因，而不是埋怨别人，更不要把责任推到别人身上。不能要求别人和你相向而行，要求别人配合你，跟你合作，甚至连梦都要求别人做得跟你一样。那怎么可能呢？那是强加于人。什么事儿都不能强求，更不能靠暴力压服。强扭的瓜不甜嘛！儒家说的自强，是凡事要求自己，检讨自己，提高自己！

还记得电影《霸王别姬》里的那位戏班子老师傅教戏时说的那番话吧？有两点：一个是从一而终，一个是"自个儿成全自个儿"。他是讲唱戏做人的道理，其实也是我们每个人办事做人的道理。做事要一以贯之，善始善终；做人要相信自己，依靠自己，成全自己，不要有任何的侥幸心理。其实我们的校训，说的也是这个道理。所谓"天行健，君子以自强不息；地势坤，君子以厚德载物"，其深意就在这里。希望大家能够谨记不忘！

古语说：儒者在朝则美政，在乡则美俗。这话典出《荀子·儒效》："儒者在本朝则美政，在下位则美俗”。这里的儒者，与前面校训里说的君子应该是同指。用现在的话说，就是受过教育，有一定知识技能并有一定道德操守的人。你们都是受过一定教育、拥有一定知识技能的人，这应该是没有疑问的了。但是你们是否都有一定的道德操守呢？是否都有自己的道德底线呢？如果有，那你们就是儒者，就是君子！

我希望我们清华法学院的毕业生都能有自己的道德底线，也都能坚守住这个底线！儒者无论在朝在野，无论在上位在下位，无论为官、为商、为学、为民，无论走到哪里，都应该给也都能够给他所到之处带去一股清新、和谐、高雅的气象。这就是我所理解的荀子在这里所说的“美”的含义，也是我对在座诸生的殷切期待！我想，这应该也是养育了你们的父母和所有教导过你们的老师们的共同期盼吧。再说一遍：儒者在朝则美政，在乡则美俗。不管你们走到哪里，不管你们从事什么职业，我们都期盼着你们能给你们所到之处带去一股清新、和谐、高雅的气象！成为儒者，成为名副其实的君子！谢谢大家！

（本文为作者在清华大学法学院 2019 年毕业典礼上的致辞）

自由而无用

曲卫国
复旦大学外国语言文学学院前院长

各位同学，各位家长，各位老师：

大家好！

首先请允许我像每年一样，代表复旦外文学院向大家表示热烈祝贺，我还是继续重复我每年在毕业典礼上说的话：请允许我代表外文学院的教师对你们最初选择复旦或中间加入并坚持在外文完成自己的学业表示由衷的感谢。正是由于你们的选择，外文学院才发展得越来越好。

这些年的毕业典礼，我每次都反复絮叨非正式版的民间复旦校训：自由而无用。遗憾的是，翻看前几次的发言，我发现我的心情一年比一年沉重。2017 年我主要谈的是“无用”，non-instrumental。2018 年我发现有必要对“自由”好好地思考一番，因为说到自由，大家似乎更关注自己的自由权利。

去年我在解读自由时强调说，我们要捍卫的不仅仅是我们自己自由的权利，我们更要捍卫他人同样的自由权利，因为当他人的自由权利遭到蹂躏的时候，我们的自由实际上也名存实亡了。这也就是 freedom from imposition。

本来今年不想说了，可是前几天参加的答辩和网上各种的议论，当然还有刘欣接受 Fox 商业频道女主播的约辩，我突然发现，也许还是该再说说我们自己的自由，说说 freedom of。自由只能是个体独立意志和思想的体现，现在太多的集体绑架了，大多数情况下我们竟浑然不知 freedom of 后面的名词被换成了复数。

前几天参加同学的论文答辩，有同学在论文中谈到了东西方文化差异的问题。有引用 Markus、Kitayama、Matsumoto 等学者的理论去讨论东西方文化差异，说东方人是 collectivists（集体主义者），而西方人则是 individualists（个人主义者）。

持这些观点的当然还有 Hofstede、Triandis 等大学者。我的研究涉及跨文化，有一段时间几乎也是毫无保留地接受这种假设。后来随着研究的深入和形势的发展，我发现现实比理论复杂，如日本人和中国人的 collectivism 就非常不一样。我在明治大学讲学的那个月专门和日本学者讨论了这些问题。

这几年我开始讨厌起文化差异的假设了，首先，这种假设乍看起来是出于对不同文化的尊重，实际上却把人类文明的某些特点和成果全部划归到了某一文化之名下。看似开放的讨论，其实是 discussions of denial，是对人类共享资源正当权利的剥夺。

其次，文化差异的讨论表面上是形而上的思考，但实际上更多的是形而下的算计，因为大家不方便明说的是，所谓的文化实质上指的就是族裔，而族裔的认定基本是生物学的事情。

如果我们接受这类文化差异假设，那就难免要同意其中暗含的一个悲观的宿命结论：我们的生理构成决定了我们的文化特性。有些族裔是不可能靠自己的力量发展到今天这样的发达程度。这完全无视历史发展的现实。

稍有历史常识的都知道，不管哪个族裔，任何发展都是靠互动的。互动的一个结果其实就是 hybridity，杂糅。文化之间的互动发展常常是暴力的，因为互动的结果常常意味着改变，而被改变一方的统治者基本都是不情愿的。

我在英语通论这门课上也简单地提到过，诺曼征服彻底改变了英国语言文化发展的轨迹。如果比对古英语，我们可以说诺曼法语几乎重构了英语和英语文化。没有 Norman Conquest，能有今天的英语文明？

有意思的是，那些一心一意徒劳地在想按照生物界线维护族裔纯真的民粹分子竟然忘了生物学里的一个简单道理：近亲繁殖会使物种退化。闭门锁国发展文化的后果难道不是如此？文化发展到今天，实际上已经很难有纯真了。

记得那天我在答辩的时候，很过分地问那个同学：你和父母思路很不一样，看问题的角度不同，你父母和爷爷奶奶也有差异，那谁更东方，谁更西方？

我现在厌恶文化差异的讨论还因为学者善意的差异讨论常常被别有用心的人利用，成了某种不合理方式的存在依据。

其实，稍稍动动脑筋想一想，如果我们是真心认可唯物主义的基本原理，认为经济基础决定上层建筑，那几千年前的思想或者一两百年前的思想怎么可能适合今天的社会？许多人口口声声地说厉害了我的国，但如果我们真的厉害了，为什么还要靠几千年前没有微信时的孔子来指导我们今天的实践？

别有用心的人篡改跨文化差异的讨论基本前提是有想法的，他们企图用文化之间的对抗来掩盖自身文化内的矛盾和冲突，用反对他文化的强权来遮掩自己的强权。如果真的是反对强权，尊重独立，那文化之间和文化内部的压迫，我们都应该一律摧毁之。

我的这些唠叨与复旦自由而无用的校训有什么关系？

我想说的是，即便是在研究或学习中，我们的思想其实常常不是我们以为的那样自由。在繁杂思潮的影响、无耻强力的压迫和各种利益的诱惑的夹击下，捍卫自己的思想自由变得非常困难。

我们通常相信读书能使自己强大，但在读书过程中，我们的独立意志或思想自由常常会有意无意地被绑架。大家都认为读书是好事，但如果读书时独立意志停摆，没有了自由思想，结果也许比不读书更糟。

叔本华曾在 *On Reading and Books* 一书里说，许多人分秒必争地读书，都读傻了："They have read themselves stupid." 你们都是如饥似渴的好学生，明白这道理非常重要。

按叔本华的分析，我们常误以为阅读时我们在独立思考，其实，阅读过程中大多数是别人代替我们思考，我们只不过是重复他的思维过程："When we read, another person thinks for us:we merely repeat his mental process."叔本华对阅读分析最精彩的、也是最有名的一句话就是，如果不注意，我们读书时会把自己的脑子变成别人思想的跑马场："But,in reading,our head is,however,really only the arena of someone else's thoughts."

真心希望大家能记住这句话。

怎么防止出现这种悲剧呢？复旦人还得记住复旦的民间校训，自由的前提是无用。

我在2017年讨论"无用"时，曾说过这样的意思：复旦的无用不是源于庄子的思想，不是像他说的，使自己变成无所可用的樗树，从而能"不夭斤斧，物无害者……安所困苦"，它是康德坚持的"人非工具而是自身目的"的意思。

读书坚持自由而无用，这就意味着我们读书不是为了用于他人所规定的目的，而是为了自己独立的生命体验。读书不是为了寻找他人给出的答案，而是为了自己能有更大的思想自由。

任何只读一类书、只效忠一个权威的人基本都是在用书垒砌成一座关押自己思想的囚牢。祖先把书设计成砖块状，抑或也有这层意思？

写到这里，我想起了潘光旦先生。潘光旦有一段话非常著名，是对复旦民间校训里"自由而无用"绝妙的注释："自由教育下的自我只是自我，自我是自我的，不是家族的、阶级的、国家的、种族的、宗教的、党派的、职业的。"这话真是我们应该记取的。我们是为了好好做人而学习的。

大家都知道费孝通，可遗憾的是，不一定知道被费孝通称为老师的学贯中西、博通古今、卓然不群的学界泰斗潘光旦先生。这位本科在Dartmouth（达特茅斯学院），研究生在Columbia（哥伦比亚大学）的学者在那场今天居然还有不少人想翻案的浩劫中，受到了红卫兵学生野蛮、非人的折磨。这些红卫兵和你们一样的年纪，其中有不少是饱学的高才生。

悲催的是，失去独立意志的红卫兵学生为他人所用，博学睿智的他们堕落成了打砸抢的罪恶实施者。每每说起潘光旦，我都非常激动。年近七十的潘光旦，这位中国学界的泰斗，在红卫兵的逼迫下拖着残废之躯，在清华园，我国最著名的高等学府里像动物一样爬着除草劳动。

他 1967 年病重时，他们竟然不准他看病，也不给止痛药。就在那年他疼痛难忍，用四个 S 开头的英文单词留下凄惨的遗言：Surrender（投降）、Submit（屈服）、Survive（活命）、Succumb（灭亡）。也就是在那年，费孝通仰天哀叹“日夕旁伺，无力拯援，凄风惨雨，徒呼奈何”。他抱着老师直至他停止呼吸。

可见自由而无用是多么重要，但它又是那么的脆弱。它不仅仅能使我们追求自己的生命体验，它更能防止我们堕落成犯罪的工具。它是人性的第一道，或者说最后一道防线，实际上也是唯一的防线。

守住这条防线可能吗？我们大概做不了潘光旦，但我们能做自己。今天上午来学校，正值上班高峰，拥挤的地铁使我们每个人的身体动弹不得，但我看见几乎每个年轻人都拿出了手机，在这么压抑的空间或者说零空间里居然争得了一小片任意网游的自由。

也许因为要毕业典礼发言的缘故，我突然感动了。自由不是靠施舍获得，它靠的是我们的意志。You can lock up my body but you can never imprison my will.

该打住了。谢谢大家。末了还是一如既往和大家一起共享我人生的座右铭、Edward Everett Hale（爱德华·埃弗雷特·希尔）的名言：

> I am only one, but still I am one.I cannot do everything, but still I can do something；and because I cannot do everything I will not refuse to do the something that I can do.
>
> （世上只有一个我，我要做我自己。我不能做每一件事，但我必须要做些什么；我不会拒绝去做力所能及的事）

这是我最后一次作为院长致辞了，突然有点欲罢不能。你们任重而道远，再加上一句吧，还是 Edward Everett Hale 的嘱托：

Look up and not down.

（向上看，别向下看）

Look forward and not back.

（向前看，别倒退）

Look out and not in.

（看看外面，不要掉进去）

Lend a hand.

（伸出手）

谢谢大家。

（本文为作者在复旦大学外国语言文学学院 2019 届学生毕业典礼上的致辞）

经济学的价值

宋　铮
香港中文大学经济系教授

各位同学，各位老师好！

首先要感谢学院领导的邀请，让我有机会在这个讲台上做毕业演讲。每次回到复旦都是非常愉快的事。不过这次的心情有一点紧张，因为从来没有干过这个活，在读书的时候也从来没有听过这样的演讲。我来之前特意上网查了一下毕业演讲究竟应该怎么讲，结果查到的是随便讲，随便怎么讲都可以。所以我就斗胆讲一讲我一直想讲但是没有机会讲的话。不过在准备之前，我特意看了一下张老师给我的邀请信，信里要我跟大家分享我的人生感悟。我除了对自己工作有一点点心得之外，其他的人生感悟不值一提，所以还是谈一下我对我的工作的一些想法。我今天准备的题目是“经济学的价值”。刚才听到张军老师的讲话，我发现他讲的很多内容跟我想讲的不谋而合，因为我要讲的经济学的价值就是从另一个角度理解，如何通过经济学让自己的生活和工作变得更加有趣，甚至有美感。

我先从自己身边的事说起。我也在复旦度过了很长的时光，当然，跟在座的老师，特别是跟洪老师相比不值一提。我刚才算了一下，我和我太太在这里学习、工作、生活、我们两个加在一起一共在复旦待了 21 年，是洪老师一个人的三分之一。我太太从本科到博士，毕业后留校当老师，相比我，她是一个更加纯正的经院人。她在十年前不当老师了，转行做家庭主妇，这个转型非常成功。她成功的秘诀在哪里，我们私下讨论过：她从来不问我两个会要老公命的问题。第一是她从来不问我一天到晚在忙什么；第二是她从来不问我们什么时候实现财务自由。我后来想为什么她不来烦我这样的问题？虽然坦率地讲她从来就不是一个合格的经济学家，但是我觉得她足够理解经济学，也足够理解经济学的价值，所以她从来不问我这些问题。

在座的很多同学即将离开校园，开始你们的职业生涯。经济学到底有没有用？经济学的价值是什么？这是你们以后可能会反复要面对的问题。在我读书的时候，经济学是大家的掌上明珠。但是在过去几年，经济学无用论越来越流行。我来之前总结了几个比较典型的经济学无用论的说法。最流行的就是某位成功人士说经济学家没有用，经济学也没有用，既不能预测未来，也不能帮你赚钱。除了成功人士外，广大人民群众也不满意。比如我妈常跟我说，你们经济学家在报纸电视上讲的都是常识，比如货币超发引起通货膨胀，这不是废话吗？还有政府官员，他们的批评要宽容一点，温柔一点，他们说经济学也很重要，但是现实情况非常复杂，中国国情也很特殊。说到底还是觉得经济学没什么大用处。有的公知的批评就尖锐许多。他们说你们写的这些模型只是让外行不明觉厉，用的数学逻辑其实是在同义反复，形式很多，思想太少。最近还有一个说法，说随着大数据和人工智能的兴起，有不少学科要被淘汰，经济学也是被讨论的学科之一。讲了这么多，大家是不是觉得人生很灰暗，入错了行？对于步入中年的我，讨论经济学有没有用，或者经济学家有没有用，我都可以一笑了之。但对在座的各位就不一样了，是一个直接关系到大家未来的非常重要的问题，值得大家认真思考。我希望我今天讲的东西，能给大家一些启发和线索。

我首先想说经济学无用论其实是有道理的。它的道理在哪里，就是如果从纯粹知识的角度理解，经济学的局限性很大。不光经济学，其他社会科学也是一样。关于知识，很早柏拉图就有定义，知识应该有以下三个要素：可以被证实的真实的信念。虽然知识论最近几十年有很大发展，但这个定义在现在依然不算过时。用这个定义，你会发现经济学的知识被证实的部分比较少，每次在创造知识的过程中我们取得的进展也比较有限，导致经济学知识的实用性确实不强。问题是为什么会这样？当然不是我们经济学家太笨了。这里的主要原因是经济学和自然科学有本质的不同。

我们先讲相通的地方。从科学哲学的角度讲，经济学和自然科学的方法论都一样，建立概念，构建分析框架，检验分析框架，再去改进和升级这个分析框架。但是差别在哪里？自然科学研究的是物质世界，这个物质世界里面的微观主体不会主动选择，它们服从一般规律，宏观系统的作用机制也是有迹可循的，而且在相当长的时间里保持稳定。这些特点保证了自然科学可以有效地接近所谓的终极真理，虽然有些科学家和哲学家否认终极真理的存在。比如刚才张老师提到的弦论，虽然还没有被证实，但是有希望更接近终极真理。而且在前进过程中自然科学创造了很多有用的理论，比如牛顿定律，虽然我们都知道相对论和量子力学是刻画物质世界更加基础的理论，但牛顿定律的实用性很强，在大多数环境中都可以是非常好的近似。所以说自然科学可以创造出很多有用的知识。

经济学还有其他的社会科学就不一样了。为什么？因为我们研究的是人类社会和经济现象，其中的微观主体可以做自主选择，而宏观系统，比如像亚当·斯密说的用看不见的手来调节供需、配置资源，都是人类社会自发形成并不断演进的结果，从一定意义上讲宏观系统是微观主体行为的某种加总并反过来影响微观主体。这些都造成了经济学研究对象的内生性和多变性，也注定了我们在接近终极真理的道路上更加艰难曲折，创造和积累的知识局限性也更大，应用性也更小。

但是我觉得现在大家对经济学产生怀疑的更主要的原因，不在于经济学这些先天的问题，而在于大家没有认识到经济学的价值不仅仅来自经济学知识，而是来自经济学背后的科学认知体系，这才是经济学核心价值所在。什么是认知？用心理学的话讲就是人类用某种分析框架来处理信息。我所说的科学认知就是运用科学性的分析框架来处理信息。从另一个角度讲，现在看到的这么多的经济学无用论，是因为我们正处在一个特殊的阶段，这个阶段我称为经济学的知识普及向经济学的科学认知的过渡期。我们基本完成了经济学知识的普及。30 年前很少有人了解市场经济，现在大家或多或少对市场经济的一般规律有所了解，这个成就是非常了不起的。但是我们向科学认知阶段的转型才刚刚开始，而且这个过程可能更加漫长艰难。很多人对经济学知识的期望过高，失望之后又没有充分认识到经济学科学认知体系的作用和价值，这才是造成经济学无用论流行的最主要原因。

接下来给大家举几个例子来说明经济学科学认知体系的价值。第一个是过去几年中国讨论很热烈的产业政策。我记得两个月前给一个博士班上课，说到要想科学评价产业政策非常困难。举一个例子，中国不少地方政府在招商引资的时候，会给企业，特别是大企业，提供各种各样的补贴。这些补贴对地方财政有没有好处，姑且不说对当地经济乃至全国经济的影响，先说对当地财政收入的影响，哪怕缩小到这么一个看起来很小的问题，我们要给出一个科学评价，都很困难。马上有同学举手说，为什么困难，这不是很显然吗？比如地方政府每年给一家企业提供一个亿的补贴，如果这家企业每年给当地政府创造两个亿的税收，这当然是有好处的。当时很多同学表示赞同。我今天举这个例子，说明我不认同这个说法。大家想一下，为什么，其实很简单，那位同学用的是会计思维，给你算账，这个企业交了两亿元的税，就认为这两个亿是那家企业创造出来的，地方政府只补贴一个亿，所以对地方财政是个划算的事。这是典型的没有用经济学思维去想问题。要想清楚一个企业给当地政府创造了多少税收，应该想如果没有这个企业会发生什么情况。这家企业在地方占用了资源，比如土地资源，还有劳动力资源，很多资源都很难移动。如果没有这家企业，这些资源可能可以被其他的当地企业使用，还可能吸引外面的企业进入，如果这些企业即使没有补贴也能上缴超过一个亿的税收，那么原来的补贴政策即使对当地财政也不见得是好事。有人说你能不能给我一个答案，这个补贴到底好不好？我说对不起，目前还没有经济学理论可以对这样的问题做出一般意义上的评价。那你说了半天，经济学对理解产业政策到底有没有价值？还是有价值的。产业政策如此重要，关系国计民生。哪怕我们只是指出思维上的一些误区，鼓励大家更加审慎地思考和判断这个事，我觉得已经产生了无法估量的价值。

再给大家举一个例子，就是大家很关心的房价，每个人都关心。学界也好，媒体也好，大家一直拿一个指标来评价我们国家有没有房产泡沫，就是房价收入比。注意，是房价和当期收入之比。这个比例在发达国家基本在3～5倍，大概的意思是一个家庭不吃不喝，不靠贷款3～5年可以买一个一百平方米的房子。这样的比例背后是有理论依据的。房价收入比衡量的是房产作为一个资产的回报率（假设房租支出由收入决定），这个回报率应该跟金融资产的回报率差不多。所以合理的金融资产回报决定了房价收入比大概在3~5倍。从这个意义上讲，这个理论在不少地方都是适用的，是经过了一定检验的一个经济学知识。这个房价收入比在中国的不少大城市在很多年前就超过了10倍，被很多人认为是中国房价有泡沫的证据。我也被绕进去了。当时我在复旦工作，一直纠结上海的房价收入比。我一直都没有明白过来，直到我在美国教MBA学生的时候，忽然明白了为什么不能拿房价收入比做国际比较。我意识到衡量房产回报率更好的指标是房价和未来收入的比例，而不是当期收入的比例。但是大家为什么会用当期收入呢？一个是简化问题；另一个是在美国，大多数家庭的收入增长很小，这种简化是合理的近似。但是放在中国就不对了，中国过去几十年收入增长非常快。当年我在复旦快毕业的时候，我的同学们的收入大概是一个月三五千块，他们现在的收入已经到了没法准确估计的地步了。所以，用一生的平均收入来计算房价收入比，那在十几年前当然要买房。很遗憾，我经济学没学好，错失了大概是我一生中唯一的一次实现财务自由的机会。

注意，我举这个例子不是说今天的中国没有房产泡沫。我们距离回答这样的问题还很遥远。但是，用经济学的科学思维可以让你看得比别人更深一点，走得比别人更远一点。从这个例子中还可以看到我们很喜欢用类比推理。我们学了一个知识觉得很管用，然后把这个知识拿来用，特别是做各种比较，很多人都是这样的。类比推理也是一种认知模式，特点是很直观，有时也很有启发性。缺点是得出来的结论不大靠谱，因为类比推理抛弃了经济学最重要的一个环节，就是科学认知环节。记住了知识，忘了背后的分析框架，忘了去想这个分析框架的适用性。

说到这里，有些同学可能有一些疑问。这个演讲没有问答的环节，所以我就自问自答。大家可能问的一个问题是，刚才我说我们处于一个从知识普及向科学认知过渡的阶段。那我们在经院学了好几年，好像也还没有走出普及阶段。到底怎么做才能推动我们这个社会向科学认知阶段过渡呢？如果你们脑海中有这个问题，我要恭喜你们，因为你们已经走出了第一步，开始批判性地思考问题。科学认知的第一步就是不要轻信任何人讲的任何话。究竟怎么过渡？这个时间可能非常漫长，各位同学只要主动思考，你们每天就会成长一点点。套用张老师刚才的话说，思考不仅让我们的生活变得有趣，而且有美感。不仅如此，还可以把有趣和美感带给身边的人，影响身边的人。我们每个人都是推动社会往前走的力量。

还有的同学会说，在经院学了几年，现在大脑里空空如也，好像什么分析框架都没留下，这个科学认知实在不知道怎么做。这时候我要鼓励你们，你们在经院的几年一定没有白费。从效用最大化到市场均衡，从消费函数到凯恩斯经济学，很多东西已经不知不觉地存在你们的脑海中了。有一些知识暂时忘记了，不要紧，翻一翻书很快就能捡起来。重要的是在遇到问题的时候让这些分析框架成为你大脑的一部分，让科学认知体系成为你处理信息的一个必要的环节，这样你就会慢慢适应这种思维模式，越来越娴熟。

我还想借这个机会为经济学和经济学家做一个辩护。就从我最喜欢的福利经济学第一定理说起。回忆一下，这个定理说的是如果满足以下三个条件，市场均衡就可以达到帕累托最优。哪三个条件？市场是完全竞争的，没有信息不对称，没有外部性。我经常为福利经济学第一定理打抱不平，因为很长时间一直有人嘲笑它，最典型的说法是所谓的第一定理的第一个假设就搞错了，为什么？世界上哪有什么完全竞争的市场？你给我找一个出来。这个批评本身有道理，但是它太看重经济学作为纯粹知识的价值。我认为，福利经济学第一定理是经济学的瑰宝，并不在于它作为知识的价值，而在于创造这个定理背后大家运用的那套科学分析框架。经济学过去几十年做的一个重要工作就是研究市场缺陷及其福利影响。特别过去十几年涌现出的大量微观数据，让我们可以去量化市场缺陷，甚至估算现实世界中的市场缺陷在多大程度上对资源配置效率产生了影响。如果没有福利经济学第一定理背后的科学认知体系，我们很难想象可以达到今天我们对市场配置资源效率的认识。

我本来想留一点时间讲一下大数据和 AI 与经济学的关系，现在没有时间跟大家深入探讨这个话题了。大概意思就是想说，大数据和 AI 与经济学绝对不是相互替代的，而是相互补充的。很多的经济学家已经认识到大数据和 AI 可以帮助我们极大地提升经济学知识的应用性和经济学的科学认知体系。以后有机会可以再跟大家探讨这个问题，我自己目前和未来的工作重点也是这个方向。

最后让我回到张老师的邀请信，里面另一个关键词是他希望我跟大家分享一下毕业寄语。我想来想去，觉得最好的毕业寄语就是回应刚才张老师在大屏幕上讲的话，我们这个时代是一个正在经历巨变的时代，很多的变化是意想不到的。所以我希望大家都可以用经济学，来擦亮你们的眼睛，激发你们的智慧，用经济学认识和探索这个正在经历巨变的世界。最后套用一句熊彼特的话来结束演讲，希望大家可以用经济学那水晶般晶莹透彻的思路，用一道基本原则的强光去照亮人类社会和经济世界，谢谢大家！

（本文为作者在复旦大学经济学院 2019 届学生毕业典礼上的致辞）

5G 人生

徐 飞
西南交通大学校长

亲爱的 2019 届毕业生，各位老师、各位家长、各位来宾：

大家上午好！

首夏六月，芳草未歇，又是一年毕业季。今天和大家在这里共聚一堂，我感到十分高兴。首先，请允许我代表学校向 2019 届毕业生表示最真诚的祝贺！也请全体毕业生和我一起，感念所有曾支持你们走到今天的人。特别地，对精心培养你们的老师，辛勤养育你们的父母，陪伴你们成长的朋友，一并致以诚挚的感谢和崇高的敬意！

每年的毕业典礼既是尾声又是起点，既难舍难分依依惜别，又满怀希望憧憬未来。同学们，与毕业相伴的是整装再出发，你们即将步入充满挑战的未来。当今各种高科技、深科技、硬科技、黑科技层出不穷，已知世界被迅速拓展，未知世界被不断探索。在众多发现和发明中，最具代表性的当属近期世界上第一幅“黑洞”照片的诞生，人类由此掀开了曾被荷兰天文学家 Heino Falcke（海诺·法尔克）誉为“可能代表人类知识终极”之黑洞的第一层面纱。

或许，诸位更能直观感受的是 5G 技术即将带来的巨大改变。相较于 4G、5G 的传输速率更高，覆盖范围更广，能量消耗更低，反应速度更快，能够打破人与人、人与物和物与物之间原有的联结界线，达到真正意义上的万物互联。5G 技术具有的高速率、高可靠、低时延和低功耗的特点，使其可以全面应用于移动互联网和物联网的各种场景。

2019 年被业界确立为 5G 商用元年。以当下人工智能的大行其道和近日中国 5G 商用牌照的发放为标志，新的市场力量正在形成，新的社会结构正在建构，新的人类价值系统正在孕育，机会的大门正在向大家打开，这多么令人振奋！

德国作家赫尔曼·黑塞曾言，“所有的开始都拥有神奇的力量”。诸位当充分利用以 5G 为代表的新技术新范式开启的伟力，乘势而上，顺势而为，致力于成为视野更宽、心气更大、学习更强、专业更精、素质更高的青年才俊。为此，我想对你们提五点希望。

一、放飞梦想

南朝宋范晔《后汉书·虞诩传》曰：“志不求易，事不避难。”意为人应志存高远，且知难而进。你们要放飞梦想，早立鸿鹄志。仰望星空，志存高远，才能激发奋进潜力，青春岁月才不会像无舵之舟漂泊不定。中国现在正经历百年未有之大变局，我们比以往任何时期都更接近中华民族伟大复兴的中国梦。在座各位将是实现“两个一百年”奋斗目标的建设者和见证者，“强国一代”当属于你们。

中华人民共和国第一代领导人毛泽东早在 17 岁时，就立下改变中国命运的远大理想。“孩儿立志出乡关，学不成名誓不还。埋骨何须桑梓地，人生无处不青山。”在给父亲留下这首诗后，青年毛泽东毅然放弃家中安逸的小康生活，走出家乡韶山冲，热切投身探索国家和民族出路的时代洪流。

不同时代的青年，有着不同的历史担当。然其共同之处在于，一代又一代有识之士都自觉将个人目标同国家命运和时代使命紧紧相连。你们要将个人梦和中国梦有机结合，积极投身建设和改革的各项事业，将奋斗作为青春最亮丽的底色，让理想信念在创业奋斗中升华，让青春在创新创造中闪光。

二、只争朝夕

凡事都有成本。沉没成本、边际成本、机会成本是微观经济学中最常提及的三大成本要素，都与时间有关。沉没成本决定如何看待过去，边际成本决定如何对待现在，机会成本则决定如何抉择未来。人生最宝贵的不是金钱是时间，时间是每个人与生俱来所持有的唯一且最重要的资源。人生最怕虽胸怀大志，却又虚度光阴。

人没有时间可以浪费，正如一句谚语所言："不忙于生，必忙于死"。要以凡事趁早、只争朝夕的状态不断提升自己。2018 年中国青年曹原潜心研究的石墨烯超导实验终获成功，他的两篇论文在一天之内被世界顶级科学期刊《自然》同时刊发。由于解决了该领域困扰全世界 107 年的难题，他荣登《自然》2018 年度十大科学家之首，这一年曹原年仅 22 岁。

风华正茂的你们，当积极作为、奋发有为。与其临渊羡鱼，不如退而结网；与其瞻前顾后，不如立即行动。在新一轮科技和产业变革蓄势待发、方兴未艾的新时代，及时有效地利用好时间，重视每一次时间投入带来的效用，争取在同样的单位时间内创造更大收益。同时，坚决克服厕身于生活的慵懒中虽不甘心却又畏首畏尾的状态，尤其要注意克服做事拖延的不良习惯。

墨菲定律揭示了一个特别有趣的心理现象：如果事情有变坏的可能，不管这种可能性有多小，它总会发生。这种心理其实也是很多同学患"拖延症"的根源。因为害怕失败，所以迟迟不行动，永远等待所谓条件具备和时机成熟。事实上，完成比完美更重要，过程比结果更值得珍视。过分重视结果，只会加重心理负担。在目标清晰、方法得当的前提下，注重耕耘、付出和努力本身才是正见。

三、久久为功

毕业后，为能尽快在所在行业或学业上拥有一席之地，你们往往容易急功近利，急于求成，但效果很可能适得其反。这就如同饥饿的人乍看见食物就狼吞虎咽，反而导致消化不良一样。习总书记告诫我们：做任何工作，都要有久久为功、利在长远的耐心和耐力。

诸位面前或许有多条成长“捷径”可供选择，但任何所谓的捷径都需要持之以恒。成长成功绝非“毕其功于一役”，需要用心坚持。一旦决定起飞，心就要属于天空，再遥远的目标，也经不起执着的坚持。你们要摒弃投机取巧的心态，舍得下笨功夫；还要秉持工匠精神，把看似寻常的工作或普通的事情做到极致。

作为与泰戈尔并肩的近代东方文学先驱、美籍黎巴嫩阿拉伯诗人纪伯伦有段名言：“如果有一天，不再寻找爱情，只是去爱；不再渴望胜利，只是去做；不再追求成功，只是去修行，才是真正的开始。”诸位不要贪一时之功、图一时之快。贪图一时之功利往往容易损害终身利益，一时用力过猛，后续很难发力，短暂的昙花一现终将泯然众人矣。立足长远，循序渐进，驰而不息，久久为功，方为人生实现可持续发展的制胜法宝。

植物学家钟扬坚信“一个基因可以拯救一个国家，一粒种子可以造福万千苍生”，梦想为国家每个少数民族都培养一名植物学博士。援藏 16 年，他的足迹遍布西藏最偏远最荒芜的地区，经年累月在青藏高原采集了上千种植物的四千多万颗种子，填补了世界种子资源库的诸多空白。他的这种情怀和坚持，非常值得大家学习。

四、兼收并蓄

5G 的基本特征是无所不在，无所不包，它能帮助人类实现“4A”化，即在任何时间（anytime）、任何地点（anywhere）、任何人（anyone）、任何物（anything）都能顺畅通信。诸位即将走上新的学业或事业征途，要尽快适应新环境，善于吸纳各方所长，为己所用，善于在不同的环境下纵横捭阖，发挥出自己的综合优势。

快速适应环境并脱颖而出的前提，是具备世界眼光和开放胸襟，真正做到“海纳百川、有容乃大”。但凡性格鲜明、思想博大的学林巨子，无一例外都融通中外，贯通古今。学界如此，产业界亦然。举例来说，无论是令国人无比骄傲自豪而此刻正处于风暴眼中的华为，还是在无人机行业占有全球市场份额 72% 的“独角兽”企业大疆科技外，都非常重视博采众长。除了不断通过横向和纵向发展自身核心科技，利用专利申请和技术研发实现自我融合，还特别注重对标学习业界丰富多彩的最佳实践。

兼收并蓄之所以重要，是因为“横看成岭侧成峰，远近高低各不同”，事物和问题具有多面性和关联性，从不同角度、不同价值维度看待和思考问题，可以获得别样的启示。当今世界，万物互联，“单打独斗”几无可能，构建新型竞合（竞争+合作）关系，以打破零和博弈、实现互利共赢，势在必然。借鉴、参考、学习、消化、吸收他人所长，能使自身以更低的代价、更快的迭代、更优的效果，实现更好的发展。

兼收并蓄还意味着对成长环境的接纳。大家都愿意去发达地区和一线城市，愿意去金融行业和互联网企业，这无可厚非，也是人之常情。但中西部等欠发达地区更需要你们，艰苦的边远地区和基层一线更需要你们，制造业尤其是高端制造业等实体经济更需要你们，收入不高但极端重要的基础研究和应用基础研究更需要你们（如果你们选择深造并从事科研的话）！你们要勇于担当、玉汝于成，怀着“是金子到哪儿都会发光”的决心和信心，到祖国最需要的地方和领域去建功立业。

五、有备无患

2019 年有一句话很火，叫作“时代抛弃你时连声招呼都不会打”。前段时间，全球最大的软件公司甲骨文裁员 900 人，这 900 人无一不曾是中国各大名校的精英，即便是他们——同龄人中的佼佼者，也不得不直面突如其来被裁的窘境。

从“无智能不发展”到“无 5G 不智能”，身处 5G 智能时代，已出现“三大替代”的说法，即机器人替代蓝领；软件程序算法替代白领；不适合被机器人和软件程序算法替代的，将被更廉价的劳动力替代。这“三大替代”成大概率事件，或将很快到来。诸位要有强烈的忧患意识，未雨绸缪。凡事预则立，不预则废；若无远虑，必有近忧。

最近，美国宣布将华为列入管制实体名单，高通、谷歌、英特尔等众多西方企业随即中止与华为合作。正当大众以为华为将重蹈中兴覆辙时，华为备胎计划“海思”及“鸿蒙”系统横空面世，避免了受制于人的尴尬和被“断供”后的束手待毙。华为对基础研究和核心技术的深谋远虑，以及对守成大国与崛起大国关系演化的深刻洞察令人折服。不露声色，提前布局，切实行动，更是对“有备无患”的生动诠释。

在全社会各行各业高速发展、快速迭代的情况下，必须郑重思考哪些能力不会被轻易替代，或等价地考虑，哪些能力可以迁移。何为“可迁移能力”？简言之，就是从一个岗位转到另一个岗位，或从一个行业跨到另一个行业后可复用、可转化的能力。通常，在众多行业或领域中，80% 的核心能力本质上是相通的。身处这样一个大变革年代，无论从事什么工作，都需要不断锤炼自己的可迁移能力。

同学们：以上提出的五点希望，可以用五个“G”来概括：Goal（放飞梦想）、Grasp（只争朝夕）、Growth（久久为功）、Globe（兼收并蓄）、Get ready（有备无患），这与 5G 技术最重要的五个特征，即高速度、低时延、低功耗、万物互联、泛在十分契合。同时，5G 还代表成就人生的五种力：想象力、行动力、持久力、调和力和掌控力。五力并举，方能收获 5G 人生。

更进一步，让我们回到 5G 的本源。5G 之“G”的本意为“代”（Generation），5G 即“五代”或五阶段。从发育上讲，人生可分为物性、感性、理性、觉性、灵性五个阶段。物性之人是生物学意义之人，重身体发育；感性之人遵循快乐原则，重情感发育，行为主要受欲望、本能和潜意识支配，率真而任性；理性之人遵循现实原则，适应社会规则，重意志发育；觉性是人在社会规范、伦理道德和价值观念上的高度融合与内化，觉性之人重精神发育，通过自我修炼，摆脱功利束缚，追求道德完美和真理本性；灵性之人重心性发育，具有悲天悯人的情怀和与万物和谐的心性，追求大彻大悟，返璞归真，明心见性。

概言之，物性、感性、理性、觉性和灵性，分别对应“本我”“小我”“大我”“超我”和“无我”。若把这“五性”和人生中性命、生命、使命这“三命”作一对照，则物性对应性命，感性、理性对应生命，觉性、灵性对应使命。

今年3月22日，习总书记在罗马会见意大利众议长菲科时谈到，“我愿意做到一个‘无我’的状态，为中国的发展奉献自己”。诸位要立足“本我”，走出“小我”，成为“大我”，追求“超我”和“无我”。同时，在“五种发育”中，更加注重意志发育、精神发育和心性发育，更加注重心灵攀登，真正做到专业成才、精神成人。

同学们，数载匆匆、一朝离别。今天，环顾四周，让我想起在你们之前的那些事业有成的交大毕业生。和他们一样，我知道诸位也将珍惜韶华、勤于修炼，不忘初心、牢记使命，努力成为各行各业的领导者和服务者，在人类开拓的每一处疆域，留下你们的足印。

请及时开启你们的5G人生，一路凯歌前行，不断超越自我，实现各种突破。没有什么可以被视为理所当然，一切皆可能！

最后，把最美好的祝福送给大家，母校静待诸位载誉而归。

谢谢。

（本文为作者在西南交通大学2019届本科生毕业典礼暨学位授予仪式上的致辞）

“新手上路”别怕！

马怀德
中国政法大学校长

尊敬的各位老师，亲爱的同学们、校友代表们，远道而来的毕业生亲友们：

大家上午好！

一年一度毕业季，三生三世不了情。今日，虽然没有漫山遍野的十里桃花相送，却有宪法大道的银杏一路相随。2019 届本科生通过四年的智力闯关、打怪升级，在满级通关、即将毕业之际，我代表学校向全体毕业生同学表示最诚挚的祝贺，向辛勤培育你们的老师和教职员工表示最衷心的感谢，向毕业生亲友们的到来表示最热烈的欢迎。

就身份而言，你们在这个校园已经待了四年，妥妥的“老学生”，我出任校长不足一月，着实的“新校长”，所以我要先说一声，“新手上路，还请多关照”。

前不久，我看到朋友圈里转发一段关于我的微视频，我在视频中讲到，“我有一个让人受益终生的建议，那就是‘来中国政法大学读书’”，我想问问同学们，我的这个建议，对吗？……谢谢同学们，从你们坚定洪亮的回答声中，可以推定，我的这个建议并不是招生宣传的硬广告，而是如假包换的良心药。下次我可以拿着刚才我们对话的视频，在镜头前自信地说“别信广告，要看疗效”。

法大是无数学子梦寐以求的地方，是法大人追逐梦想、拥抱青春、超越自我、成就未来的驿站。2015 年金秋九月，你们满怀憧憬来到法大，在“学校怎么这么远，校园怎么这么小，宿舍怎么这么挤”等疑问中开始了你们的大学生活，并终身拥有了“法大人”这个名字；2016 年，大家慢慢融入了这座小而美的校园，也逐渐成了别人口中的“师兄、师姐”，领略到大学生活并不像想象中那么轻松，体会到学习过程中“未先脱单，却先脱发”的“凄凉”；2017 年 5 月 3 日，习近平总书记考察我校并发表重要讲话，“立德树人，德法兼修”的嘱托一直激励着你们不断向前，学校也在这一年顺利进入“双一流”建设高校行列；2018 年 5 月 3 日，习总书记再次勉励我校团员青年，法大也连续两年在《新闻联播》C 位出道，民商经济法学院的 1502 班更成为法大热词，也是这一年，我们迎来了首次法考和首届法大人马拉松，考场和操场留下你们勤奋拼搏的足迹；2019 年，是纪念五四运动 100 周年，马上又要迎来中华人民共和国成立 70 周年。国家迎喜事，同学“小确幸”，自助咖啡机和图片打印机悄然出现在教学楼，直饮机现身学生宿舍。一桩桩一件件，都成为美好的记忆，深深印刻在你们脑海中。

四年时间虽然短暂，但它是人一生最美好时光的浓缩，成就了同学之谊、师生之情，记录了一段美好的校园生活，有些同学或许还经历了一段刻骨铭心的爱情。随着你们离开这座校园，2015 级的“番号”将载入校史，你们也将成为师弟师妹口中的传说。

每当到了 6 月，校园里就弥漫着一种离愁别绪和不舍之情。毕业的离歌已经奏响，同学们就要告别军都山下的青春梦想，告别拓荒牛前的熙熙攘攘，告别清晨图书馆占座时的英姿飒爽，告别八达岭高速和地铁昌平线上的漫长旅途，开始新一段旅程。

法大再好，你们再不舍，最终我们都要分开。前段时间我参加了本科毕业生代表座谈会，知道有同学因为考研失利、就业不理想而苦恼；有同学选择“4+1”“4+2”，试图滞留校园；有同学对未来发展方向感到迷茫。这些大概是每个毕业生多少都会有的内心感受。如何走出迷茫，摆脱焦虑，找到方向？虽然你们是法大的“老学生”，但作为即将步入社会的一员，你们和我做校长一样，也是新手上路。临别之际，我想对你们说：“新手上路，别怕！因为你是法大的，不是吓大的。”现在，我就为你奉上“法大版的行车秘籍”。

你在法大立下的誓言，经历的磨炼，可以助你找到前行的方向，增添拼搏的勇气。“志向是奋斗的原动力，也是人生的定盘星。”当大家步入这所神圣学府之时，就许下过“为社会主义建设和人类的进步事业奋斗终身”的入学誓言。从那一刻起，每个法大人都肩负着“经国纬政、法泽天下，经世济民、福泽万邦”的崇高使命。“黄沙百战穿金甲，不破楼兰终不还”，誓言已许，志向已立，梦想已定，相信你会用一生践行神圣的誓言，朝着既定的目标勇敢前行。

法大四年，这里逼仄的校园、艰苦的条件和激烈的竞争磨炼了你的意志，增添了你的勇气。你们为住宿、为洗澡、为占座，遭过不少罪，你们为考试、为实习、为课业，吃过不少苦。记住，这些在你们今天看来的磨难，日后必将成为你们的财富。因为“苦难是土壤，只要你愿意把你内心的所有感受隐忍在土壤里，很有可能开出你想象不到的灿烂花朵”。凡是住过梅兰竹菊的同学，今后无论走到哪里，你都会觉得宽敞无比。挤过一、二食堂，排过洗澡长队的你，今后无论遇到什么困难，都会觉得不算问题。一旦进入社会，你们就会明白，奋斗之途多坎坷，人生之路多艰辛。法大锻炼了你的勇气和毅力，终将助你渡过难关、闯出一片新天地。

你在法大学到的知识，练就的本领，可以助你顺利抵达前方。求真学问、练真本领是在校大学生的学习之要，是步入社会的立身之本，更是赢得主动、赢得优势、赢得未来的成事之基。我们法大有着优良的学风传统，清晨图书馆前的占座队伍、深夜教室里勤奋的自习身影、婚姻法广场传来的琅琅书声，勾勒出大家珍惜韶华、不负青春的景象。法大老师言传身教，循循善诱，法大学子好学上进，勤于思考。四年的积累，无论是知识还是技能，无论是素质还是潜力，你们都得到极大提升。主动到吕梁支教的张昕惠，是民商经济法学院1501班的一员，她参加社团活动，掌握了电脑知识并在大赛中获奖。她得到的感悟是："除了专业知识，还应该掌握更多本领。"国际法学院的拉姆次仁决定回到西藏工作，她感言，"不能把学习目标定得太低，考试不挂科，法考考 C 证"跟不上当今国家的需要。掌握了知识和本领，就不怕无用武之地，更不会出现本领恐慌。今天的国家和社会比以往任何一个时期都需要优秀人才。接近 700 所法学院系每年培养几十万名法科毕业生。但我们国家能够熟练从事涉外业务的律师只有 7000 多名，可从事"双反双保"业务的只有 500 多人，可在 WTO 机构独立办案的只有 331 人。"当今时代，知识更新不断加快，社会分工日益细化，新技术新模式新业态层出不穷。这既为青年施展才华、竞展风采提供了广阔舞台，也对青年能力素质提出了新的更高要求。"近来，美国挑起贸易战，试图遏制中国，我们瞬间明白"空谈误国，实干兴邦"，做好自己的事情，练就过硬的本领，才能披荆斩棘，一路向前。

你在法大习得的规则，养成的品德，可以保你畅通无阻、一生安康。法大以法科为优势和特色，"法学 +"就像"互联网 +"一样受人欢迎，规则教育已经渗透到所有学科专业中。只要是法大学子，就没有理由不懂规则。法治思维是你们的护身符，法治方式是你们的通行证。法治素养可以让"上路的新手"远离"事故"。迈入纷繁复杂的社会，必将面临形形色色的诱惑，站在人生的十字路口，只要我们牢记"道路千万条，安全第一条；人生不规范，亲人两行泪"，就可以保我们一路平安。法律是成文的道德，道德是内心的法律。只要你明大德、守公德、严私德，明辨是非、敬畏法律、恪守正道，你的人生之路就会畅通无阻，一生安康。

你在法大接受的仁爱，体会的善良，终将让你活出幸福的模样。"爱是教育的灵魂，没有爱就没有教育。教师要有仁爱之心，好老师要用爱培育爱，激发爱，传播爱，滋润学生的心田。"法大不乏爱的案例。体育部王小平老师是我校流浪动物保护者，他一直保持着随身携带猫粮的习惯，车子的后备箱里更是堆满给动物的食物。他说过："我看到流浪猫狗就给他们一些吃的，能做一分是一分。"刑事司法学院 1502 班高子涵，大一学年志愿服务总时长就达 370 小时，他说"志愿活动是我生活的一部分，我会一直做下去”。在法大，还有无数这样善良的老师和同学，每年的“自强之星”和“感动法大人物”让无数人落泪的同时，也激发了更多人爱的热情，他们不断传递着爱的温暖，感染着一代又一代法大人，带着爱走进社会，温暖的不仅仅是你身边的人，还会提升这个社会的温度，最终让自己成为幸福的人。

再见了，同学们，叮嘱的话再多，也道不尽母校对你们远行的心心牵挂，也诉不完母校与你们离别的依依不舍。

再见了，同学们，在奋斗的路上，当你们感觉苦了、累了、倦了，要记得常回家看看，法大永远是大家的避风港湾和精神家园。

再见了！同学们，“四年四度军都春，一生一世法大人”，请收藏这段珍贵记忆，带上美好的祝福出征，去追寻人生路上更美的风景，成就更加精彩的人生。

祝愿大家前程似锦、毕业快乐。

“新手上路，别怕，让我们一起出发！”

谢谢大家！

（本文为作者在中国政法大学2019届本科生毕业典礼暨学士学位授予仪式上的致辞）

做有想象力的法律人

王　轶
中国人民大学法学院院长

各位尊敬的老师，各位尊敬的家长，亲爱的2019届858名优秀的人大法学院毕业生：

大家下午好！

首先，我提议同学们把掌声献给坐在台上的先生。他们或者年长，或者年轻；或者严厉，或者温和，但是他们都在把自己一生中最美的时光献给人大法学院，他们都毫无保留地把自己的经验和学识献给了同学们。我再提议，同学们把掌声献给坐在二楼的家长。是他们给了在座各位同学生命，在你们成长的每一个阶段，他们都不求任何回报地陪在你们的身旁，然后慢慢地老去。我还要提议，同学们把最热烈的掌声送给你们自己。你们在最美的年华、最好的年龄来到了人大法学院，你们一定是战胜了不少难以言表的痛苦和迷茫，才走到今天，你们是最棒的自己！

六月的人大校园，总会跟平时有一些不同。每每在夜晚穿行明德广场，总会时不时地邂逅身边匆匆表达的爱情、难以割舍的依恋、踌躇满志的憧憬，当然，也一定少不了略微有些感伤的歌声。“长亭外，古道边，芳草碧连天。晚风拂柳笛声残，夕阳山外山。”中文真是世界上最优美的文字！明明就是一个又一个再普通不过的汉字，合在一起就产生了一股特别的力量，让离愁别绪刹那间涌进心房，久久都挥之不去。是啊，或长或短的离别，总会让人黯然神伤。人生大抵就是这样，就是一个送别接着又一个送别的旅程。就在这一方不大的校园，就在清澈见底的一勺池旁，就在这个明德堂，我们送走了多少春夏秋冬，送走了多少人，送走了多少事，送走了多少爱恨情仇。但是我相信，永远都送不走的，是我们人大法律人的坚守和理想；永远都送不走的，是我们作为人类一分子的温情和善良。

前段时间，未来法治研究院一位年轻的同事和我聊天，提及一位哲学家的论断：一旦人工智能对人类说“不”，将是何等天翻地覆的历史终结！人工智能和人类之间的关系如此，孩子和家长之间的关系何尝不是这样？我不太清楚在座的各位家长是否也有相同的感受：当孩子向您提出您感觉难以回答的问题时，就是家庭关系发生天翻地覆改变的时刻，这是孩子已经长大、开始独立、走向成熟的表征。我一直怀着难以言表的复杂心情在等着这一天的到来。这一天终于来了！就在 6 月 13 日我陪同韩大元老师到乌兰巴托参加“第六届亚洲法学院院长论坛”的前一天，正在读中学的儿子突然问了我一个问题。他说：“爸爸，你觉得人和地球上其他生命的区别在什么地方？”当我准备把自己从书本上学到的答案脱口而出告诉他的时候，不经意发现儿子认真的目光中带着几丝“狡黠”，来者“不善”啊！

我停下来，认真地想了想。是啊，人和这个地球上其他生命的区别究竟在什么地方？是人有感情，而这个地球上的其他生命没有感情吗？在我的手机里收藏着一幅照片，据说这张照片的拍摄者在拍摄完毕之后，就一直陷于抑郁症不能自拔。这是一张怎样的照片？群豹在追逐一只母鹿和两只鹿宝宝。以母鹿的奔跑速度完全可以逃脱这群豹子的杀戮，但她却停下了自己奔跑的脚步，任由群豹扑到自己的身上，撕咬自己的身躯。在即将被撕成碎片的瞬间，她惊恐哀怨的目光透露出一丝欣慰，眺望着前方逃离了群豹攻击的两只鹿宝宝。这是出自本能的爱，可以划过时空跨越生死！动物没有感情吗？！前几天的微信朋友圈，刷屏的是一组让人动容的照片和一段让人泪目的文字：一只小猫，流浪在街头，被发现时邋里邋遢，瘦得不成样子。而她的身旁，躺着妈妈的尸体。妈妈不知何时已离开了这个世界，小猫却不离不弃，不断舔舐着妈妈已经没有了温度的身体。小猫白天依依不舍地守在妈妈身旁，到了晚上才外出觅食，渴了就喝街边的积水，饿了就嚼路边的树枝，好不容易在垃圾堆中找到一片肉，骨瘦如柴的她一路飞奔到妈妈身旁，要把这片肉送给妈妈。动物没有感情吗？！在这一点上，人可能和地球上的其他生命没有什么根本的不同，如果有，那也应当是动物尚深情，人当情更深。

人和这个地球上其他生命的区别究竟在什么地方？是人有思想，而地球上的其他生命没有思想吗？著名哲学家加缪说过，真正严肃的哲学问题只有一个，那就是“自杀”。是啊，生存还是死亡，这才是真正需要严肃对待的哲学问题。但只有人类才会面对这一问题吗？我们在无数的场景中可以看到，无论是禽兽还是草木，都会面对着生存还是死亡的选择。我们怎么就知道它们没有对生存还是死亡的问题进行过认真的思考？母鹿的生死抉择、小猫的不离不弃还不能让我们做出应有的判断吗？如果说在这一点上，人类和这个地球上其他的生命真的有什么区别的话，那可能就是人类是用自己看得见、听得懂、摸得着的方式表达了对生存与死亡问题的思考，而且人类在这个需要严肃对待的哲学问题之外，还思考了很多不需要那么严肃去对待的问题。

人和这个地球上其他生命的区别究竟在什么地方？我想起自己中学时代在教科书上看到的一句话——人和地球上其他生命的区别就在于人会制造和利用工具。这真的就是人和地球上其他生命的区别吗？著名的人类学家 Jane Goodall（简·古多尔）女士经过多年观测和研究发现，黑猩猩是可以制造并且利用工具的。她的导师——同样是杰出的人类学家和考古学家 Louis Leakey（路易斯·利基）说了一段著名的话：“我们现在必须要重新定义工具，重新定义人，不然我们就得承认黑猩猩和人没有什么差别。”看来，在制造和利用工具的问题上，如果说人和地球上的其他生命真的有什么区别的话，一定不是只有人才会制造和利用工具，而是人会制造和利用更为丰富和复杂的工具。

在我看来，人和这个地球上其他的生命，最大的不同大概就是人总会赋予自己的行动以意义，并在赋予意义的基础上展开充分的想象。人类大概是地球上所有的生命中最富有想象力的物种！我们想一想，人类以外的其他物种，就以备受人们喜爱的大熊猫为例吧，我们就算把它请到北京，请到纽约，请到伦敦，都必须要预置一个和它家乡大致相同的生存环境。人类以外，这个地球上其他的生命都严重依赖大自然先天给定的条件。但人类不一样，人类从来没有满足过自己的生活条件和生存环境，从农业社会到工业社会，从工业社会到信息社会，从信息社会到智能社会，人类向前迈出的每一步，无不闪耀着人类想象力的神奇光芒。人类的发展，就是一个不断展现想象力，并不断把想象转化为现实的过程。我们想像鸟儿一样在天空翱翔，于是我们有了飞机；我们想像鱼儿一样在海里遨游，于是我们有了轮船；我们希望足不出户，就能获得自己需要的商品，于是我们就有了电商。我小的时候读过一本书，可能在座的“80后”“90后”都未必听说过——《小灵通漫游未来》，现在想想，当时觉得遥不可及的幻想，今天都已经成为现实。是啊，人类能走多远，根本上还是取决于人类的想象力有多强！

推动社会的发展，需要人类展现自己的想象力；推动法治的进步，同样需要法律人展现自己的想象力。这是一个特别需要法律人展现自己想象力的时代！当我们着手进行一部法律的起草，当我们着手进行一部法典的编纂，以前几乎所有的问题都能够从其他国家和地区现成的文本中找到可供参考的答案、可供借鉴的经验。但是站在21世纪的第二个十年，我们会发现，我们面对着越来越多人类以前从来没有给出过答案的问题。无人驾驶机动车肇事致人损害，如何进行侵权损害赔偿责任的承担？是机动车交通事故责任的翻版，还是产品责任的无差别适用？需要我们去给出答案。还有应该赋予人工智能在民法上什么样的法律地位？

我注意到迄今为止的讨论中，有“完全人格说”“准人格说”“无人格说”的意见对立。我也曾经坚定地站在“无人格说”的一方，但是一段给我留下深刻印象的视频让我开始怀疑自己的价值取向。这是一段让人难忘的视频。视频中的故事发生在一个未来的装配车间，一个机器人负责装配其他的机器人，凡是装配好的机器人，都会被装进一个集装箱，运到指定的场所去销售和使用。这个机器人按照预先设定好的程序，安装好了一个美女形象机器人的四肢和躯体，并开始安装她的大脑。大脑刚刚安装完成，这位美女形象的机器人突然开始哀求不要把自己装进集装箱。装配她的机器人愣了大概有几秒钟的时间，随即开始了拆卸作业，先拆卸掉她的四肢和躯干，又要拆卸掉她的大脑。整个拆卸的过程中，美女形象的机器人不断地苦苦哀求，眼泪也溢出她的眼眶。装配她的机器人终于在最后一刻停住了，又迅速地把她装配完成。这位美女形象的机器人，大概就是哲学家口中会对人类说“不”的那个吧。当有一天，面对着这样的场景，我们再去回答要不要给机器人以法律上的人格，我们会给出什么样的答案？可能那个时候我们所分享的价值共识会跟今天有所不同。是啊，就像刚才张吉豫老师在致辞时谈到的那样，未来已来，这个已来的未来包含着刚才刘思佳校友致辞时所说的无数的可能性，对应着无数需要我们法律人运用想象力，去给出答案的问题。

面对前所未有的挑战，如何做出我们的回应？人类几千年的生活经验告诉我们，挑战和机遇总是携手而来，相伴而生。前所未有的挑战一定同时意味着前所未有的机遇。如果说迄今为止，改革开放 40 年，我们中国人向世界展现的主要是我们的学习能力的话，那么改革开放未来的 40 年，未来的 70 年，未来更长的历史时段，我们中国人需要向世界展现的，主要应当是我们的想象能力。面对人类还没有给出答案的问题，我们要给出适合我们的答案，并能够对人类有所启发；来到人迹罕至的领域，我们要留下探索的足迹和扎实的脚印；我们要在还没有路的地方，披荆斩棘，筚路蓝缕，走出一条自己的路！这不但是在人类面对数千年未有之大变局，我们作为一个有着五千年生生不息、绵延长久文明的民族必须承担的历史使命；更是一个过去百余年来不断从人类共同文明中吸取营养的民族，能够为人类文明送上的最好的回馈。人大法律人，应当有这样的理想，应当有这样的抱负。我们正身处一个重要的历史节点，我们正在创造历史，此时此刻，人大法律人必须在场，不能缺席。

在离别的时候说这些话，可能有些沉重。但我想，台上的先生们和我一样，真心希望当我们这个国家和民族需要法律人挺身而出的时候，能够看到我们人大法律人，能够看到在座各位同学的身影。我希望你们在人大法学院过去两年、三年、四年或者更长的时间里所学习的知识和积累的经验，是你们登高远望的肩膀，而不是禁锢你们想象力的高墙。

临别之际，把最美好的祝福送给你们，送给我们共和国未来的栋梁！

谢谢大家！

（本文为作者在中国人民大学法学院2019届学位授予仪式暨毕业典礼上的致辞）

信仰、使命、道德和爱是支撑生活的四大支柱

包国宪
兰州大学管理学院教授

尊敬的各位嘉宾，各位老师，亲爱的毕业生同学们：

大家上午好！

很荣幸作为教师代表在这一神圣的典礼上发言，向2019届每一位毕业生送上老师们共同的祝贺和良好的祝愿。祝贺大家通过努力完成了学习任务，顺利毕业，祝愿大家将开启人生新征程，挥洒青春，奉献社会。此时此刻，我们还要由衷地感谢大家，因为你们而使教师有了非凡的荣誉和价值；也因为你们，而使大学具备了绝无仅有的权威和永葆青春的生命；也更因为你们，而使处在中国欠发达地区的兰州大学大放异彩，居一隅而雄天下。“兰大现象”的真正密码，只有在包括你们在内的一代又一代毕业生的奋斗史中才能得以真正解读。

大学，只有大学，才是比我们所有人都年轻的知识殿堂。因此，她永远是我们每个人生活、工作、创业、攀登、跋涉的源头活水，兰州大学就是我们共同的精神家园。以上这段话就是我在兰大从教31年，工作生活中的真实体悟。我想再过二三十年，大家一定会有与我同样的感知和体会。

在上个月我收到邀请在毕业典礼上代表教师发言时，倍感荣幸，而又诚惶诚恐。面对不同层次、不同专业、处在不同境况中的毕业生，在大家离校时，我究

竟要给大家说点什么呢？我通过管理学院学生工作渠道和大学生领导力与社会责任示范班渠道做了初步了解，同学们在离校之际有很多困惑与问题，管理学院李艳霞和霍达老师收集了一下，拿来了 14 个问题。我归纳起来大致有三方面。一是如何认识兰大，兰大毕业生的优势和差距在什么地方？二是如何认识今天我们面临的环境，迎接现实的挑战？三是如何认识自我，学校和老师眼中的成功究竟指的是什么？

关于第一个问题，其实也是我多年来一直思考探索的问题。我认为，兰大毕业生的优势，首先来源于一百多年来积淀的优良学风所体现出来的精神底色。特别注重基础理论和学习与研究能力，已成为兰州大学及其师生最为显著的核心竞争力。其次来源于西北黄天厚土所承载的华夏文明所给予我们的文化养分。文化没有教育支撑则难以延续升华，而教育没有文化浸润则会变得低俗粗暴。最后来源于改革开放以来，面对区域经济相对落后、人才流失兰大人炼狱般的坚守奋斗所形成的毅力和气概。就如泰戈尔所讲“世界以痛吻我，我要报之以歌”。这些都集中体现在“勤奋、求实、进取”的兰大学风和“自强不息，独树一帜”的校训中。关于兰大人，有无尽的描述和比喻，有人讲他们是滚滚黄河水，有人喻之大漠的胡杨树，还有人称赞他们是高原的一群雄鹰。社会对兰大毕业生的评价是“基础扎实，人品厚道，后劲十足”。这就是兰州大学毕业生最大的优势。进入新时代，如何保持这些优势，扩大这些优势，转化这些优势并使之持续成为兰大每一位毕业生的竞争力，这是我给大家出的思考题。也是我们教育教学改革中要着力解决的一个战略性问题。

今天，在经济全球化和世界多极化的国际大环境下，我国虽已成为第二大经济体，但人均收入仍处在落后地位，在城市化、工业化、信息化还不充分的条件下，我们又迎来了以物联网、智能化为核心标志的第四次技术革命浪潮，在国内各种矛盾交织显现的情况下又面临着全球治理变革所带来的挑战。我们必须站在国内与国际、历史与现实、发展与变革交织的立交桥上看待这些问题，必须通过自己的变革来迎接挑战，变挑战为机遇。因此，希望同学们在这个大变局中学会用国际语言、国际视野、国际思维和国际行为诠释世界，成全自己，贡献社会。择善而决，择善而行，择善而从，建立信任，包容发展，是学习和运用国际语言的一些重要准则。而在新时代、全球化和复杂性交织中审视我们面临的难题和遭遇，必须具备国际视野和国际思维。要在人类命运共同体框架下思考我们自己，我们面临的问题和我们与别人的关系。国际化行为是以人类和谐进步为最高准则的行为规范、行为方向和行为方式。以善的标准去丈量人的行为，首先是自己的一言一行、一举一动。善良是对生命最神圣的注解，谁拥有它，谁就掌握了最伟大的生存法则。正如罗曼·罗兰写的："除了善良，我不承认世上还有其他高人一等的标志。""学习做大国公民"是包括每个兰大毕业生在内的所有中国社会精英在新时代应着力解决的一个大问题。同学们，这也是我对大家毕业时的寄语和期望，也是你们毕业后在工作生活中应着力修为的地方。

如果说认识母校和认识环境还有很多人，包括很多专家帮助我们的话，认识自我则是需要自己毕其一生独自完成的课题。认识自我，要从清零开始，要通过反思和做具体工作去深化。很多大学生毕业后，一直在兴趣与职业、理想与世俗和过程与结果之间徘徊彷徨，这其实是每个人都要经历的状态。人生最难莫过于认识自己，认识自己是人生首先要面临的问题，却是最后才可能得以解决的问题。人生最大的悲剧就是最终也没有认识自己。认识自己要放下自己的全部，包括地位、荣誉、知识、经验和财富，这样你才能看得清，看得透。认识自己要反思自己，而反思首先要反思自己的"三观"，即"世界观、人生观、价值观"。它关乎我们对世界的看法，对人生的态度和对生活的评价。人们常常把"三观"谓之"道"，"形而上者谓之道"。其实它很具体，就表现在你的所有行为中。大家熟知的孟加拉国尤努斯教授办的乡村银行，使600多万人受益而脱贫，其中近一半是妇女；德国义工卢安克2001年独自来到广西贫困山区，日夜与留守儿童相伴，做孩子的老师，使这些远离父母的孩子又重新找到了快乐。我们中国这样的例子更多。这些都是由其“三观”指引下的作为。前几年大家分析央视主持人芮成钢犯罪的原因。有人认为他的问题出在“三急”上：急于升官、急于挣钱、急于成名。我不以为然，我认为他是不知道、甚至错误地回答“为什么要升官、为什么要挣钱和为什么要成名”。几年前，我给管理学院本科生写过一则寄语，也是与“三观”相关的。今年送给2019届的毕业生。“信仰、使命、道德和爱是支撑一个人生活的四大支柱。因信仰而生，因使命而活，因道德而遵守规矩，因爱而坚强有力。社会上任何一个人，只要在四大支柱中突出其一使其成为生活方式的终极理由，他就是一个性格独特、血肉鲜活的人。而四个都具备，他就是个幸福完美的人。”比尔·盖茨认为，衡量幸福是看你给周围人带来多少快乐。希望这些对大家有所帮助。

认真做事，做好具体事是认识自己的金钥匙。当今有很多这样的人，他们夸夸其谈，好高骛远，为所欲为，手电筒只照别人。这样的品格不是兰大毕业生应有的品格，这样的人终生也不会认识自己。做具体事，不是没有远大理想与追求，“千里之行，始于足下”。阿尔贝·加缪讲：“一切伟大的行动和思想，都有一个微不足道的开始。”培根也讲过：“人生如同道路，最近的捷径通常是最坏的路。”交通行车上有个“大道定律”，对人生也是有极深启示的。我们管理学院的院训很多人都知道，“学习管理就是学习成功”。我每年都要解读一次。因为“成功”太诱人，我很害怕理解上出现偏差，行为上走入歧途。我今年结合兰大校庆110周年“坚守奋斗”的主题做这样的解读，希望对大家有所帮助。人生最大的成功就是让平凡变得不平凡，视不平凡为平凡。平凡不是平庸，平凡是生活心境，不平凡是一种价值追求。敢于自我牺牲是伟大与平庸的分水岭，跟着灵魂的脚步声前进，是我们解决很多困惑难题最重要的方法论。成功不是一种结果，而是只属于你自己的人生色彩。

同学们，今天的时代是个深刻变革的时代。作为新时代的社会精英，大家的使命是重构，要用自己的行为、智慧重构秩序，重构文化，重构治理，而实现重构的关键是重塑自己。“认识兰大、认识环境、认识自己”是重塑自己的起点。重塑是大家毕业后的又一征程。

最后，祝愿各位同学生活愉快，事业有成，人生成功。未来属于勇敢重塑自己的人。

谢谢大家！

（本文为作者在兰州大学2019届学生毕业典礼暨学位授予仪式上的致辞）

不要只关注事情的这一面，也要对另一面保持好奇

童世骏
华东师范大学党委书记

各位导师、各位来宾、各位2019届博士生同学：

大家下午好！

首先，请允许我代表学校全体教职员工，向在座的同学们，向今年毕业的我校509名博士生，表示最衷心的祝贺！向同学们的各位导师，向你们的全体家人，向为你们的成长和成才付出心血和汗水的每一位教职员工，致以最崇高的敬意！

稍后，我们将一起见证钱旭红校长向诸位颁授学位证书。去年的博士研究生毕业典礼上，我说过博士学位颁授仪式可谓是一个人学术生命中的“成年大礼”。今年的此刻，我们又相聚在这里，按照惯例，我代表学校向大家说几句。在大家正式成为“学术成年人”之前，说几句只有在这个时刻才适合说的话。

在这个时刻，你们已经完成了博士生阶段的学习。在攻读博士学位的过程中，你们已经知道了学术领域和学术生涯的许多“内幕”，其中或许也包括这样一个“奥秘”：学术会议上，发言之后如果没有人提出问题，往往就是最大的问题；同

行反应如果只有一句“very interesting”，那意思基本就是“not very interesting”。

当然，会做这样评价的，通常不会是自己的合作伙伴，尤其不会是自己的授业导师。你们在博士生阶段，乃至在整个求学时期，最珍贵的一个成长条件，就是你们身边始终有知无不言的老师和同学，尤其是你们的老师们，他们一旦发现你们在学术上有什么差错，甚至在其他方面有什么不足，通常都会直截了当指出来，不需要犹豫，用不着打哈哈。你们在博士学习期间取得的成绩和进步，与你们在这座学府里所经历的这种师生交往密不可分。

但是，获得博士学位以后，你们不再是导师的在读学生，你们不用再受老师的耳提面命。你们此后的成果质量、学术操守，你们为人是否厚道、做事是否靠谱，老师们即使还会关心，甚至非常关心，其表达方式也会与先前有很大不同。在通常情况下，就连你们曾经的受业导师（更不用说你们此后的一般同事），都会对要不要直截了当地提醒你、告诫你，有一些犹豫。

因此，同学们，在获得博士学位以后，你们要用更多的努力，去让你的听众和读者们真心觉得你的工作是 really very interesting；你们要用更诚恳的态度，去使你们的同事和同行愿意对你所做的工作提出真实的问题，甚至提出棘手的质疑；你们要靠自己更严厉的目光去审视自己的不足，用更高的自觉和更大的勇气去调整自己的科研思路和研究方法，甚至去调整自己的价值取向和行为模式——我的意思当然是，before it’s too late。

在这个时刻之后，在获得博士学位以后，你们在学术上、在工作中，会渐渐地不仅“上有老”，而且“下有小”。这意味着你们的责任将更大，将逐渐成为单位里的壮劳力，甚至顶梁柱；即使还说不上扶老携幼，也一定会忙里忙外。

幸运的是，虽然你们在实践领域将付出更多，但在认识领域却将得到更多。

你们会突然发现，你们比以前更知道该怎么对待你们的长者了，因为你们在自己的学生和更年轻的同事面前，也成了“长者”——你希望他们怎么对你，你也就应该怎么对你自己的长者。你希望自己的学生和更年轻的同事们对你不过于依赖，就要想办法让你的主管觉得你是配得上信任的；你希望自己的学生和更年轻的同事们对你不过于怠慢，也就应该转过身对你自己的长者们，尤其是对那些并非位高权重的长者们，表示更多的尊重和关心。

当然，反过来说，你们一旦适应了“上有老、下有小”的状况，你们也应该能清楚地意识到，如果有些事情是你不愿意你的长者对你做的，那你也就不应该对把你当作长者的那些人，对你的学生和年轻同事，去做这些事情。万一有老师让你做了不该做的事情而使你心生抱怨，万一有领导对你有过不公平的态度让你很郁闷，那么，亲爱的同学们请记住，你们要努力让你们今后的学生和更年轻的同事们不再有同样的抱怨和郁闷，要努力让校园、学术圈乃至整个社会中那些你看不惯甚至看不起的东西，在你今后参与的代际传递中，越来越少。

在这个时刻之后，在获得博士学位以后，你们将承担起新的社会角色。随着你们承担的社会角色逐步增多、人际责任逐步加重，你们会有更多机会在工作和生活的各个领域中不仅知道“事情的这一方面”，而且知道“事情的另一方面”。获得博士学位以后，你们以学生身份进行的学习过程终于结束了，但我希望，你们在努力做好创造者的同时，要继续努力做好学习者，珍惜人生历程中的多种认知机会，保持对“事情的另一方面”的强烈求知欲望。

在过去一年的诸多科技进展当中，我特别感兴趣的，是今年 1 月 3 日，我国的嫦娥四号探测器成功着陆于月球背面的预选区域——艾特肯盆地冯·卡门撞击坑（the Von Karman Crater in the South Pole-Aitken Basin），“玉兔二号”巡视器直接行走在月球地面；“嫦娥”和“玉兔”发回的照片，都通过“鹊桥”中继星传回了地球。大家知道，由于月球自转周期与月球绕地球的公转周期恰好相等，月球始终以同一侧面对着地球；月球的另一面藏着什么秘密，就像罗大佑歌中唱的“山里面有没有住着神仙”一样，吸引着一代又一代求知者们。

我之所以对嫦娥四号登陆月球背面的新闻特别感兴趣，不仅是因为率先登陆月球背面的是我亲爱的祖国，而且是因为在我的专业领域，在现代哲学史上，

“月球背面”，“the far side of the moon”，是一个经常出现的词汇，哲学家们经常用这个词来比喻一定存在但没有直接经验证据的研究对象。我还不清楚，在今年1月3日以后，我的哲学同行们在讨论科学研究方法论中的可能与现实、逻辑与事实、先验与经验、直接经验与间接经验、经验证实与经验证伪等概念对子和概念关系的时候，会换别的什么例子来做说明。

我之所以对嫦娥四号登陆月球背面感兴趣，更重要的原因，是它生动地说明了人之为人的一个根本特征：总是不满足于只认识事情的这一面，也要认识事情的另一面。1月3日及以后的那几天，全世界各国媒体，包括吵着要在国际贸易中与我们大干一场的那个国家的媒体，都争相报道有关“嫦娥”“玉兔”和“鹊桥”的消息，并几乎毫无例外地给予非常高的评价。前几天，6月18日，在巴黎航展的一个活动上，法国一位叫让－弗朗索瓦·克莱瓦的宇航员兴奋地说，在嫦娥四号登陆月球背面以后，他自己如果再有一次机会可以登上月球的话，也希望去月球的背面亲自看看。

人类对月球背面的好奇和探索，给我们的启发，不仅仅在认识论和方法论上，而且也在价值观和人生观上。英国哲人J. S. 米尔（John Stuart Mill）曾有名言：“做一个不满足的人比做一个满足的猪好；做一个不满足的苏格拉底比做一个傻子好。”似乎是预料到有人会问“何以见得？”米尔接着说，“万一傻子或是猪看法不同，这是因为他们只知道这个问题的他们自己的那方面。苏格拉底一类的人却知道两方面。”（The other party to the comparison knows both sides.）

同学们，愿你们在获得博士学位以后，用自己的科学研究帮助人类登陆更多的“月球背面”，让自己的人生历程得益于更多的“知道两方面”的智慧收获。

同学们，再过三个多月，我们就要迎来中华人民共和国70周年大庆了。在这样一个时刻毕业，你们肩上的使命尤其光荣，也尤其艰巨。经过70年奋斗，中国特色社会主义事业的建设成就，包括中国高等教育的发展成绩，已举世公认，但进入新时代以后，中国人也必须在项目更多的竞技场上，在难度更高的竞技项目当中，赢得世人的持久敬重。正如习近平总书记最近指出的，“新时代的中国，更需要使命在肩、奋斗有我的精神”，愿你们，愿 2019 年在华东师大毕业的全体博士生同学们，不懈奋斗，不辱使命，为民族和社会的发展，做出学子们应有的更大的贡献！

（本文为作者在华东师范大学 2019 届博士研究生毕业典礼暨学位授予仪式上的致辞，原标题为《不懈奋斗，不辱使命，为民族和社会的发展做出更大贡献》）

第二部分

像弱者一样感受世界

由于生命中每一种情况对人来说都是一种挑战，都会提出需要你去解决的问题，所以生命之意义的问题实际上被颠倒了。人不应该问他的生命之意义是什么，而必须承认是生命向他提出了问题。简单地说，生命对每个人都提出了问题，他必须通过对自己生命的理解来回答生命的提问。

——维克多·弗兰克尔《活出生命的意义》

你们要做胸怀天下，以无我为自我的大知识分子

王　辰
北京协和医学院校长

亲爱的同学们、同学们的家长和亲友，尊敬的老师们：

多年寒窗之后，你们迎来了这一温暖和欢欣的时刻！要意识到，这是你们从过去受哺育于社会、转而奉献于社会的人生节点。

作为校长和老师，总觉得还有很多东西没有教够、教全，没有教会大家。所以，在同学们毕业之际，再做一点叮嘱。

我们可爱的医学

首先，希望大家真正、真切地认识到，医学是最为可爱的专业、职业、行业、事业，值得、应当执守和奉献终生。对此，应当成为信念。

作为专业的医学

医学是体现人类最高尚的人道本义，最集人类智慧与才能之大成者。医学是维护人类出生、成长、成熟，维护健康和生命的最重要方法。如果说国防是为了国家和民族的生存，使用了最先进的科学和技术，那么医学就是为了维护健康和

生命这一人类的终极利益，凝聚了人类最前沿、最精粹的科学和技术。多学科立体交融的科技体系已属浩瀚，但是，医学还远不止于此。除了科技之外，医学还融入了大量人文和艺术的内容。人类的一切意识和行为，社会的构架关系，都或多或少、或浓或淡，或直接或间接地与医学产生关系。所以，医学是所有专业学识技能中最综合、底蕴最深厚的。只有具备最丰富、最深厚学养，素质最高的人，才可堪医学大任。因此，八年制也好，普通医学院校的五年制也好，都长于一般的专业学习。即便如此，我们还是觉得有太多没有教到、教会大家的东西。今天，你们毕业了，今后，实践将是你们学习、领悟医学最好的方式。

作为职业的医学

医学是最能表达善良、救护病者、体恤痛者、体现人生价值的职业。这一职业，古今中外，备受尊崇；人生事业，最堪与付。我们认为，与其称之为职业，不如视之为使命。但是，在当今现实社会，我们职业的社会定位和医务人员的社会地位并不是在历史上最受尊崇的时候，甚至出现了某种令人不堪的异化。但是我们的眼光不能是仅以当下，甚至是不能仅以今生今世来作考量，而应当着眼于人类历史的发展历程。哪怕业界有人抱怨和颓丧，协和也应当是一个眼含冷峻、面带微笑、心怀悲悯、为未来谋划和引领并推动变革的地方。当下的情况不代表未来，当下的境况需要有人加以改变。作为协和毕业生，你们应当承担起改变医务人员境况的历史责任，你们负有这个使命，你们必须有志、有能、有为、有成。

作为行业的医学

医学是人类社会中最伟大的行业。这个行业以照护人类的健康和生命为己任。我讲过，这是人的终极利益所系。它是用科学、技术、人文、艺术，以及其他一切可及的包括卫生政策、社会意识、社会觉悟、社会行动等手段，来照护人类的行业，是一个最典型的没有行业私利、真正将行业的发展与人类社会的利益高度统一的行业。继温饱这一最基本的民生问题解决之后，最突出的民生问题就是健康问题。医疗卫生行业即担当着这一关乎国计民生的重大使命。行业的状态由人来决定，尤其是由行业中的领导者来决定。协和从建校之日起，其育人目标就是要培育行业领导者。回首 20 世纪，中国医学界的一支最主流的力量是由协和的师生所承担起来的。1948 年，选举中央研究院第一届院士时，八位医学界院士中，五位是协和的教授。中华人民共和国成立前仅有十几所医学院，除一所外，都是由协和的教师或毕业生担任的校长。这就是协和的业界地位。21 世纪，协和系统、中国医学科学院能否协同医药卫生界，形成协和万邦的局面，引领中国医学界乃至世界医学界健康发展，形成中国医学界在中国社会、在世界医学界的尊崇地位，既要看老师们的努力，也要看你们。盼同学们能够不负期望。

作为事业的医学

医学是属于民众的，属于人类的。其功能产出是照护人类健康，助其生命圆满。因此，医学是最重要的人类事业。

20 世纪，协和成就了将科学医学（Scientific Medicine）引入、发展于中国的事业。医学有很多种，有神灵主义医学模式，有技艺型、经验型医学，而真正把科学医学，即以科学为基础、为主干，同时兼顾多学科的医学体系引入中国，协和发挥了历史性作用。科学医学在中国的发展改变了中国人民的命运，为民众带来了巨大福祉。还是要问，21 世纪到来的时候，协和是逐渐式微，还是日益发挥行业和事业的引领作用？尤其在中国的医药卫生事业特别需要进行科学思考和设计，进而引领方向的时候，协和是不是能够挺身而立、播撒智慧、迎风拔剑？协和在中国的卫生事业克服困难、走向胜利的过程中承担什么样的使命？协和“To be，or not to be”，这是每位师生都要思考的重要问题。

没有谁给大家唱什么高调，没有谁去给大家刻意地描述一个乌托邦式的、虚幻的、空喊口号的高尚专业、职业、行业和事业。医学的高尚，是实实在在的，是靠我们点点滴滴的行动支撑起来的。同学们，哪怕你们将来受到很多的艰难困苦，哪怕你们所遇到的现实和“证据”似乎在否定这一点，医学之高尚也是绝不容置疑的。重复一遍刚才讲过的话：任何事情的思考格局不仅仅是从现在一时一刻，甚至也不仅仅是今生今世，而是要从古至今而及未来，站在历史的大格局中思考。医学发展遇到困难之时，就正是历史上需要转折的时期，这种转折需要担当者，需要英雄。引领、推动这种转折寄希望于大家。

医学承载着人类最大的希望和利益，是最好的一门专业、职业、行业、事业，这就是在此时此刻让大家记在心里的。医学最高尚，学医、从医最艰苦，但也正因为这些，医学更加可爱！

医生的六大核心能力

大家毕业了，做临床的同学要接受毕业后医学教育（Graduate Medical Education），国家近年刚刚建立起来这个体制。国际上最富影响力的毕业后医学教育组织是美国毕业后医学教育认证委员会（ACGME），他们提出了医生所要具备的六大核心能力，我很以为然。这些能力不仅是在毕业后医学教育阶段，而且是终生的医学实践中都要注重的。我愿意用此刻宝贵的时间，让大家记住并更加深切地领会“医生的六大核心能力”，在毕业后的工作实践中更加注重和提升这些能力。

一是病人照护（Patient Care）

注意这里用词是照护（care），这是一个准确的表述。我们有时说“服务”（service），也无不可，但一定要把握这里“服务”的准确含义是“照护”，而不是商业服务（commercial service）。“为人民服务”中的“服务”、美国卫生部（U.S.Department of Health and Human Services）中的“service”都是照护——care的含义，不是指商业服务。当今社会上有一个倾向，竟然把医学照护作为一种商业服务，把医务界作为一个服务行业，抱着有多少钱办多少事、取得多少效果的心态办医，这违反了医学的本质、属性和规律。这是医学界、医务行业必须警惕，决然不能接受的。这种做法不仅会造成卫生行业异化，更会对社会造成损伤。

如何实施病人照护（Patient Care）？首先是要有发自内心的同情心和悲悯心，这是做医生和护士的根本点。同时，这种 care 是专业性的，是学术性、技术性的，必须在掌握规律的基础上，用正确的思维和方式、方法，实施对病人利益最大、弊端最少的照护。

二是医学知识（Medical Knowledge）

医学知识大家学了很多，而且还在不断地增长中。医学知识中，科技是基础性、主流性的，但医学绝不仅仅限于科学和技术。大家也要知道，科学不尽神圣。费尔巴哈讲："一切东西在辩证法面前没有神圣。"我们从小被灌输的都是科学精神是白玉无瑕的，是一种至上的精神，只有积极意义，没有消极意义。其实，大家应当明白，科学是有其深刻的局限性、偏狭性的，科学发达之后也会产生很多弊端。比如说核物理发展之后核弹的产生，抗生素产生之后耐药菌的出现等。实际上，任何事情都是双刃剑，科技尤其如此。科学的益处是我们要掌握和使用的，而弊端是要着力避免的。尽管如此，科技还是医学知识的最核心部分。协和医学院的定位与立身之本就是科学医学。医学的内容是多种多样的，其中最主干、最基础的，我们主要给大家传授的，还是科技方面。

艺术、人文知识在医学中也至为重要。我们现在举行毕业典礼的地方，叫作"首都剧场"。这是中国最高水平的话剧艺术殿堂。无数的世界名剧、中国名剧、艺术名家在这里演绎过人生、世道，展示过或高尚或卑鄙的各色人等，或美好或丑陋的浮世百态。一会儿，大家会站在这个舞台上，接受拨穗，获授学位。今后，你将站在各自专业、职业、行业、事业的舞台上，国家、世界的舞台上纵横驰骋。多读些书吧，那是知识的源泉。让知识更全面吧，那是行医的需要。我讲过，医学既是科学，也是多学，更是人学。包括科技、人文、艺术在内的多学科知识才能够支撑起医学大家。如果说，前期学校是以科技为重点对同学们进行的教学和训练，在人文教育方面有所不足的话，那么在今后，你们要努力去掌握远不止科技的综合的知识和技能。

三是基于实践的学习和提高（Practice-Based Learning and Improvement）

被传授的东西，或知识，或技能总是有限的。基于工作实践的学习、领悟、研究和改进是大家毕业以后最重要的能力提升方式，特别是在医学、护理学等临床医学领域。实践是最重要的，医学不是一个纯逻辑、纯理性的世界，简单的逻辑在这里不一定应验，多元的因果也难于精确估计。很多规律也都难以名状。同学们要在已经学到的知识基础之上，不断地拓展自己的知识，增加自己的经验，在知识和经验基础上产生自己的感悟。医学是一门特别需要有感悟力的学问，协和毕业生必须在基于实践的研究能力和感悟力上有自己的独到之处，才能卓越于众。

四是人际和沟通技能（Interpersonal and Communication Skills）

医学是与人打交道的，医学工作是一个团队工作。医学知识如此复杂，个性与社会因素纷繁复杂，预防和诊治工作需要广泛协同，做好人际交往和有效的交流沟通不是易事。将复杂的病情、医学问题向医学知识匮乏的病人及其家属清楚地介绍，良好地沟通治疗方案，取得理解配合至为重要。与团队成员、业界同行、其他社会各界人士的交往、沟通同样是取得良好工作效果的关键。所谓的 Interpersonal and Communication Skills 不只是技能技巧，而是医者必备的能力与素养，必须有意识地学习和修炼。

五是职业精神（Professionalism）

何为职业精神？老师们教你们的时候是不是多次传授和强调过职业精神呢？我想会的。但强调得够吗？大家能够理解领悟并且奉守吗？我想这又是一个在毕业时大家需要思考的问题。职业精神源自悲悯之心，源自品德修炼，突出表现在发生利益权衡的时候，克服了懦弱、懒惰与个人利益，真正把病人利益、医生的操守与荣誉放在优先位置，这就是职业精神。当 SARS 出现的时候，只因自己是身披白大衣的职业人士，于是就上了前线。当时根本不知道是病毒、细菌还是什么别的病原体，不知其传播、致病规律，知道的只是危险，知道的只是患者和社会需要，于是做出挺身而出的选择和行动，就是我们的职业精神所在。

六是基于体系的工作能力（Systems-Based Practice）

什么叫基于体系的工作能力？就是大到社会，中到卫生行业，小到医院科室，你在所处体系里面，利用其中具备的条件，创新其中不具备的条件，面对其中的矛盾困扰，所能做和做成的事情。你们毕业后，到条件好或不好的医院、学术强或不强的科室做医生或护士，在心胸大或不甚大，能力强或不甚强的上级医生、护士长、科主任所构成的人际环境里面工作，你是否能如鱼得水？即使不能，至少也要适应环境，有效工作，这就是基于体系的工作能力。任何人都是在某个体系和环境中工作和生活的，适应之，利用之，改善之，与所处环境共存共荣，这是你们毕业后的必修课。

昨天晚上和八年制毕业同学座谈，深感学校对同学们有很多照顾不周的地方，需要迅速加以改进。同时，也借机提示同学们，大家要意识到，尽管有诸多不如意，但是你们在学校的八年，主要是被哺育的对象，而未来你们会面临现实社会，现实的单位和行业环境，其中会有很多高尚的东西，也会有很多负面和困苦的东西，你们要做足精神准备，迎接艰难，这样你们才能较好地适应、发展并终成大器。

愿你们在美妙的医学中修炼出高贵的灵魂

医学是如此美妙。但是大家所看到、听到、意识到、体会到的，目前或许不甚美妙。以你们现在的年龄，当医学从理想化的美妙碰到现实困惑的时候，就容易产生一些负面情绪。只有克服这些负面情绪，你们才能真正体会到医学的美妙。换言之，你们要入得了世才能出世。什么叫“入世”？就是能够适应现实中存在的一切高尚和世俗，能够在现实社会中生存和发展。什么叫作“出世”？就是你能在世俗之上秉持一颗高尚的心，有一个高贵的灵魂。值同学们毕业之际，谨就入世和出世，给大家一点感悟和启示。

期望师生中产生胸怀天下，以无我为自我的大知识分子

协和的老师们、同学们都应当意识到自己面临着重要的使命，因为，我们在协和，在中国医学科学院。老师们必须是医学界最有学问、治学态度最严谨、品格最高尚的人。协和在一切具体事项上，包括学位评定、老师带教、科研诚信等方面，必须严肃严格。我们必须着力改变目前远待完善的研究和教学体系。我们会努力，这是老师们的使命。同学们被寄予更大的期望，肩负着更大的使命，因为你们年轻，代表着未来。协和是小规模特色办学，一年只有约1300名学生毕业。我们这样一所学校，恐怕是全中国规模最小的学校之一。但国家为协和投入了大量资源，包括整个中国医学科学院的资源都放在了你们的身上。尽管你们或许感觉准备得还不充分，但你们已经接受了协和医学院代表社会给予的哺育，你们要懂得将这种哺育反哺于社会。尤其当你们在这个行业当中碰到困难的时候，你们不要去抱怨，不要颓丧，不要精于算计。你们应该树起一面高尚的、充满职业精神和思想光辉的旗帜，这面旗帜将指引着中国的医学界克服困难，走向辉煌。

当前，我们正处在中华民族实现伟大复兴的关键阶段，历史给了我们太多的机会、责任和希望。爱国不要空谈，一定要转化为每个人的具体行动。协和的师生中必须出一些高尚者，出一些胸怀天下，以无我为自我的大知识分子。我想，这是国家对协和，包括对你们的期望。

谨祝同学们人生圆满，事业成功。

（本文为作者在北京协和医学院2019届毕业典礼暨学位授予仪式上的致辞）

你们捧走的烫金证书，代表着济人济世济天下的责任

金征宇
北京协和医学院影像医学与核医学系主任

尊敬的王辰校长、各位院领导，各位尊敬的老师、各位家长、各位来宾，亲爱的2019届毕业生同学们：

大家上午好！

在这里我心潮澎湃，非常荣幸能有机会在今天这个重要的时刻，代表我们老师与大家说几句肺腑之言。

今天是具有非凡意义的日子，因为我们2019届毕业生学成出关了。我们相信若干年后，今天在座的各位中，必然会有几位，甚至十几位的名字熠熠生辉，被载入医学史册！

偌大的世界，因为你们的选择，把我们圈在了一起，共同经历了人生中最难忘的一段时光，作为协和医学院的一名教师，我非常珍惜你们在我教学生涯中留下的每一个瞬间。时至今日，你们以新生身份踏入协和医学院的第一天，仿佛就发生在昨天。

今天，你们要走向下一个路口。如何坚持终身学习，将会是重要课题。不能

因为俗事缠身就放下手上的书，不能因为失败受挫就逃避压力和问题，更不能因为安于现状而愈发懒散，你要相信，学习终究会把你带到一个更宽广的世界，给你带来更宽广的视野，把那份原来你想都不敢想的美好，悄无声息地带到你的身边。只有保持学习的好习惯，才能看见自己的无知，因为看清无知，才会心生敬畏，才能在这偌大的江湖中多一点豁达和包容，学会团结合作，学会换位思考。

曾经，在我从医大毕业时，前辈送给我一句话："实习生什么都懂，却什么都干不了；主治医师什么都会干，却什么都不懂。"理论应该和实践结合，要会查文献而不唯文献。诊断疾病是经验科学，许多经验由鲜血凝结而成，医学离不开传承。所以，请尊重你的前辈。

众所周知，"大医必大儒"。一位优秀的医生必然具备高尚的职业道德和良好的职业操守。从西方的先哲希波克拉底到东方的"药王"孙思邈，从国际战士白求恩到现代医生的楷模林巧稚，无一不是如此。而对于绝大多数医学生来说，从事医疗工作是我们将来的主要职业，优秀医生的品质就是我们所应具备的品质。因此要成为一名优秀的医生，必须提高自身的软实力。

你们捧走的烫金证书，不仅记录着大学期间取得的成绩，更代表着济人济世济天下的责任。因为选择了医学，你们就拥有了千万个不能苟且的理由，既然选择了远方，便只能风雨兼程。

如今，医生的真实生活，只有亲身经历才能体会其中的酸甜苦辣。就像奥斯特洛夫斯基说的一样："人生就像奔流的洪水，不遇到岛屿和暗礁，就不会激起美丽的浪花。"

医学是以人为研究客体又直接服务于人、最具人文精神和人文传承的特殊学科。如果医生的目的只是治疗一种疾病，那么医生永远是失败者，没有一种疾病可以完全治愈永不复发；如果医生的目的是帮助病人，那么医生永远都是成功者，因为无论疾病如何发展，哪怕最终的结果仍是无法治愈，但医生最终都可以实现他们的目标。

我很欣赏现代医学之父威廉·奥斯勒的一句话："医学不仅仅是一门科学，重要的是一门艺术。"如今的医学教育大多只是讲疾病的症状、诊断及治疗，却忽视了作为一名医生真正面对的是病人而不是疾病，我们常常把医生的职责定义为救死扶伤，但往往忽视了病人真正的感受。"To cure sometimes. To relieve often. To comfort always."长眠在纽约东北部的撒拉纳克湖畔的特鲁多（E.L.Trudeau）医生的墓志铭，为我们揭示了医学真正的目的。

时代在发展进步，需要我们在历史长河中不断砥砺前行，选择医学之路的你们更是怀着一颗火热的心进行着术业专攻。但是，我们不应该忘记，就在一百年前，有一批青年在五四运动中扛起了"爱国、进步、民主、科学"的大旗，"捐躯赴国难，视死忽如归"，书写着壮烈的青春华章。一百年后的今天，在座的每一位更应该"乘风好去，长空万里，直下看山河"。

伟大领袖毛主席对青年寄语："世界是你们的，也是我们的，但是归根结底还是你们的。你们青年人朝气蓬勃，正在兴旺时期，好像早晨八九点钟的太阳，希望寄托在你们身上。"又如习主席说过的："中国梦是历史的、现实的，也是未来的；是我们这一代的，更是青年一代的。中华民族伟大复兴的中国梦终将在一代代青年的接力奋斗中变为现实。"

同学们，你们肩负着历史的责任、民族的重托，向着中华民族伟大复兴光辉的前程奋勇前进吧！

谢谢！

（本文为作者在北京协和医学院2019届毕业典礼暨学位授予仪式上的致辞）

像弱者一样感受世界

叶敬忠
中国农业大学人文与发展学院院长

各位同学：

大家好！

祝贺大家顺利毕业，即将奔赴新的岗位！此时此刻，我不想对大家的本科或研究生期间的学习和生活进行总结，因为最好的总结需要留给你们自己去做。

在大家进入人文与发展学院时，我都会向大家介绍人文与发展学院的理念和理想。尤其会强调，大学应该给学生提供的不仅是知识，更重要的是思想。我认为，在知识与思想之间，知识是物质的，思想是观念的；知识是经验的，思想是哲学的；知识是功用的，思想是自由的。大学学习并非仅仅是为了学习知识来改变命运，更是为了获得思想来追求自由。在人文与发展学院希望传递的思想中，一个重要的关切视角便是普通人。

在人文与发展学院的五分钟宣传片《他们》中，全片仅有三句话——看见他们，走近他们，讲述他们。我们希望呈现的是：在大发展时代，人们看到的常常是高楼大厦、高铁高速……而看不到大发展背后的数以亿计的普通人。人文与发展学院就是要看见这些普通人，通过教育教学、学术研究、社会行动等，走近这些普通人；通过论文著作、社会讨论、政策倡导等讲述这些普通人。

在大家毕业之际，我想再次提示大家，在未来的工作和生活中，要关注我们社会中的普通人，尤其是，普通人中的弱者。

在罗伯特·钱伯斯 1983 年出版的著作《农村发展：以末为先》中，他提醒那些住在城市且带有城市偏向的发展官员、发展学者，甚至学习发展的学生，若要想做好发展工作，使得发展行动能够真正惠及普通人，那么就“要尽可能把自己看得不重要，要尽可能像弱者或穷人那样感受世界”！因为只有那样，我们才能够了解弱者或穷人的社会现实和生活世界，我们才能够理解弱者或穷人的生计压力和生活需求。

但是，在我们的社会，人人都想成为一名强者，没有人想成为弱者；因为人们会认为强者是胜利的象征，而弱者则是失败的代表。因此，“像弱者一样感受世界”说起来容易，但真正践行起来，却是很不容易的，尤其是对于拥有权力、资源或身份优势的强者，保持一种弱者心态，更为困难。

大家知道，中国经济多年来保持高速增长，物质财富的积累有目共睹，几乎所有中国家庭都是受益者。我们的社会进入了物质极大丰富的时代，但同时我们也发现，随着物质财富的快速增长，中国社会的戾气也在快速加重。这并非危言耸听，其严重程度，几乎超出了我们的想象。例如，在餐厅、公交、地铁、高铁甚至飞机上因为抢座而吵架厮打，医闹事件、校园欺凌、家庭暴力、插队加塞、开斗气车，甚至因为被看了一眼就殴打他人……这些现象似乎并不少见。而在网络场域，更是戾气四溢，那些所谓的高端人士，在微信群里常常一言不合，便恶语相向。

那么，为什么我们的物质生活越来越好，但是社会风气却越来越充满戾气呢？原因当然很多，但我觉得，其中的一个原因便是，不少人总以强者的心态对待社会、对待他人。持这种强者心态的人往往唯我独尊，以自我为中心。

这样的强者心态常常表现为目中无他人，唯我优先，容不得他人的意见，容不得他人超过自己。这样的例子实在太多。例如，我多次见到西校区早晨送孩子上学的家长，将车子直接停在带有明显禁停标识的学院正门口；高端小区里有的业主直接将车辆停在草地上；网络上，一旦他人提出不同意见，便开骂约架；以及太多的人因为一点点鸡毛蒜皮的小事情而在餐厅、马路、高铁甚至飞机上，拳脚相加。

这样的强者心态最为恶劣的表现是对弱者的欺凌。例如，餐厅顾客辱骂殴打服务人员，小区业主辱骂殴打保安，男性辱骂殴打女性，成人辱骂殴打儿童、老人，有权者辱骂殴打普通人，有钱人辱骂殴打穷人。

这样的强者心态，不仅不利于和谐社会的建设，在社会发展中也无助于新发展理念的践行。例如，参考王治河先生关于现代性霸权的分析，这样的强者心态表现在人与自然的关系上往往是征服自然、改造自然、剥削自然，而不会敬畏自然、尊重自然；表现在理性和感性关系上常常是崇尚算计、效益至上、蔑视感性，而不关注体验感受、行动意义；表现在自然科学与人文社会科学的关系上每每是科学沙文主义，即迷信科学的客观性和功用性，而蔑视人文社会科学的批判性和情怀感。这样的强者心态表现在城乡关系上，一般是要农村向城市看齐，尤其是为了城市化建设和城市人的生活可以牺牲农村和农民的利益。

正是由于强者心态在社会建设、国家发展中的诸多损害，在同学们即将离开母校的最后时刻，我才要再次提示大家，记住人文与发展学院倡导的在社会发展和日常生活中的普通人视角，尤其是要尝试像弱者一样感受世界。

离开校园后，假如你从事扶贫工作，请努力理解穷人的生活现实和生计压力，不要将自己想象的扶贫方案强加给穷人，若穷人不接受你的方案，请不要贬损他们的素质和眼界，你需要尝试像穷人一样感受世界。

假如你从事乡村振兴工作，请努力理解农民的生活世界和生产逻辑，不要以为可以将一个外来者的产业方案和市场方案强加给村民，钱伯斯提醒过我们，“自己冒险是一回事，而鼓励其他人冒险则完全是另一回事”，也许农民还保持着斯科特（James C. Scott）指出的“安全第一”的生存伦理，你需要尝试像农民一样感受世界。

假如你如我一样，是一位男性，请努力理解女性的多重角色和多重压力。不要在一切生产劳动和工作安排中都践行狭隘的“男女平等”，其实女性一直面临着因传统性别角色分工而制造的不平等，一位女性往往需要承担更多的家务、人口再生产责任和职场压力。在男性主导的世界里，在生产安排和工作考核中，男性需要尝试像女性一样感受世界。

无论你从事什么工作，请你努力理解那些服务人员、保洁人员、保安人员，努力理解那些无权者和无钱者，努力理解老弱病残人群，不要以为你真是他们的上帝，不要以为你真比他们高明，不要认为你真是他们的救星。很多事情对你来说，可能是一件区区小事，而对他们来说，则可能是令全家焦虑不堪的天要塌下来的大事。

我想告诉大家，一个从来没有经历过穷苦生活体验的人，永远不可能真正明白穷苦生活到底意味着什么；一个从来没有经历过借钱难的人，永远不可能真正体会到向别人开口借钱的感受；一个从来没有抚养过残疾孩子的父母，永远不可能真正感受养育残疾孩子所需要的各种付出和各种滋味。

正是因为人们其实根本不可能真正体悟到弱者的生活现实和心理世界，因此，我们更加需要保持一种态度，也就是要尝试“像弱者一样感受世界”。

各位同学，人们都将自己就读过的学校称为母校。如母亲一般的人文与发展学院，没有显赫的家世，没有华丽的外表，但是我们有浪漫的情怀和朴素的思想。我们希望我们的毕业生能够保持纯真、保持真实，在工作和生活中能够思考社会、追求意义，能够时刻深入自己的内心，倾听良知发出的声音。卢梭曾说：“看到你们这种端庄朴素的装束，谁还不鄙视虚浮的奢华？”我想对我们人文与发展学院的毕业生说：“看到你们的朴实纯真，谁还不鄙视浮躁圆滑？看到你们的高洁志趣，谁还不鄙视精致利己？看到你们对弱者的尊重，谁还不鄙视强者的骄横？”

同学们，言有尽，而情不可终。在大家即将离校远行的时刻，我们想告诉大家，人文与发展学院犹如你们的母亲一样，并不在乎未来你的事业会有多大，并不会在乎未来你的财富会有多厚，如母亲一般的人文与发展学院希望你们：健健康康，平平安安，快快乐乐！无论你在何时，无论你在何处，不需要提前通知，不需要提前准备，如母亲一般的人文与发展学院，将时刻张开怀抱，等待你的归来！

（本文为作者在中国农业大学人文与发展学院 2019 届毕业典礼上的致辞）

讲真话，讲实话

徐安龙
北京中医药大学校长

亲爱的同学们、老师们，各位嘉宾、家长们：

盛夏时节，芳草青青，花香满径。今天是同学们毕业的日子，我和你们一样，心中充满喜悦，并为你们自豪。借此机会，我代表学校衷心地感谢你们的家人，感谢他们的信任，把优秀的你们送到北中医；我要感谢全校教职员工，他们尽全力为你们创造良好的学习和生活环境；我还要感谢你们，我亲爱的同学们，感谢你们在北中医的日日夜夜、点点滴滴，这些都将镌刻在北中医的历史上。作为校长，我为每一个不可替代的你们点赞。同学们，祝贺你们毕业了！

今年的毕业季，与以往有所不同。为了不让同学们在烈日下长时间暴晒，也为了更有仪式感，今年的学位授予仪式将分两场在体育馆进行；为了让同学们少奔波，有一份愉悦的心情，今年的毕业离校手续将实行一站式办理。在我的心里，只要学校能为同学们做到的，就一定要做，并尽力做好。但我知道还有很多不足，例如，我们的校园处于新的建设时期，给同学们带来了很多不方便，也请同学们包容体谅。相信，在全体北中医人的努力下，一个更加美丽的和平街校园将会呈献给大家。

同学们，你们毕业所面对的，是一个“百年未有之大变局”的社会。世界格局大变革，信息大爆炸，人工智能、大数据、5G等，无不影响着你们的未来事业。与科技和信息社会大发展相生而起的是社会风气的大变化，难免会出现一些不好的风气，如：为学育人人心浮躁，干事成业追名逐利，治病救人医患难和。这些无不影响着你们的价值观和人生观。但是，无论如何，我作为过来人、作为你们的校长，还是要给你们送一句最朴素的临别赠言，那就是："讲真话，讲实话。"

首先，走入社会，与人交往，最该注意什么。我想，人与人的交往其实很简单，无须刻意逢迎，无须弯弯绕绕，只要简简单单讲真话、讲实话。尽管真话、实话不如甜言蜜语好听，不如假话空话好受，甚至有时还会刺耳，却最真诚，让人没有距离感。日积月累的真诚产生的信任，弥足珍贵，犹如晨间的清露，滋润心田，化繁为简，因简单而永恒。

有一项名为"诚实科学"的研究发现："讲实话说真话，会使人更健康"。我想，其实道理很简单，语言是人与人沟通的基本方式，每人每天要说成百上千句话，说实话不用刻意记下自己说过什么，而假话往往需要无数个谎言来圆，在说谎或是谎言被揭穿时都会引起人体不自主的生理变化，使身心不断承受压力，最终影响身体健康。

同学们毕业后，可能会从事教学、科研、临床工作，也可能继续深造，或从事管理工作，或自己创业。我希望你们都要实事求是，秉持科学精神。科学精神并不是从事科研工作才要有，无论从事哪种工作，都要有追求真理的科学精神，都要有求真务实的态度，有一说一，有二说二，绝不含糊，绝不浮夸，不断积攒真言实语的智慧和力量。

同学们，你们当中很多人将会从事医疗工作。作为一名医生，在跟病人沟通时，更应该懂得怎么讲真话、讲实话。医生不能迎合病人的期待讲话，更不能"言之无据"地讲疗效，要严谨地表述自己的医术。这样与病人沟通，可能会遭遇病人的埋怨，甚至会失去病人的就诊；但是，只要你能坚持自己求真务实的医风，再加上你对病人的关爱之心，就一定会赢得长久的声誉。这才是成为大医的正道，长久的医患互信也就自然产生。

什么是真话？什么是实话？俗话说，没有调查研究就没有发言权。你们都历经了苦作舟的学海之涯，积蓄了系统的学术知识，但是，你们熟知的不一定就是正确的，需要到实践中去检验，这样才能形成正确的道理。而最好的实践就是到基层去，基层是磨砺意志品质最好的磨刀石，是淬炼专业技能最好的试验田。因此，你们要深入基层一线，掌握一手的资料和信息。尤其是刚到新的工作岗位时，不要照本宣科，也不要眼高手低，要坚持从小事做起，从基础做起，要接地气，从群众中来，到群众中去。在接地气中锤炼意志，在躬身践行中强化本领，这样你们才有能力讲出真话、实话。

同学们，还有一点要提醒你们：大家不用回避自己的不足，甚至去包装美化它，那样心太累，要敢于面对自己讲真话、讲实话，直面自己的不足。承认自己的不完美，这是一种魄力，更是一种自信。

古人云："人心多从动处失真。若一念不生，澄然静坐……何地无真境，何物无真机。"所以说，要想一辈子讲真话、讲实话，需要涵养几分静气。这里所讲的静气不是单纯的被动式接受，无谓的顺从，也不是无所作为的与世无争，更不是消极不作为，而是在纷繁复杂的时局中，在柴米油盐的生活中，少一些浮躁，多一些定力，多一份执着。大事当前的静心功夫和坚如磐石的定力，不是与生俱来的，往往得益于艰难困苦的历练。只有经历过风疏雨骤的洗礼，经受过荣辱浮沉的考验，内心才能成熟豁达，寻得"此心安处"，才有定力讲出真话、实话。

同学们，不想说再见，但离别就在眼前。我相信，北中医的美好时光，将永存你们的心间。我衷心祝福你们，事业有成、家庭和睦！

（本文为作者在北京中医药大学2019年毕业典礼暨学位授予仪式上的致辞）

堪为人师而模范之

孟繁华
首都师范大学校长

亲爱的同学们、老师们、家长们、校友们：

大家上午好！

今天，我们在这里隆重举行首都师范大学2019届研究生毕业典礼暨学位授予仪式。此时此刻，我与大家一样，心潮澎湃、振奋昂扬。首先请允许我代表学校党政领导和全体师生向圆满完成学业的毕业生们表示最热烈的祝贺！向辛勤养育你们的父母、悉心教导你们的老师以及所有帮助你们成长成才的朋友们，致以崇高的敬意和衷心的感谢！

三天前，我与11位毕业生代表走进校史馆，他们中有荣获国家奖学金等多项荣誉的“三好生”，有荣获“青春榜样”即将回到家乡和田教书的少数民族学生，有学以致用的创新创业项目负责人，还有即将到海内外名校深造的优秀毕业生。大家谈到：“在首都师大的学习经历，让我立志成为‘夜空中最亮的星’，我要把母校馈赠我的，给予未来。”大家自带青春活力范儿，不约而同开启了人生奋斗旅程。我为你们的健康成长感到由衷的喜悦。

进入6月以来，首都师大校门前、夏晨广场前、校训石前，到处都是身穿学位服拍照的同学，“为学为师、求实求新”、西三环北路105号、挚爱首师、I love

CNU，成了同学们争相拍照的背景，我多次悄悄观赏这一靓丽的风景线，倍感欣慰。当时我想，同学们的求学读书时光定格在了这一瞬间，摄入相机的绝不是影像，而是浓浓的母校情、首师范儿。“师者，人之模范也。”《后汉书》曰：“君学成师范，缙绅归慕。”师范作为一个词历经时代变迁，作为“堪为人师而模范之”的内涵，古今无异。首都师范大学的英文是 Capital Normal University，在我们的常识中，normal 是正常、正规的意思，即便一些英语国家人士也不理解为什么叫“Normal University”。其实 normal 这个词来源于法语，原意为“规范、模范”的意思，著名的巴黎高师就用了“normal”这个词。可见，古今中外，师范即模范之义，清晰可辨。从这个意义上讲，首都师范大学就是“首都模范大学”，无论你当不当教师，这一内涵将伴随你们终生。首都师大的毕业生就应该是各行各业的“道德模范”“劳动模范”。离别在即，我想与同学们谈谈“堪为人师而模范之”这一话题，与大家共勉。

堪为人师而模范之当修身立德。子曰：“其身正，不令而行；其身不正，虽令不从。”人无德不立。没有良好的道德品质和思想修为，即使有丰富的学识、过人的技能，也难成大器。同学们即将离开学校的“小课堂”迈向社会的“大舞台”，你们要始终秉持一颗修身立德之心，锤炼向上向善的道德品质，在人生的道路上慎始敬终、行稳致远。为师之德，当仁爱，使每一位学生得到充分的发展，这是教育之大爱；为师之德，当公正，做到爱无差等、一视同仁、有教无类；为师之德，当求真，把“求真意志”播撒、扎根于未来一代；为师之德，当心系天下，永怀对党、对国家、对人民的感恩之心，扎根人民、奉献国家，这就是大德。为师之德的价值就是让他人因为你而美好，你对他人的大恩大德，必将让你的人性绽放绚丽的光辉。希望同学们明大德，守公德，严私德，追求有信仰、有境界、有品位的人生，成为有大爱、大德、大情怀的人。

堪为人师而模范之当志存高远。“人须立志，志立则功就。”习近平总书记说：“青年的理想信念关乎国家未来。青年理想远大、信念坚定，是一个国家、一个民族无坚不摧的前进动力。”同学们赶上了一个伟大的时代，从来没有哪一个时代像今天一样，赋予青年如此丰富而广阔的理想天地。“天行健，君子以自强不息。”生在这个时代，就要志存高远，干事创业，成为中华民族伟大复兴中国梦的筑梦人、奋斗者。在座的同学中有一多半将成为光荣的人民教师，要用你那慈爱、友善、温情的眼神，透着智慧、透着真情，点燃学生的生命之火，用你的生命激活另一个生命，争当“四有”好老师。如果你继续深造，那就应该瞄准国际学术前沿，树立不唯书、不唯上、只唯实的科学精神，努力探索未解之谜。如果你从事创新创业，就要像在座的那位传说中的“斜杠青年”一样，拿着试管量杯，说着外语，握着画笔，“跨界混搭”，把创新创业做得风生水起。其实人人都是普通之人，但人人都可做非凡之事。弱者等待机会，强者把握机会，智者创造机会。有志者垄亩亦可飞鸿鹄。世界上有一种真正的英雄，就是在体验了奋斗的艰辛后继续奋斗。首都师大的毕业生就应该立大志，争做继续奋斗、永远奋斗的模范。

堪为人师而模范之当转识成智。我们正处于以知识、创新为核心的社会，我们当然要终身学习，不断用知识丰富人生。然而，教育的目标不仅是学生对知识的掌握，更应该是智慧的养成。“真正的教育就是智慧的训练”。习得知识，仅仅迈出了第一步，还有更重要的工作要做：转识成智！英国哲学家、教育家怀特海说：“教育从整体上说不过是使学生做好准备，去迎接生活中的各种直接经历，用有关的思想和恰当的行动去应对每时每刻出现的情况。”今天，同学们在完成学业的同时，又踏上了“转识成智”的新征程。讲怪话、发牢骚、哗众取宠可能也是知识，但它没有智慧，没有丝毫正能量。那些低调的智者，深谋远虑、潜心做事，准备了足够的“备胎”应对外部环境打压、“断供”，这才是深厚的“内功”，真正的大智慧！我希望大家具备“转识成智”的能力，形成属于自己的工作生活智慧，打造自己的核心竞争力，成就自己的精彩人生。

堪为人师而模范之当知行合一。古人所讲的智、仁、勇“三达德”，要靠知行合一才能实现。“知者行之始，行者知之成。”同学们走向社会，很重要的一点就是要学以致用，以知促行、以行求知。做事最怕纸上谈兵，眼高手低，高谈阔论，不解决问题，语言上的巨人，行动上的矮子。“遵道而行谓之德”，希望大家一定要扑下身子，沉到一线，锻造自己；要面向实际，深入实践。道不可坐论，德不能空谈，千教万教教人求真，千学万学学做真人。这就要淡泊明志，宁静致远，不忘初心；这就要天知地知，子知我知，慎微慎独；这就要高山仰止，景行行止，见贤思齐；这就要内化于心，外化于行，笃致良知。

同学们，此时此刻，我想起了《毕业歌》里那句激动人心的歌词：“我们今天是桃李芬芳，明天是社会的栋梁。”你们即将离校，但校园里你们的笑声还在，你们的脚印还在，你们充满活力的身影还在。母校永远都会用欣赏和赞许的眼光，注视着你们。历尽千帆，归来仍是少年，母校等待着你们作为社会栋梁，荣获模范称号的消息。

最后，祝福同学们一帆风顺、鹏程万里！

（本文为作者在首都师范大学2019届研究生毕业典礼暨学位授予仪式上的致辞）

人生无进退，天地宽窄间

李言荣
四川大学校长

同学们、老师们、家长朋友们：

大家好！

今天，我们怀着无比喜悦的心情，共同祝贺2019届的7811名本科生和6175名研究生顺利完成学业。你们就好比是学校精心培育的一颗颗种子，承载着川大的基因，饱含着知识的力量，迎风飘向大江南北，将在祖国的大地上生根发芽、开花结果。

同学们，一进入6月，校园里就弥漫着毕业的氛围，每天早上我一进学校的黉门到晚上离开主楼的广场，都能看到同学们——开始还是三三两两，然后是一批一批，这几天已经是熙熙攘攘——排着队合影留念了，偶尔我站在办公室窗前看到你们大热天穿着学位服匆匆走过，听到你们照相时的嬉笑声，就有一种很是不舍的感觉。其实，作为老师，我们就像小河边的“摆渡人”一样，一船一船地把你们送到对岸。看着你们即将远行的青春背影，总是忍不住有很多话想对你们讲。

同学们，今年在纪念五四运动100周年大会上，习总书记对青年人提出了六个方面的殷切希望：树立远大理想，热爱伟大祖国，担当时代责任，勇于砥砺奋斗，练就过硬本领，锤炼品德修为。同学们，现在你们一毕业就处在世界百年未有之大变局和中华民族伟大复兴的历史机遇期，这些都为你们提供了巨大的事业舞台，但凡那些善于把个人的发展与国家和民族的命运相结合的人，那些具有为国担当、报国情怀的人，那些在各种挑战中善于抓住机遇的人，就能放大人生的价值，就能在前进中不忘初心，成为担当民族复兴大任的时代新人。

同学们，家国情怀、使命担当不是虚无缥缈，也非遥不可及，它往往就孕育在你们日常生活的点滴细节中，孕育在你们干事创业的奋斗过程中，孕育在你们对人生、对大自然的态度中，更孕育在你们每一次的个人选择中。同学们在选择时如何懂取舍、明得失、知进退？选择之后面对不同的结果又如何有胸怀、能担当、识宽窄，做到审时度势、顺势而为？这就是今天我想与大家谈的主题：人生无进退，天地宽窄间。人生有进有退，天地有宽有窄，这既是人生的道理，更是一种积极向上的生活态度。

所谓“人生无进退”，是指每个人的事业有进有退、有快有慢、有得有失，有时看似在进其实是在退，有时看似停止或者后退其实是在厚积薄发，在为前进准备。所以，人生往往就是在进退、取舍和得失之间才有了新高度和新境界。所谓“天地宽窄间”，天地大小本来是不会改变的，但每个人看到的却有大有小、有宽有窄，一般在前进时会觉得天地广阔、世界都是你的，而在后退时则会感到天地越来越小、空间越来越窄。事实上，人生的进退和天地的宽窄主要取决于我们的视野、胸怀和格局。站得高，自然望得远；胸怀广，进退就有度；格局大，行止就从容。一个人视野宽了、胸怀广了、格局大了，生活就会更有意义，奋斗就会更有价值！

“人生无进退”，强调的是一个“进”字，人生是一种无法选择的前进，进是一个人年轻时的主旋律。在年轻的时候就是要敢闯善拼，完整的人生就是走过、路过和闯过，人类的生命过程本质上就是生生不息的创造接力和不断进化、不断延续，也因此才使人类越来越伟大。大家可能知道，牛顿发现微积分时 22 岁，达尔文开始环球航行时 22 岁，爱因斯坦提出狭义相对论时 26 岁，王勃写下千古名篇《滕王阁序》时才二十五六岁。据不完全统计，诺贝尔自然科学奖成果发现之初的平均年龄才 28 岁，国际上很多重大发明初次提出的平均年龄也不过 34 岁。真是自古英雄出少年！前几天，福布斯发布了中国科技女性榜单，你们的学姐李坦也入选了，其实她和她的丈夫李锂都是我校化学系的学生。他们在上学时就立志于生物制药方面的研究，毕业以后，他们只身到重庆闯荡，据说 20 世纪 90 年代初财富就过亿了。1992 年小平同志南方谈话后，他们预感到在深圳可能会有更大的发展机会，于是变卖家业，转战深圳，白手起家，七八年前他们的公司上市了，产品占领了国际市场 40% 以上的份额，很快就成了当时中国的首富。所以有人说，舞台再大，自己不上台，永远是个观众；机会再好，自己不参与，永远是个局外人；青春再美丽，自己不奋斗，听到的永远都是别人的好消息。

“天地宽窄间”，重在一个“宽”字，虽然我们的事业有时宽有时窄，但在窄的地方仍然可以做出很宽的事业来，有时面对很宽的局面，不审时弄不好也会走进很窄的小胡同。去年，我到华西医院调研的时候，康城生物的一位年轻负责人的一句话打动了我，当时他讲，他们要在一厘米的宽度上扎到一千米的深度，才能把新药临床转化和药效评价这个细分的领域做到极致，从而支撑一个很大的市场。真是方寸之间见天地！大家可能听说过，在 20 世纪八九十年代我们照相时所用的胶片，主要是在柯达和富士两家中做选择，两家竞争了几十年，后来柯达逐渐占了上风，占领了 2/3 以上的市场，但好景不长，后来（2000 年左右）兴起的数码技术又让日本的几个公司出尽了风头，2013 年柯达终于倒下了，其实击垮柯达的不仅仅是数码技术，而是谁也抵挡不住现在的智能手机和移动互联网对传统摄影技术的颠覆性革命。所以，宽广的视野、深度的思考、战略性的判断才是决定一家企业、一个单位、一个领域能否又好又快发展的最重要的因素，尤其是在日新月异的高科技时代。在宽处时我们要有窄的危机；在窄处时只要我们有宽的视野，同样可以走出一片新天地。

“人生无进退，天地宽窄间”，这一进一退、一宽一窄尽显了你的生活态度、敬业精神、兼容并蓄、张弛有度、豁达从容、顺势而为，这既是一种人生哲学，更是一种生活境界。同学们，可能你们都去过离这里三五公里远的宽窄巷子，其实宽巷子并不比窄巷子宽多少，窄巷子也不比宽巷子窄几分，实际上这个“宽窄”代表的就是成都人骨子里的一种乐观豁达的人生态度，也正是因为他们懂得宽窄之道，让这座城市不仅创新创造不断，而且人们的生活也过得巴适、安逸。大家可能也听说过，离宽窄巷子不远处的杜甫草堂里有一首很著名的诗，是晚年的杜甫蜗居在一小间茅草屋中写出来的，其中一句就是“安得广厦千万间，大庇天下寒士俱欢颜”，这是何等的情怀啊！今年 3 月，在四川家喻户晓的作家、105 岁高龄的马识途老先生专门来到川大，向学校捐赠了 105 万元的书稿费。马老一生热爱川大，关心川大的文学新青年，他的名字就表达了一生爱党爱国——老马识途。那天在与马老的交谈中，我们深深感受到了他的幽默和通透，难怪几十年前他写的作品中的一个小故事后来被演绎成了“让子弹再飞一会儿”的金句。同学们，时间是人类最伟大的发明，你可以把人生中百思不得其解而纠结的事，令你万般无奈而伤过心的人……一切的一切统统交给它，总有一天它会给你一个最圆满的答案。所以，乐观豁达的人生态度比什么都重要。

同学们，这些天来，我在偶尔翻看大川微信时看到了很多感人的留言，其中一条微信是同学们讲离开川大前最想做的一件事，有的说想到江安长桥边再坐坐，有的说想去图书馆再占一次座位，有的说想再喝一杯华西老酸奶，还有的说想去望江体育馆出一身大汗，也有人说想到川大剧场再看看舞台的灯光……有一位小哥在跟帖中说道，今年是他毕业的第十个年头了，好想与夫人一起回母校看看，很开心在川大不仅学习了知识，结交了朋友，还收获了爱情。我想，不论是在校学子还是毕业校友，大家都充满了对母校发展的关心，这再次确认了我们都拥有一个共同的名字——“川大人”。

同学们，不管大家今后身在何地，身处何境，身遇何事，川大永远是你们的家。

最后，祝愿同学们一帆风顺、前程似锦！再见！

（本文为作者在四川大学2019届毕业典礼暨学位授予仪式上的致辞，原标题为《厚植家国情怀，激发使命担当》）

要有激情、责任心以及敬畏心

马靖昊
新理财杂志社社长兼总编辑

尊敬的院领导，敬爱的老师们，亲爱的师弟、师妹们：

大家下午好！

非常荣幸能够受邀参加今天在这里隆重举行的2019届会计学院毕业生毕业典礼，在母校70周年来临之际，我十分荣幸有机会作为校友代表做一个发言，与大家分享一下我作为一名中财校友的一些人生感悟。

我是1987年考进中财的，那个时候我们的母校叫作中央财政金融学院，当时我的分数在江西一个小县城是最高的，在那个年代，估计去北大上个考古系也是有可能的。但在填报志愿时，“中央”两个字一下子就把我吸引了，我觉得中央的学校肯定错不了。当时我就想，我不但要去北京而且要到中央去上学，那些北大、人大、北师大等学校就只能满足我到北京去上学的愿望，而满足不了我去“中央”的梦想。现在看起来，我那时就是抱着这个纯真的，也有点幼稚的还不失一点小可爱的想法，选择了中央财政金融学院。正由于这个原因，我今天才能有机会与在座的各位同学成为校友，才有机会回母校与各位同学做交流。

刚才谈了我是如何上的中央财经大学，是为了去“中央”，我才与母校结了缘。至于如何学的会计呢？在那个年代，会计可没有现在这么吃香，可以说在人们的印象中也并不好，小时候看的电影中的会计人物基本上是反面的，要么就是帮资本家算账压迫工人的，要么就是跟在地主老财的后面背着个算盘跟长工算账的，像我这种志向“高大上”的人怎么可能选择会计专业呢？所以，我是不会报“会计”专业的，大家可以猜一下，我报考的是什么专业。我当时报考的是国民经济管理专业，你们想一想，当时一个井冈山下的青年，抱有多大的雄心壮志啊，要学国民经济管理，要管理国民经济。今天看来，大家可能会觉得有点好笑，但在当时，我就是这么想的。大家可以想象一下，当我收到会计专业的录取通知书的时候，会是一种什么心情啊（会计系我没报考，是调剂过去的）：从这么“高大上”的志向一下子跌落到了打算盘算账的命运！我记得很清楚，当时，每当有人问我考上了哪个学校时，我都会骄傲地告诉他们是中央财政金融学院，但当问到专业时，我一下子就有点蔫儿了，不好意思而且还很小声地告诉他们是“会计专业”。对会计的认识，当时就是这样的原始。甚至我还觉得，生产队有会计，大队有会计，公社有会计，县里有会计，我为什么还要跑到北京，跑到“中央”去学会计？！

带着这么一种复杂的心情，我来到了中央财政金融学院。可以说，我其实是在别无选择中走上会计这么一条路的。正因为我对会计有点偏见，反而促进了我学好会计。为什么这么说呢？因为有偏见，所以就想学点其他的，比如财政、金融、投资这些专业的书籍，我都找来读。后来，我发现一条真理：我们学会计的，可以很容易地进入财政、金融、投资这些专业领域，对我们这些有会计基础的人而言，它们这些专业就是小菜；反观财政、金融、投资这些专业的学生，他们要想进入会计这个专业领域，就没那么容易了，一个“借和贷”就要晕死他们。这就是我们会计专业的优势，我们能将尽是借贷分录、收付分录、增减分录的会计都学好（当时我们还学收付记账、增减记账），还怕财政、金融、投资学不好吗？只有他们学不好我们会计，没有我们学不懂他们的。这么一想，我倒觉得，我们学会计的赚了，我们更有优势打下一个坚实的财经基础。所以，同学们，其实我们学会计的，也是学财政、金融、投资的，因为会计跟它们都是紧密关联的，财政收支、财政预算没有会计是玩不转的，是谓预算会计；金融、投资更是与会计紧紧融合在一起，搞投融资，不懂会计就寸步难行。因为会计就是业务的商业语言，会计与业务是天然融合的，而学财政、金融、投资这些业务的，他们要去与会计相连，就有很大的难度。

同学们，是不是我们会计专业才是母校最值得读的专业？我现在就很感谢命运的安排，让我学了会计。所以在我们未来的职业生涯中，我们要有“我学会计、我自豪”的积极心态。

我分享这段心路历程，其实就是告诉大家，所谓专业只是我们在学校里上课时间最多的分科，我们要突破专业，要有一种全专业的概念，也就是相关财经类的书籍，我们都要广泛去阅读。可能有同学会告诉我，马老师，你是不是告诉我晚了，是不是应该在开学典礼上告诉我们，我现在都毕业了，为了顺利毕业，我几乎所有的时间都用在了学习专业上。我告诉大家，其实一点都不晚，人生可以说是“活到老、学到老”，是一个终身学习的过程，我们有一个扎实的会计基础，我们未来学啥都不怕。

下面我想再给同学们分享一下毕业后，我们如何在职场上脱颖而出，为国家、为社会、为人民做出自己更大的贡献。

一是要保有“激情”。同学们，我们在走出校门后，一定会遇到很多未知的困难。习近平总书记曾说：“人生之路，有坦途也有陡坡，有平川也有险滩，有直道也有弯路。”这就要求我们在实践中不断地学习，而只有充满激情的人，才会在逆境中不断地自我激励、自我追求，才能够顶住压力，才不会因为眼前的挫折而怨天尤人、自我放弃，失去拼搏的动力。另外，保持激情的同时，切不可好高骛远、眼高手低。同学们，你们即将走上新的工作岗位或开始新一阶段的学习深造，希望你们遇到任何困难和挫折，都要视作生命的恩赐。

生命中会有很多磨难都不足以把我们打倒，真正打倒我们的是遇到困难时自己的心态不再“积极”，不再“激情”，甚至灰心丧气。

另外还有一点很重要，就是保持住我们的激情，才能在人生路上不断遇到生命中的贵人。每个人的成长都需要别人的提携，如果你对待工作总是充满激情，你的职场之路会越走越宽。这里举一个例子，我们学校有一位徐同学，名字我就不说了。曾在我的手下兼职工作过一年，她总是激情满满，像打足了气的皮球，不要误解，其实她的身材还是蛮好的。每次来上班的时候，我根本就不需要看见她，只要听到“踏、踏、踏”这样紧凑的脚步声，就知道徐同学来了。她工作有一股玩命的精神，曾经跟我连续加班了三个晚上，都是到凌晨——这玩命的精神没有“激情”的支撑是不可能的——第二天，她又像打足了气的皮球，充满激情地上班来了。我当时就判断，她一定会有一个美好的未来，未来一定会有不少人帮她。后来，事实证明，她很快就做到著名上市公司的财务总监，应该毕业不到十年，就完成了财务自由。她根本就不需要主动找工作，总是工作来找她，我给她推过几次机会，她都没有接受，因为只要有好机会，与她共过事的朋友都会想到她。机会不断地选择她，她也不断地拥有选择好工作的“自由”，这种看似“被动”，实则是一种积极的“主动”。

可以说，保持住“激情”，锲而不舍，久久为功，职场的路一定会越走越好。

二是要树立“责任心”。说到责任心，我们一要对自己负责，要有自己的追求，并为之奋斗，不能自甘平庸。一个人如果没有责任心，再美好的愿望可能都只是一种愿望而不会变成现实。我们二要对家庭负责，为了家庭的幸福生活而奋斗，有了这份责任心，一家人就能够享受到家庭的幸福和温暖。我们三要对社会、对国家负责，要为国家的发展、社会的进步做出应有的贡献。

同学们，你们要记住，你的责任心有多强，你的能力就有多大。

无论你具备什么样的能力，如果缺乏强烈的责任心，你的能力就会大打折扣，甚至因此止步不前。很多人并没有深刻地认识到这一点，觉得自己有能力，在哪里都是香饽饽，其实不然。那些缺乏责任心的人，即使能力再强，也往往得不到重用。

如果你有对同事负责、对领导负责、对客户负责、对单位负责的态度，你的能力自然就能够得到提升，因为你会去努力提升自己把工作做得更好。

这一点我有深刻的体会。我大学毕业后，第一份工作在财政部会计司。大家都知道财政部会计司的工作是撰写会计准则、会计制度的，我当时是司里最年轻的工作人员，我现在能够在会计上有一点小成就，现在想来，完全是出自一种责任心：既然党将我放在这个难度很大的岗位上，再大的困难，我也要克服，也要写好会计准则、会计制度，我就只能不断地提升自己，向领导学习、向同事学习、向实践学习、向书本学习。记得我当时的领导是冯淑平女士，后来她做到了财政部部长助理以及全国人大预工委副主任，我一到会计司，她就告诉我："小马，你想写好会计准则、会计制度的话，就要将会计司的十几本制度背下来。"同学们，我要不是有一份写好会计准则、会计制度的强烈责任心，怎么可能真的去背这些准则、制度呢？毕竟它们不是动人的诗歌和优美的散文。

所以说，强大的责任心，就是强大的动力，就是提升自己能力的最好途径。

当下的中国，可以说是最好的时代，给了同学们施展才华的巨大空间，作为年轻一代，你们生逢其时，就要扛起时代赋予的责任，为自己梦想的实现，为"中国梦"的实现，做出应有的贡献。

三是要怀有"敬畏心"。要在社会中生存与发展，就必须坚守底线，要想坚守底线，就需要常存敬畏之心。古人云："凡善怕者，必身有所正，言有所规，行有所止。"讲的就是这个道理。同学们，我们搞财经的，离钱最近，更要有敬畏之心，不能逾越底线。

人生最大的财富是自由，我总结出三点自由。第一，要有身体上的自由。一方面我们的肉体也就是我们的肉身要舒服。这要求我们要对生命有敬畏，不要挥霍自己的健康，争取活出高的生命质量。另一方面，我们的肉身要自由，可以自由地行走于天地间。这要求我们要对法律有敬畏，就不能做违法之事，否则，被关起来了，谈何身体的自由呢？第二，要有灵魂上的自由。想要精神愉悦，就要对道德有敬畏，净化自己的灵魂，不做亏心事，不怕鬼敲门。灵魂没有负担，就活得坦荡，生命才能活出“美丽”的样子。第三，人生还需要财务上的自由。手中要有点钱，要让自己和身边的人过好，然后才会有余力、有钱去帮助社会上需要帮助的人。要实现财务自由，更要心存敬畏，一定要通过自己的诚实劳动获取，否则，连前面的身体自由、灵魂自由都可能没了。

作为央财的毕业生，我们要有家国情怀，要有为国家富强、民族复兴而工作的志向。只有这样，才能保持住我们的激情，提升我们的责任心和担当。

未来的人生路正在你们眼前铺展，愿你们始终坚守根植于内心的正直、良知，以敬畏为前提的自由，为他人着想的善良。

同学们，祝愿你们走好自己的路，拥有更加美好的明天。

最后，也衷心祝愿中央财经大学，明天更辉煌！

谢谢大家！

（本文为作者在中央财经大学会计学院
2019届毕业生毕业典礼暨学位授予仪式上的致辞）

荔园的使命

李清泉
深圳大学校长

尊敬的李舒强校友，各位老师、同学们：

上午好！

一路从校园里穿过，凤凰木、荔枝树、波罗蜜五彩纷呈，比它们还要灿烂的是阳光下穿着学位服的你们。在这个特别的时刻，我要向全体2019届毕业生道一声祝贺，祝贺你们！

网上有讨论：怎么成为名校毕业生？答案是考进深大，然后岁月静好，等她华丽转身。这说明学校发展得到了同学们的广泛认可，也体现了同学们切实的获得感。今天的深大，各项核心指标和综合排名都在稳步提升，下一步怎么走？思来想去，其实不存在什么上一步下一步，指标排名是成于内、发于外的表征，一切聚焦育人、一贯聚焦育人从来是大学的立命之本，不能也不会改变。只有你们，一届又一届毕业生，才是真正决定我们这所大学命运的人。你们的气质就是深大的精神，你们的轨迹就是深大的前程，你们的奋斗就是这个星球上最动人的中国故事！

如果有一天，深大在指标上狂飙突进，而疏离于脚下的土地，困顿于育人的使命，不能让学生有获得感，老师有荣誉感，校友有归属感，只能借助一些标签排行，而不是通过有血有肉、有名有姓的师生故事和我们的奋斗，那就是皮囊在裸奔，灵魂没跟上。好看的皮囊千篇一律，有趣的灵魂万里挑一，深大的灵魂靠什么滋养？靠的是20万师生校友脚下一步一步、一寸一寸生长出来的使命感。

荔园的使命是做时代的躬耕者。这种耕耘最重要的特点是将个人奋斗的音符跳动深度交融于时代前进的命运交响。

2018年，广东12家企业跻身世界500强，其中两家由我们深大校友创立，那就是腾讯和雪松。这两家公司的主要创始人同为深大1993届校友，马化腾大家都很熟悉了，另一位就是雪松的创始人张劲。当我们认真梳理雪松的成长经历会发现，张劲校友始终将企业发展置于大的经济周期和行业周期中观察、思考、运作，而这种周期性判断又深深扎根于中国改革开放和经济增长的坚强基本面。

时光飞逝，从国家、城市到大学，都发生了深刻的变化，新生代的深大人行走其间，环境、心境、志趣、轨迹已不尽相同，唯一不变的是躬耕于时代的生命状态，有些机遇、挑战和不确定交汇于同一个时空，这是你们这一代人命中注定的磨砺。所有的光荣背后都是苦难，有句名言：不是生活、情怀、使命所迫，谁愿意把自己搞得那么才华横溢？

传播学院2013届校友、华为运营商业务客户经理张启源前几天接到老师的越洋电话，闲聊了一些世界热点。启源说："还好啊，我们这边都挺正常的。"他说的"我们这边"指的是津巴布韦。小伙子2015年入职华为，没多久就被派驻非洲，还在异国他乡受到习主席的接见。握手的时候小伙儿挺激动，手心全是汗。刚毕业就投身大国制造的全球战略，这样的年轻人在华为数以万计。

还有美术系2015级在校生陈嘉泽，一个手持画笔的年轻人，在2016年的秋天穿上戎装。他在零下36摄氏度的环境下站岗，呼出的热气立刻在脸上结成冰花；2017年6月，我国与邻国对峙事件升级后，他所在部队前推至昆仑山脚驻扎，嘉泽和战友在50摄氏度的高温下，住板房，支帐篷，搭伪装网，架重机枪，在日趋复杂的地缘政治背景下，"95后"第一次感受战场气息，沸腾报国热血。

今天我们站在校园高处看后海，几年前的脚手架丛林，已经蝶变为展现湾区魅力的核心城区。身处举世闻名的粤海街道，每天目击、参与梦想长高的现场，是深大师生的一项特别福利。就像吴青峰的歌："天上风筝在天上飞，地上人儿在地上追。"几代深大人扎根于此、奋斗于此，因为我们生来就要与这个伟大时代同呼吸、共命运！

荔园的使命是做变局的破壁者。这种破壁者的人生意义就是"面壁十年图破壁"，在乱局、迷局、困局、变局中突围，不破不立。今天的世界正面临百年未有之大变局，技术突破、知识迭代、秩序重组近在眼前，面对新旧博弈的壁垒，我们比以往任何时候更需要"破壁者"——解决问题的人。

未来的商业竞争，已不可能是某个产品、某项技术的比拼，而是整个商业生态的比拼，小到企业，大到国家，概莫能外，供应链要解决的就是商业生态构建的问题。打造万亿生态的世界一流供应链集团是计软学院 1985 级校友、怡亚通董事长周国辉的梦想。商品经过 N 个环节到达消费者手中，其中贯穿的信息流、物流、资金流等就是一条完整的供应链。随着生产发展、分工细化，一家公司不可能独自承担全流程工作，相当一部分业务要靠供应链完成。周国辉说："我们要为所有他们的非核心业务提供解决方案，这就是我们的核心业务。"怡亚通所致力的，就是打造一个完善的商业生态。

人工智能也是一片浩瀚的蓝海，风光无限也风急浪高。利用人工智能解决社会问题、造福人类，是全世界远见卓识者都想"破壁"的问题，马化腾校友称为："科技向善"。随着人口结构的变化，中国正从人口红利期加速迈向老龄社会，"未富先老"成为普遍焦虑。计软学院 2016 级本科生黄彦道在校创立公司，结合人工智能与智慧医疗，以独居老人照料这一社会热点为方向，通过振动信号和 AI，准确检测独居老人跌倒的状况。为解决技术难题，他苦读 1000 多页英文文献，每次实验都由团队成员亲自模拟现场，为保证数据准确性，连护具都不带。小黄说："创业者不应总是着眼于短期利益，而应该多关注技术开发本身，思考如何利用科技创新解决现实问题。”

“破壁者”的人设是由我们的城市文化和办学使命决定的。深大人生来就是要解决问题的！我们不崇尚夸夸其谈，也不欣赏躲进小楼，每逢变局，“破壁者”的使命就是逢山开路、遇水架桥，而绝不会沉醉于将人生活成一张画满对勾的表格，到头来什么实际问题都没解决。

荔园的使命是做梦想的思想者。这种人最核心的品质是在梦想的征途上时刻保持独立思考，用思想引领梦想。

应用数学系 1991 届校友、知名经济学者薛兆丰近来成为某档网综的宝藏老男孩。他更辉煌的战绩是创立了知识付费的大 IP，每份课程 199 元，订阅用户 25 万。《薛兆丰的经济学课》在内容生产、媒介生态、阅读习惯发生深刻变革的今天，毅然选择为知识的创造和传播开辟战场、革新战术、刷新战绩，而不是坐在故纸堆里一味叹息、顾影自怜。他为不明觉厉的经典学说、数学方程、理论模型设计“双 Y”方案，一头连接诗和远方，一头直通人和日常。质疑的人会说，薛兆丰是常识的贩卖者，并没有独立的经济思想。支持的人认为，在当前文化技术环境下，传播就是创造。我只想说一句：千万不要以为薛兆丰们的努力只是在解决知识传播问题，他们分明是在抢救知识本身，某种程度上，具有延续文明薪火的意义。

有位女士比薛兆丰晚两年毕业，最近，她的自由问题牵动了亿万人的神经，她的名字叫孟晚舟，会计系 1993 届校友。孟晚舟的遭遇和此后发生的一系列事件让我们深刻领会到一个新道理：不只落后会挨打，领先也会挨打。从 1840 年我们懂得前一个道理，到今天懂得新的道理，这趟名为懂得的旅程我们足足走了 179 年，“啊，多么痛的领悟”。痛定思痛之后，也有一丝欣慰。孟晚舟和她的父亲、同事一道，让世界认识到中国人用尖端科技造福人类的能力、魄力和胸怀。华为不仅为世界提供一流产品和服务，还在长期攻坚克难、拥抱世界的过程中形成了自己的商业思想。面对世界科技巅峰的伙伴们，我们终于可以堂堂正正、毫不吝惜地使用“思想”“模式”“格局”这类词汇来形容自己的科技公司。看看任正非先生的访谈，再听听对方的一些说法，千万不要低估话语方式转变背后的意义，这意味着某些人长期坚持的基本价值在瓦解，基础不牢，地动山摇。同时也预示新的思想、话语、力量在成长。

现在，全球都在关注孟晚舟，我提议，让我们用掌声祝福校友！

去年，周群飞校友在毕业典礼上提醒大家：不要光顾着做梦，要能圆梦。今天，我还是想和大家说：深大人生来就是要把热血变成深思、把情感变成思想、把蓝图变成地图的。一切饱含深情而渴望成事的人不应自我放任为滥情者和键盘侠，我们终其一生，都要用理性和真诚来指引梦想！

做时代的躬耕者、变局的破壁者、梦想的思想者就是荔园人的使命，躬耕是特区的品质，破壁是窗口的担当，思想是实验的结晶，特区大学、窗口大学、实验大学办学的初心就在于此。而今，大湾区蓝图已就，经济、科技、文化的合作、竞争和发展，归根结底，取决于人才，取决于教育。为大湾区发展提供更加坚强的人才支撑，打造更加强劲的智力引擎，是大学义不容辞的使命、责无旁贷的担当。在这样重要的历史节点、战略要津上办学，我们心中的使命感强烈而清晰，蓝图在此，路线图要靠 20 万深大人共同绘就！

同学们：今日一别，不知何时才能再见，你们出门在外，“996”的时候，不妨建个“夸夸群”小小催眠；感情不稳定的时候，翻出 2015 深大宣传片，雨天不带伞的桥段还是蛮治愈的；应酬、加班、叫外卖多了，要保重身体，注意锻炼，管理好 BMI，试想你三四十岁的时候，还能轻松穿上大学时的牛仔裤，生活该多么美好！

再见了，2019 届，无论何时何地，你们永远是荔园天空中闪耀的群星，母校等你来圈粉！

（本文为作者在深圳大学 2019 年毕业典礼上的致辞）

坚持与担当

张　薇
清华大学工业工程系2019届毕业生

尊敬的各位老师、亲友、来宾，亲爱的同学们：

大家上午好！我是工业工程系的张薇，非常荣幸能够作为2019届毕业生代表在这里发言。

几年前，因为清华园，我们遇见了彼此。不经意间，清芬园开张了，食堂的餐勺换了，学堂路两旁的树长出了新枝，我们也成长为更好的我们。我总觉得我们这届学生是幸运的，我们共同见证了艺术博物馆的落成，看到了苏世民书院招收第一批学生，目睹了第一批“00后”进入校园，还认识了前不久发现的古墓“校友”……几年来的点点滴滴，在离别瞬间涌上心头，此时此刻，首先想说的还是感谢，谢谢所有关怀我们、鼓励支持我们的师长与亲友们，谢谢你们！

我来自甘肃镇原——一个黄土高原上的国家级贫困县，交通不便，教育资源有限，经济相对落后。犹记得第一次去省城参加物理竞赛实验环节，我甚至没有见过比赛所用的仪器，当我终于找到仪器开关时，实验时间已经到了。那是我第一次意识到不同地域的教育差异如此巨大，短暂的失落也在我心底埋下了改变家乡教育现状的种子。

经过高中三年的拼搏，我幸运地成了这个园子里的一分子。邱校长在开学典礼上就告诉我们："清华学生要具有理想主义精神"，要"听从内心的召唤，突破现实的羁绊，追求有意义、有价值的人生目标"。四年的大学生活告诉我，实现人生目标的关键是：能坚持，有担当。

坚持，就是身处低谷仍心怀希望，困难重重仍坚定前行。

因为基础薄弱，我时常陷入自我怀疑。微积分作业要比别人多花三四倍的时间，竞选班长不成功，报名实践支队长也失败了，仰卧起坐 100 分只拿到了 20 分……《平凡的世界》里孙少平说："一个平凡而普通的人，时时都会感到被生活的波涛巨浪所淹没。你会被淹没吗？除非你甘心就此沉沦！"

我们都曾经历各种各样的困难挫折，曾在漫漫长夜中苦苦思索，在无人的角落里放声大哭，但只要咬牙坚持，生活就会给你惊喜。后来，我参加了辩论赛，和小伙伴一起获得了"辩论好声音"的冠军；我的仰卧起坐及格了，当上了班长也开始指导实践支队，还顺利拿到了学业优秀奖学金。

我没有辜负自己当时在日记中写的那句话："无论如何，不许退缩，不许不努力，决不许放弃。"我们不会被困难打倒，咬着牙含着泪，也要坚持到最后一刻！

担当，就是要铭记清华人的家国情怀，不忘初心，坚守理想。

2017 年在甘肃特困镇殷家城的一间土窑洞里，我遇到了一位母亲和她的三个孩子。母亲不识字，父亲意外离世，家里只有一张桌子，没有台灯，但姐弟仨却学习得无比认真。我至今忘不了母亲的手足无措，忘不了孩子衣服上的破洞和眼睛里的光，我知道我应该做些什么。

经过我们的努力，这个困难家庭最终得到了北京一家公益组织的长期学业资金支持。在过去四年里，我曾前往甘肃、云南、陕西、内蒙古等多个省份开展了八次公益实践。我开始意识到，清华人有责任去关注社会，我们的努力真的具有点燃星星之火的力量！

家国情怀体现在清华人坚定的毕业选择上。教育研究院的沈晓东学长在毕业后前往安徽省金寨县担任小学校长，致力于困境儿童的救助和教育；今天和我们一同毕业的来自新闻学院的仁增顿珠走出青藏高原后又坚定回去，毕业后将在藏北草原当一名基层工作者；还有法学院的胡凯，毅然从军入伍，誓要为强军梦贡献力量……在万千选择面前，他们放弃了外人眼中的“最优解”，跳出了生活的“舒适区”，走向了祖国最需要的地方。

我也始终记得曾经想为教育事业贡献力量的懵懂初心。推研成功以后，我决定延迟入学一年，加入清华大学研究生支教团。清华培养我成为“肩负使命、追求卓越的人”，父母希望我不忘“饮水思源”，朋友们希望我做自己真正想做的事，而我想“用一年不长的时间，做一件终生难忘的事情”！

岁月不居，未来可期。我们不仅有坚定不移的决心、果敢刚毅的品格，更有家国天下的情怀和为理想不懈奋斗的一腔热血！我们永远不会忘记心底的热爱与热泪盈眶的感动。感谢清华给我们更加有力的翅膀去翱翔天际，我们将不忘初心，坚守信念，乘风破浪，直济沧海！

谢谢大家！

（本文为作者在清华大学 2019 年本科生毕业典礼上的致辞）

第三部分

生活的理想是为了理想的生活

自己背着因袭的重担，肩住了黑暗的闸门，放他们到宽阔光明的地方去；此后幸福的度日，合理的做人。

——鲁迅《我们现在怎样做父亲》

锤炼现代团队精神，创造人生无限可能

钱旭红
华东师范大学校长

亲爱的同学们：

初夏的校园，充满着对离别的不舍和对未来的憧憬。你们即将毕业离开校园，去开创自己的新天地。在此，我代表学校向全体2019届毕业生们，送上最诚挚的祝贺和最美好的祝福！向默默在背后一直关心支持你们成长的家长和亲朋好友们表示衷心感谢！向为了你们今日辉煌做出奉献的全体教职员工表示衷心的感谢！

今天的毕业典礼，我作为校长，给全体2019届毕业生上最后一课，以“锤炼现代团队精神，创造人生无限可能”为题，作为临别赠言。

研究表明，在科学、艺术、体育中的某些个体性强的分支领域，允许个性张扬，个体的活力和自由度是产生原创性创新的主要土壤。除此以外，就奋斗在各行各业的亿万人而言，团队的作用、集体的作用更为突出。因此，如何处理好个体活力和团队精神之间的关系，成为集体和个人走向成功、防止失败的关键。

我们日常的专业学科知识学习、能力训练和学业考核，大多主要针对的是个体。而一个群体的表现、成绩、素养、能力，却很难训练和评价衡量。团队到底等于个体间的加法、乘法，还是减法、除法？不同的组合，结果效应完全不一样。我们尽管有大量的社团活动、团组学习，也一直强调集体精神，但这远远不够，因为我们过去并没有找到能兼顾并平衡个性张扬和集体荣耀的合适切入点。

团队是介于单体个人和庞大集体之间的一种组织形式，对兼顾个人、集体两者有很大借鉴，犹如社区介于家庭和社会之间一样有重要意义。所以，我们希望师生，特别是毕业生，能拥有处理好个体和团队关系的意识和能力，追求个体、集体双赢的相得益彰，防止个体失落、天赋过剩、集体弊病、创新不足和等级效应等，让个体活力最大限度发挥，集体能力最大程度增强。

马克思指出，人的本质是一切社会关系的总和。我们总是处在不同的团队中。团队各式各样，有的是自然而成，如家庭；有的是行政划分而成，如科室、街区；有的是因志同道合而走到一起，如社团、公司。毕业生离校即将面临的第一个最重要的改变，就是所在团队的变化。

现代以前，由于家族和家长制的社会结构，在我国居于主导地位的是伦理纲常等级制，并由其一直塑造着我国古代传统的团队。每个人的身份、地位，规定了你在团队中所扮演的角色，这时，决定一个人的地位和作用的，常常不一定是个人的能力，而是一个人的身份，有时在一个人刚出生，甚至还没出生时，就已经决定。

传统的团队有很多，大家很多也都耳熟能详，甚至有些至今仍在影响着我们的文化和思想。《西游记》团队“惊天动地”，但那是一个缺乏民主与自由的家长式团队；《水浒传》团队“侠肝义胆”，但那是一个没有明确远大目标、行事鲁莽、赏罚不明、习惯“排座次”的团队；《三国演义》的各团队“荡气回肠”，但多是一些哥俩好的封闭小圈子。刘备团队桃园三结义，拜“把兄弟”，但刘备必须挖空心思地证明自己的正统，是皇叔，以便控制局面。

这种以伦理纲常或者其他等级制所组成的传统团队，不是能够面向未来社会和“超人类革命”的现代团队，不是民族和文明的未来所呼唤的团队。现代团队是为了一个共同的目标而走到一起，尊重每个个体，人人平等，按规则形成的团队。每个人在团队中扮演不同角色，以合适定位发挥每个人的优势，人人各有所能、各尽其能。

现代团队，不仅需要最佳主角，更需要最佳配角；团队运行中，要有丰富的想象，更要有严密的逻辑；要有希望的愿景，更要有脚踏实地的执行；要有对每个人的关爱，更要有对集体的奉献；团队面对竞争，要有全面谋划和分工执行，先格局，再布局，后破局，最终才能掌控全局。

对团队的每一个人而言，无论是主角，还是配角，无论是转换角色，还是转换团队，只要身处一个团队中，每个人都需要以下基本素养、能力的训练和提高，以实现个人和团队的共同成长。

有品格。古语有言："路遥知马力，日久见人心。"优秀的团队会宽容甚至升华其个体成员的品格，但它的宽容程度和优化能力总是有限度的。不虚心承认自己品格缺陷、不愿意接受改变的人，难以得到培养和任用。因为一个"烂苹果"或者"猪队友"，足以将整个团队带入万劫不复的深渊。

可塑造。可塑性差、反应迟钝者，团队不欢迎。在竞争的激流中，与庞大集体相比，团队很小，至多寥寥数十人。它不是航空母舰，仅是一叶扁舟，面对风浪，需随时改变和调整。环境和团队及个人三者间会相互改变和塑造，接受、应对、应变、领悟等能力不高又不愿进步的人，将是朽木不可雕。这样的人，还常觉得自己很无辜，其实如此队友只适合做简单、重复性的工作，且需多加关注，以防范其犯错误。

要忠诚。能否摆正个人与团队的关系，摆正团队内个人与个人的关系，是考验一个队员忠诚度的重要依据。缺乏忠诚度，损害集体和同伴利益而谋取私利者，会被团队拒绝。背信弃义、轻诺寡信，立场摇摆不定的墙头草、两面人，得不到团队的认可和培养使用。

懂感恩。常言道：滴水之恩，涌泉相报。优秀的团队会容纳甚至鼓励张扬的个性，但个性张扬不等于目空一切、不知感恩。几次关键的事件，就能充分揭示队友是否懂得感恩。不懂感恩的人，都自认本领出众，一切均是自己努力，一切都理所当然，从不感恩自己所在的团队，从不感恩获得的支持和帮助。

当代的年轻人大多属于独子一代。某些青年在所难免地留下了一个软肋，就是不知团队是有结构的、每个角色不可或缺、团队和个人相互依存，我们需要对此给予更多的理解、耐心和关爱。事实上，何止年轻人，现代团队精神在我们社会也普遍缺乏，不少人常常无所适从地在个人意识和集体意识之间剧烈摇摆、极端取舍。

弘扬现代团队精神，首要是理解和把控个人与团队的相互依存关系。缺乏现代团队精神的个人有种种表现，如自我膨胀、自暴自弃、个性嚣张、唯我独尊、幻想全能、悲叹无能。因此，我希望广大师生，特别是即将走向社会的毕业生们，要在修正完善自己中弘扬现代团队精神。

第一是心悦诚服地双向调控好个人与团队的关系。一方面，研究发现，队员间的成功合作交流关系对团队成功至关重要，甚至超过专业技能。有天赋的队员并不能保证团队获得成功，反而会出现影响团队协作的“天赋过剩”。另一方面，个人的独立思考、判断和才能对团队成功非常重要，因为集体有时为求众人合一的力量，防止成为“乌合之众”，常会强化等级观念，不善于思考却急于行动，视个人为隶属工具，有时易被“假集体、真自私”的内部控制人绑架利用。显然，个体意识和集体意识的把控，稍有不慎都会出现偏颇。

集体主义优先一直是我们的优秀传统，然而随着现代社会的发展，对个性的追求和个体自由的重视，已经成为当代青年的重要特征。在团队内，处理好个人意识和集体意识，对于你今后面对宏大的集体和更任性的个体时，有极大的帮助，使你游刃有余。团队需体现对个人的最大尊重，个人需体现对团队的最大忠诚。团队和个人在处理各类内外挑战时，都需要采取原则性和灵活性相结合的方法。

大船难转向，小船易掉头。研究发现，大团队容易守旧，小团队容易创新。团队规模与颠覆性创新成反比，小团队更容易有大发现。所以，面对挑战时，是更多地发挥集体的整体力量进行系统竞争，还是更多地激发个人的潜能进行颠覆性原创，采取哪一种模式，需针对挑战的性质和所属领域，对团队进行适当的优化调整。

如果说原始创新源自个人，那么系统创造必定源自团队。随着科技的快速发展和信息的爆炸，除了文学艺术中的少数几个个体性领域外，单打独斗在现代社会已经越来越难以获得成功。因此，弘扬现代团队精神，就是要深刻理解团队精神与个体自由的关系，要防止个体的极端自私、个性嚣张、骄横跋扈，不允许为了追逐个体利益，侵害集体和他人。

第二是智慧理解团队中的个人定位、分工合作和角色转换。现代团队分工中，主角、配角，缺一不可。领导力和执行力同等重要。只有合理分工、准确定位，才能使个人才能和团队潜能最大限度发挥。无论是何种角色，都要把分工角色做到最好，努力做到不缺位、不越位、不乱位、会补位、善站位。

团队中每个人的角色有差别，个人得益也会有差别，要正视差别、接受差别，但不能肆意扩大差别。老子说："天之道，利而不害；人之道，为而弗争。"这就告诉我们，在合作中不能忽视利益的存在，但不能过多地计较利益。合作不嫌利少，让利越多愿意合作者就愈多，你就越受欢迎。虽然单次得利甚少，但总的累加获利会更多，最后就会有金碑银碑不如口碑的效果。这正如老子所说："后其身而身先，外其身而身存。非以其无私邪？故能成其私。"

现代团队精神还要求，日常训练和磨炼中，每个人要做到一专多能，以便在某些特殊的境遇、危机的情况下，为了团队的整体利益和未来目标，主角乐于转成配角，配角敢于担当主角，实现各类角色的无缝转换。

第三是逻辑处置团队总目标和小目标的关系。这就要求我们要有内外治理逻辑，把握公理—定理—推论的时间、空间次序不可颠倒的内在逻辑，像梳理树干—树枝—树叶那样，先议定原则，再议定细则，后议定个例。分清主次，逐步推进，不能"眉毛胡子一把抓"。

要学会给自己留出时间和空间，让自己能够从事务性工作中抬起头来，有一些总体性思考，防止“忙者无智”，以便时刻校准努力的方向。任何伟大的目标，都是由一个个的小成果累积而成，要避免好高骛远、眼高手低。老子说：“天下难事，必作于易；天下大事，必作于细。”又说：“千里之行，始于足下。”因此，希望我们的毕业生们能胸有凌云志，同时又能在尊重逻辑规律的基础上，从易处和细处着手，脚踏实地地做好每一件事。

如果说，100 年前的五四运动中，青年的呐喊唤起了民族的觉醒，那么现代青年则更要面对当前辉煌又艰难的岁月，崛起与阻遏、和平与竞争并存的局面，要充分发挥自己的才干，弘扬现代团队精神，成为民族新的脊梁！是成为最佳主角，还是最差主角；是最佳配角，还是最差配角；是人前显圣，还是做无名英雄，都取决于你的选择、定力和努力。只要你们勤奋努力、独立思考，我们的民族将有无限的希望，你们的人生将有无限可能。

最后，再次祝愿全体毕业生前程似锦，期待着你们常回家看看！

谢谢大家！

（本文为作者在华东师范大学 2019 届毕业典礼上的致辞）

生活的理想就是为了理想的生活

张志宏
南昌同创基业房地产开发有限公司董事长

尊敬的胡书记、吕校长、各位领导，敬爱的老师，亲爱的同学们：

大家好！

非常感谢大家，在这个美好而隆重的日子，把我从万千红尘中拉回到魂牵梦绕的母校，拉回到充满想象和美好期待的青春，让我再一次有与老师和同学们交流、学习的机会，真的非常感谢，谢谢大家！

1988年，对一个偏远乡村、从未出过县境、冬夏春秋只有一条裤子可穿、最大的理想就是自已吃饱饭以及让全家人都有饭吃的青年来说，南京大学是那么的高大、幽深而遥远，那么的高不可攀！

高考前两个月，父亲挑着米担，来我就读的中学看我，问："考得上大学吗？"答："可能考不上。"父亲说："没事，照顾好身体，考得上更好，考不上家里还有田种，努力了就行了。"父亲从来没有给过我压力。

考后估了一下分数，在班上成绩大概处于中游，我的高考志愿没有敢填南京大学。但在这一年的金秋，记忆中，一个梧桐树、银杏树叶金边摇曳的九月，我还是来到了南大。

后来才知道是放榜后，我的成绩是全县文科状元，中学母校为了我上个好大学，就到处找人，而南京大学，没有因为我志愿没有报而嫌弃我。高中老师、招生老师的善良，父亲的慈祥，促成了我就读南京大学法学专业的意外惊喜。

我的妻子是我高中同学。八十年代的爱情，真的很纯粹。那时她父亲在我家乡当县长，我们却没有一点门当户对的概念。我从南京去南昌看她，没有钱住宾馆，晚上我就睡在田埂上，早上再去看她，财富一点也没有妨碍我们的相聚。

后来有人说她慧眼识珠，选中了黑马，可我们只是相互喜欢，其他一切都无关。每当我们遇到困难，我总是说，放心，我手艺不错人又勤快，在街上摆个米粉摊，一天照样挣个几百块，一样养活一家人。她也总是笑着回应：我给你打下手。

企业创立之初，企业究竟是“以营利为中心”，还是“以价值为中心”，我们讨论了很久，最终统一了“以价值为中心”的思想。后来各种关系学、厚黑学、成功学风气弥漫，再后来“赶风口”成了时髦。但这些流行思潮始终动摇不了我们的创业初心。

20 多年来，“眼见他起高楼……眼见他楼塌了”，正是创业初心保护了企业，守护了我们的幸福与安宁。毕业 20 多年以来，最幸运的是父亲和母校曾经给我性格与品德的滋养，尤其母校给了我“大哉一诚天下动”的感召，给了我守法的底线和逻辑的思维。

在这激荡的 30 年，在这巨变的时期，急躁的时代，物欲横流的世界，品性的滋养正是我嚼得了菜根、稳得住心神、守得住心智、经得起诱惑的根源和底气。

“诚”是什么？为什么“一诚”就大哉？为什么“一诚”天下动？“诚”就是“真实”。“真实”是思维价值取向，知与识的目的是“真实”。我们的心任何时候都要尽量做到“抱朴求真”。“诚”就是“真心”，真心则善，“善”是行为价值取向。我们的行为出自真心才能得“善”。

“美”是生理价值取向，“诚于中，形于外”，人所想所做的事，出于真诚、出于真心，于人于己就是舒服，舒服就是“美”。“真”是第一性的，有了真才有善的进阶，既真且善自然很美。

“真”与天道同，“善”与人道同，所以“一诚”就“大哉”！合天道，得人心，无论怎么做，无论结果是什么，一切都是那么美，当然就是“大哉一诚”天下动！知识的目的是“真”，道德的目的是“善”，人生的目的是“美”。真、善、美，即人间理想。

1938年，张闻天在陕北公学发表以《论青年的修养》为题的演讲。他紧紧围绕青年理想这一核心问题，提出了“生活的理想，是为了理想的生活”的精辟而独到的观点。纵观张闻天的一生，无论身居高位，还是饱受磨难，他的一生是追求真理的一生，是追求幸福生活的一生，是追求内心安宁的一生，是“真善美”的一生！

张闻天的理想是符合自然的理想，不是超自然的理想。他的“理想的生活”，是你、我普通人的人间理想，是“穷则独善其身，达则兼济天下”的理想。对“权力、金钱、名誉、地位”的追求能不能算作理想？看起来好像也是对的，不然，世界上那么多人，为什么恋栈于权位，汲汲于名利？

然而，如果站在历史的高度，以纵观一生、盖棺定论的时间长度，观察人生，就能清晰看到：有的人德不配位，爬得越高，摔得越重；有的人贪得无厌，浮财亿万，却饿毙街头；有的人把名字刻在石头上，可他的名字比尸体烂得更早。权力和金钱可以成为理想实现的工具和手段，名誉和地位只是理想生活的附属和衍生品。

恺撒大帝在《内战记》中写道：“没有人愿意看到事实的全部，人们往往只希望看到自己想看到的现实。”你若追求权力、金钱、名誉和地位，你所看到的就是世人恋栈的权位、汲汲的名利。你若笃信真善美，你便有了正确的生活理想。你若笃行真善美，理想的生活就会与你结缘。有理想的生活，才是我们人生的根本目的。

什么样的理想能为我们指引道路，并不断给我们欣然面对人生的勇气？人之伟大或渺小都决定于志向和理想，一个人追求的目标越高，他自身的潜能才能发挥得越充分。伟大的毅力只为伟大的目标而产生。

有些理想看起来高大，如果不真不善，哪里去找到美？不过是无本之木，无基之屋罢了！有些理想，看起来很渺小，却立根于“真”立根于“善”，美了自己，美了他人，美了生活，美了世界，成为伟大。

生命的个体，在社会中，在天地间是渺小的。毕业后，我们难免遭遇坎坷，有不公，有至暗的时刻，有无能为力之感，以至于觉得人的一生往往是在不断接受命运的安排和嘲弄。这个时候，请想起我们的校歌，从“大哉一诚天下动”的歌声中去寻找力量！

人再渺小，世界再大，我们的心就是宇宙，理想的心不死，我们的心就会有力量；无论什么样的境遇，追求理想的脚步都不要停下。“守之以诚，付出真心”，每一跬步都将为未来的命运做出最好的安排。

生活的理想就是为了理想的生活。在此毕业之际，让我们一起再次温习我们的校歌：

大哉一诚天下动，
如鼎三足兮，曰知、曰仁、曰勇。
千圣会归兮，集成于孔。
下开万代旁万方兮，一趋兮同。
踵海西上兮，江东；
巍巍北极兮，金城之中。
天开教泽兮，吾道无穷；
吾愿无穷兮，如日方暾。

祝愿同学们拥有自己的理想，放飞自己的理想，愿理想在你们的人生旅途中，滋养思想与人格，激荡灵魂与心智！

祝愿我们南大每一个青年的理想，都能不断孕育出高贵的精神与非凡的智慧，去引导、定义人生永恒的成功！

谢谢大家，谢谢！

（本文为作者在南京大学2019届本科生毕业典礼暨学位授予仪式上的致辞）

流浪的地球需要温暖

叶美兰
南京邮电大学校长

亲爱的各位2019届毕业生，尊敬的各位家长和朋友们、老师们：

今天，我们在这里隆重举行2019届本科生毕业典礼，热烈庆祝5256名南邮学子，顺利完成学业，圆满毕业，特别要祝贺今天在座来自俄罗斯、孟加拉国、哈萨克斯坦、加纳等15个国家的67名留学生。祝贺你们，亲爱的柚子们，今天既是你们青春季一场舞剧的收官之日，也拉开了你们人生走向更大舞台的序幕，这样的日子一生中很难再有一次了，所以请你们一定要好好享受这样一个人生长河中独一无二的光辉的瞬间。

同时，也要祝贺在场的家长和老师，今天不但是孩子们的收获季，也是值得你们骄傲的一天。

在此，我提议，请同学们把最热烈的掌声献给你们到场的和未到场的爸爸妈妈们，向他们表达最真挚的感恩之情！虽然你们觉得自己已经是“社会人”，可在他们眼里，你们还是什么都不知道，永远只是一个三岁的“小猪佩奇”。

还要请你们把热烈的掌声送给传授你们知识和力量的各位老师，当然我们也知道，你们总是在背后吐槽“四大名捕”多么不讨你们喜欢。

更要请你们把掌声送给陪伴你们四年的宿管阿姨和食堂的叔叔阿姨们，向他们表达最衷心的尊敬之情。虽然你们常常溜到隔壁邻居家去吃人家的饭。

我还要请你们把掌声送给同桌同室的他（或她），感谢彼此拥有这幸福美妙并将陪伴终身的大学同窗情，请你们离别时一定要相互热烈拥抱，道一声珍重！

亲爱的同学们，四年寒来暑往的南邮生活使你有了一个昵称：柚子。至此，南邮的气息、南邮人的气质都将深深烙在你们身上。信达天下、自强不息的南邮精神将成为你们的行囊。南邮的四年，无论你的专业是“被安排”，还是被调剂的，但用教育科学与技术专业的郃汉菁同学的话来说“我们的专业是调剂的，但我的人生不是”。你们用你们的努力和奋斗书写了属于你们独一无二的、2019 届柚子，赤橙黄绿青蓝紫的七色缤纷青春。

你们中有 1378 位同学即将到国内外的大学深造，去读研究生。其中不乏即将赴卡耐基梅隆大学的朱贤圣同学，还有保研至北大和清华的宋一苇、邹子昕同学，双双保研成功的学霸情侣李争彦和张佩迎同学，也有本科毕业就高薪走进阿里巴巴的牛哄哄的程序员王悉宇同学。更令我自豪的是你们有一颗悲悯世界、温暖的心。你们中有从公益起家创业的李达，有到青海支教的蒋超同学。你们中也有一直挂科到大三，逆袭觉醒，从 DOTA2 战队走回文苑路 9 号的倪若凡同学；还有抱着吉他整天唱着“我们不一样不一样”曾挂科多门又成功转回课堂，顺利完成学业，签约华为的吴天力同学，你也终于明白了，“陈独秀同学再秀”也应该坐在课堂，大学就应该是读书的模样；还有从挂科到考研成功的葛弈书同学。你们都是好样的，你们的成功说明了在我南邮的课堂，“一个都不能少”。你们从 2015 年唱着对浪漫憧憬无限的《栀子花开》到 2019 年即将带着 JJ（林俊杰）的《我们很好》，昂首离开南邮。这一切证明了你们在“薪火传、踏歌行”校庆长跑时高喊的“我邮威武”，也高亢宣言 2019 届柚子威武。

“长亭外，古道边，芳草碧连天。”李叔同的这首《送别》已成把酒话桑麻辞别的经典。自 1088 年大学诞生起，每年世界各地初夏的大学校园都上演着一幕幕精彩纷呈的毕业盛典，哈佛大学毕业季的庄严合唱，帝国大厦为纽约大学点亮的紫罗兰，牛津大学谢尔登剧院的拉丁语宣誓，剑桥小镇的800年巡游，等等，都构成了世界大学毕业盛典最靓丽的风景线。这种图腾式膜拜的仪式，既彰显了独特的大学文化，也是大学坚守的精神家园。

今天我们南邮，虽然没有哈佛的奢华，没有剑桥那样的仙林小镇供我们恣意游行，以宣泄我们青春中最华丽的专属乐章，但在我们全体南邮人心中，有着同样的神圣与庄严。在此典礼上，我们热烈欢送你们走向新的人生旅程，深情见证你们的成长，传承梦想，畅想未来。同时，我们希望今天的典礼也是你们大学的最后一堂成人课。

《流浪地球》是今年年初上映的国产硬核科幻片。讲述了在不久的将来，太阳将毁灭，太阳系已经不适合人类生存。面对绝境，人类开启流浪地球计划，试图带着地球一起逃离太阳系，寻找人类新家园的故事。电影中，地球面临灾难，地表下降至零下80摄氏度，上海、北京等城市陷入冰封地狱。影片用理想主义的语调送去温暖：中国的亲情观、英雄的情怀、奉献的精神、故土情结，电影不再是好莱坞套路超级英雄拯救世界，而是人类抱团共同改变命运。对家园故土的眷恋和珍视，愚公移山一般的执着，亲情纽带的永恒，向死而生的勇气，表达了一种流浪地球乃至四海八荒星际急需的温暖。

省视周遭的社会生活，度量21世纪的人心向背，温暖一词太过珍贵，所以，在你们即将告别南邮，踏上新的人生旅程之际，我想请你们记住：流浪地球需要温暖，温暖是一种可以让你泪流满面的力量，做一个温暖世界的人，这将使你永远面朝大海，春暖花开。

一、人间需要温暖

今年耶鲁大学的毕业典礼上，耶鲁大学的校长苏必德（Peter Salovey）作了*what are you for*？（《你们的追求是什么？》）的演讲，他说耶鲁的使命是培养努力成为致力于改善世界的人，希望学生听从召唤成为领导者和服务者，在人类开拓的每一处疆域，留下印迹。这是一种天降大任的寄托和期许，令人振奋。但演讲更打动我的是苏必德校长的温暖情怀。在当今世界，世界格局有进入冰冷之战的苗头，苏校长坦言了他的追求：“我追求这样一个世界，那里欢迎移民、穷人和被遗忘的人，而不是把他们拒之门外或封住他们的口；在那里，表现出同理心和理解才是成功和美好生活的真正标志。”他追求的这个世界里充满了温暖，而不是隔绝、隔膜和排他。用90岁高龄的哲学家哈贝马斯的话说，不讲温暖是人类文明的倒退，人间亘古都需要温暖。

在希腊神话中，有这样一个人物，叫西西弗斯，他是科林斯的国王，是一位宅心仁厚的圣者，他为了人民可以逃脱死亡，便做出了“绑架死神”的惊天举动，最终招致天怒，众神判罪，要求西西弗斯永远在山谷底部将一块巨石推上山顶。由于那巨石太重了，每次快达山顶时就又滚下山去，如此循环往复，直到生命消耗殆尽。西西弗斯的精神守候带给了家园人民温暖的呵护。这样的故事在你们一直钟情的游戏《英雄联盟》里也有，正义温暖之城。德玛西亚坐落在瓦洛兰大陆的西部海岸，它是大陆上美德的典范，人民的共同目标是通过善良和正义让所有人都过得更好。他们认为恶毒自私如同疾病，应当从人类灵魂中根除。德玛西亚是一座明亮的灯塔，城市建筑看上去纯净质朴，它的光辉在其他的人类居住地依然闪耀。

从亘古走到当下，人间需要温暖；从今天走到2075，流浪的地球更需要温暖。套用《流浪地球》里的经典台词：道路千万条，安全第一条，人间无温暖，冰封地球村!

二、总有一种力量让我们泪流满面，那便是温暖

1999年的新年，《南方周末》的新年献词刊登了一篇文章：《总有一种力量让我们泪流满面》，成了当年温暖人心的开篇之作，20年来这句话一直被人津津乐道，成为脍炙人口的佳句，可见这高速发展的20年，温暖一直被需要。

阳光照在你的脸上，温暖留在我们心里。这是冬天里平常的一天。北方的树叶已经落尽，南方的树叶还留在枝上，人们在大街上走着，怀着希望。总有一种力量它让我们泪流满面，让我们抖擞精神，驱使我们不断寻求“正义、爱心、良知”。这便是我们之间可感知的阳光照在你脸上的温暖。

1984年10月16日，《经济日报》记者罗开富开始了徒步重走长征路采访报道的征程，他逐日按照当年中央红军长征的路线，行程25000里，于1985年10月19日如期到达终点——陕北吴起镇。1984年的11月7日中午，在湖南汝城县文明乡，罗开富遇到了徐解秀老人，听她讲起了50年前与三位红军女战士的故事。

那是1934年11月6日晚，长征途中的三位红军女战士来到徐大姐家借宿。四个人盖着她床上的一块烂棉絮和一条女红军自带的被子。第二天下午3点多，红军要开拔了，三位红军女战士把她们仅有的一条被子剪下半条留给徐大姐，因担心女红军迷路，徐解秀的丈夫送三位女战士走过泥泞的田埂，翻山去追大部队，丈夫说好送他们追上部队就回来，谁知丈夫跟三位女红军走后就没再回来。“一条被子能剪下半条送给穷人的人，就是世界上最好的人”，这句话徐解秀讲了50年，温暖了50年。

2016年10月21日，习近平总书记又深情讲述了这个故事。《半条被子》再次温暖了全中国。重温那踏遍青山人未老的光辉岁月的温暖，真是风景这边独好！这温暖是徐解秀老人生命的支撑，是如德玛西亚灯塔般纯净之信仰。

这温暖的万丈光芒可以照亮冷漠的千尺黑洞，可以融化人性冷漠的千年冰霜，可以驱散雾锁双眼的阴霾，照亮黑暗里流浪地球的前行航程。温暖的力量可以撼天撼地动人心。

张海迪说：“活着，就要做个对社会有益的人。”她用自己不屈的人生证明：每一种生命都同样可以拥有梦想和希望。她说，“让残疾人生活得更幸福、更有尊严是我的梦想”。这是一种呵护尊严的温暖。

华为公司近期成了世界瞩目的企业，倪光南院士说华为是当前中国最伟大的公司，最受人尊敬的公司。今年我们有 393 位同学去了华为工作。任正非说，我们为世界 30 亿人提供信息通信服务，帮助非洲等艰苦地区和其他地区沟通信息。我们就像过去的“传教士”一样在深山老林中努力传播文化，我们的精神也有宗教般的虔诚，是为人类服务的。

华为人从北坡攀登珠峰，随身只有干粮和雪水。这也是一种奉献人类的高尚温暖情怀。近五年，我们有 898 名南邮学子加盟华为，我们为华为带给世界的温暖奉献了南邮力量！

三、做一个温暖的人

做一个温暖如春的人，如阳光一样明媚，正如孟子所言：“达则兼济天下，穷则独善其身”。苏必德校长希望毕业生牢记使命，离开耶鲁之时，一定怀着一份对彼此、对世界、对人类共同未来的责任感，这是耶鲁精神带给世界的温暖。诗人海子说：“从明天起，做一个幸福的人，喂马，劈柴，周游世界……面朝大海，春暖花开。”这便是海子描摹的内心向往的温暖如春的画卷。

温暖如春要有一颗讲奉献的心。我校 58 级校友徐六保，坚守福建厦门翔安岛的小嶝岛，21 年如一日，将全部青春奉献给了祖国的海防事业。2018 年感动中国人物扎根大地的人民科学家钟扬，央视给他的颁奖词是“超越海拔 6000 米，抵达植物生长的最高极限；跋涉 16 年，把论文写满高原。倒下的时候，双肩包里藏着你的初心、誓言和未了的心愿，你热爱的藏波罗花不求雕梁画栋，只绽放在高山砾石之间。”

温暖的心充满阳光留芬芳。比如“与天地兮比寿，与日月兮同光”的屈原，即使被全世界抛弃，也要在大地上诗意栖居。屈原“博文强志，明于治乱，娴于辞令”，用现在的话说屈原就是“人生赢家”，因为他出身好，有才华，颜值还高，23 岁就当上了楚国的左徒（相当于国务院副总理）。但是他的人生不是一马平川，多次遭贵族排挤诽谤。史学家司马迁用八个字论屈原：“信而见疑，忠而被谤。”屈原的人生用四个数来总结就是：“一生只为国家，两次遭到流放，三番临危受命，四海漂泊流浪。”即便如此，他还是心存阳光，把对国家的眷念，化作一首首瑰丽浪漫的诗，把美和芬芳留在人间，20 多岁编《九歌》，创作《楚辞》《离骚》，开创了浪漫主义诗歌流派，他的诗作洋溢着浓烈的爱国主义情怀，“长太息以掩涕兮，哀民生之多艰”“路漫漫其修远兮，吾将上下而求索”成了永恒的爱国金句。

同学们，四年的南邮生活即将结束，四年南邮缘，一生南邮情。

南邮是一所以信息学科为特色的工科院校，办学 77 年来，学校因邮电而生，随通信而长，由信息而强，我们致力于培养通信信息领域“学必期于用，用必适于地”的经世致用的优秀人才，为国家乃至世界培养了一大批德才兼备的通信信息领域的领军人物和技术精英，涌现出以国际电信联盟秘书长赵厚麟等为代表的大量杰出校友，因此南邮被誉为“华夏 IT 英才的摇篮”。70 多年来，南邮人坚守海疆，报效祖国：东起东海小嶝岛，西到青藏高原的阿里地区，南达南沙群岛，北至呼伦贝尔大草原；从南亚到北欧，横跨亚欧大陆，从非洲到美洲，经纬世界通信，只要有信息技术的地方，都有南邮人的足迹。信达天下承使命，守志报国育英才是南邮的一直追求。

亲爱的各位同学，纸短情长，临别之际，我们有太多太多的嘱托给你们，但温暖一词还是我今天最想说的，每日的阳光清晨或落日黄昏，请给自己一个温暖的鼓励，即使你有伤痛如江河，抑或素年锦时。请给遭遇灾祸和苦难的人一个温暖如春的同情，不管他是家居最北的朗伊尔城（Longyearbyen）抑或在冰封流浪地球的南极的乌斯怀亚（Ushuaia）。请给每一位你的“遇见”一个温暖如春的微笑，无论是家人朋友抑或路边扫地的叔叔阿姨，而不是一张冷若冰霜的面瘫脸庞。作为南邮人，我们既要传承家国使命，坚守报国之志，更要有悲悯世界的温暖情怀，既要有为家国天下奋斗的豪迈之情，也要有因周遭的点滴美丑喜怒而动容泪流的细柔暖心。

1835 年的秋天，年仅 17 岁的马克思写出题为《青年在选择职业时的考虑》

的作文。我想用其中一段话作为今天讲话的结语并与大家共勉：“如果我们选择了最能为人类福利而劳动的职业，那么，重担就不能把我们压倒，因为这是为大家而献身；那时我们所感到的就不是可怜的、有限的、自私的乐趣，我们的幸福将属于千百万人，我们的事业将默默地，但是永恒发挥作用地存在下去，而面对我们的骨灰，高尚的人们将洒下热泪。”

最后，祝大家毕业季快乐，期待未来的你们鲜衣怒马仗剑江湖，归来仍是温暖少年。

谢谢！

（本文为作者在南京邮电大学2019届毕业典礼上的致辞）

选择执着

张宗益
重庆大学校长

亲爱的同学们：

夏荷满塘，蝉鸣盈耳。不知不觉又到了充满收获欣喜与离别思绪的毕业季。当你们挥扬手臂把学位帽抛向天空，看着帽穗画出一道道属于青春的弧线，我由衷地为你们感到骄傲和自豪。祝贺你们成功毕业，身携“重大”徽章，即将开启人生新的征程。

借此机会，我也要向你们表示感谢，感谢你们用多彩青春成就了精彩重大。“没有人永远青春，但永远有人正青春”，正是因为拥有、见证和参与了一代代学子的美好青春，重大才能走过 90 载，犹葆活力，事业日新。我还希望你们与我一起，向身边的老师、同伴以及远方的亲友道一声感谢，感谢他们一路的陪伴支持。迈过今日，前路山高水远，他们的持续关注与鼓励仍将是你们继续奋斗前行的不竭动力。

当今世界飞速发展、瞬息万变，处于不断变化与迭代之中，不确定性成为社会主要的特征。特别是对“网生代”的你们而言，信息的“刷屏”式轰炸早已成生活常态。据有关报道，如今一个人一年的信息接收量相当于 17 世纪英国一个农场主 17 年阅读量的总和。层出不穷的新鲜事物通过万千信息渠道不断喷涌，足不出户便能“巡天遥看一千河”，世界在我们眼中越来越小。与此同时，在不断追求速度的道路上，“快消”逐渐占据时代的主题，日常生活的意义浓缩为瞬刻体验。众声喧嚣中，“人生无难事，只要肯放弃”成为新的“至理名言”。不知不觉，这个时代正在丢失一股弥足珍贵的力量，这股力量曾汇万千梦想成星海，融无数血肉铸山河，这股力量就是“执着”。唯有懂得执着、选择执着，才能于历经千帆的征程中收获无悔人生，这个时代才能锻造真正经得起时间与历史检验的成就，才能在人类文明的丰碑上刻写永恒的印记。

执着是有梦想的追求

梦想是生命中最耀眼的阳光，是人生奋斗前行的方向与动力。执着的前提是有梦想。没有梦想的执着，就像没有目标的帆，任何方向的风都是逆风。执着于梦想而走过的人生必将自成高阁、自带光芒，会让你们在跋涉多年后，真正感受到生命的光彩。我们的校友任正非，正是怀抱带领中国企业站上世界科技创新制高点的远大理想，深耕通信行业 30 余年，让华为凭借过硬的技术实力，在激烈的贸易战中，以游刃有余的姿态，生动诠释了执着于梦想的价值与意义。

执着就要不忘初心。今年是中华人民共和国成立 70 周年，也是重大建校 90 周年。时光荏苒，驻足回首，历史要籍，篇篇讲述的都是执着于伟大梦想的精彩故事。70 年风雨路，一代代共产党人接续奋斗，始终不忘“为人民谋幸福、为民族谋复兴”的初心；90 载兴学途，一代代重大人踔厉风发，始终铭记“研究学术，造就人才，佑启乡邦，振导社会”的使命，复兴民族，誓做前锋。正是对梦想的执着追求，谱写了东方奇迹，成就了重大的卓绝风采。

执着就要砥砺前行。每一代青年都有自己的际遇和机缘，都要在自己所处的时代条件下谋划人生、创造历史。正所谓“得其大者可以兼其小”，身逢中华民族复兴的关键时期，同学们既面临着难得的建功立业的人生际遇，也面临着“天将降大任于斯人”的时代使命。只有坚持把“小我”融入“大我”之中，将个人理想汇入时代主题，循祖国、母校执着之先迹，胸怀梦想、勇担使命，不负韶光、砥砺前行，方能实现人生价值，升华人生境界。“居高声自远，非是藉秋风”，只要目标高远，属于你们的青春之歌自然能远播各方。

执着是有定力的积淀

看历史过往风云舒卷，所有高远理想的实现，都必然历经厚积而薄发的过程。“不积跬步，无以至千里；不积小流，无以成江海”，执着就是这样的积淀过程，蕴含着始终保持专注、追求卓越和恪守本真的定力。这种定力尤其珍贵，正是强大人生的核心竞争力，决定着你们能否有效控制自己、充分把握自己，并最终在执着之路上邂逅人生的五彩缤纷。

执着需要保持专注。专注是一种“任世事变迁，寒暑交替，我只此心不动”的境界。有专注才有效率，有专注才有积淀。当今时代，各种纷繁的信息、众多选择的机会，正分散支离人们的注意，让专注成为一种奢侈品。保持专注，是一项高级修炼，要学会取舍，懂得拒绝，善于给自己的人生做减法，把时间、精力和智慧投入最重要的事情上，避免事事上心却事事无成。希望同学们都能把有限的生命，专注于正确且重要的事情。

执着需要追求卓越。所谓卓越，就是极致。“做完”与“做好”，只有一字之差，却映射了两种截然不同的人生态度，也是不同人生的分水岭。华裔建筑大师贝聿铭，正是一生秉承“最高级的灵魂，是一生把一件事做到极致”这样的“执念”，才成就了他在世界建筑史上的传奇与显赫。同学们，想要拥有一个别样的人生，最可靠的路径就是拒绝“差不多”，瞄准目标，追求卓越，用一生做好一件事。

执着需要恪守本真。走出校门，你们独自面对世间百态，会感受到“理想很丰富，现实很残酷”。面对现实中的真与假、善与恶、美与丑，能否恪守自我的本真，是一份需要终生回答的问卷。陶渊明东篱采菊，恪守一份自适；李太白醉酒狂歌，恪守一份狂傲；杜子美茅屋疾呼，恪守一份关怀。有意义的人生，一定是活成自己内心想要的样子，而不是别人喜欢的样子。希望同学们无论远行何处，永葆本真之美。

执着是有胆识的坚守

“初心易得，始终难守”。执着之路注定道阻且长，既不会是一马平川的阳关大道，也不会是平淡无奇的海波不惊。执着的路上，有时会进入无人区，充满未知和挑战，也会遭遇失败，恐惧、孤独、疲惫、失落等都可能是经常的伙伴。执着是一种坚守，这种坚守不仅需要“十年磨一剑”的踏实刻苦、“梅花香自苦寒来”的坚忍不拔，更需要不惧未知、不惧挑战、不惧失败，彰显无畏的胆识。

执着需要不惧未知。探索未知，是人生的常态。热爱未知，它就是机遇；惧怕未知，它就是障碍。生命最有趣的部分正在于存在着无数难以预料的未知，没有剧本，没有彩排。人生路途中，翻过眼前的山丘，我们或许会收获“柳暗花明又一村”的惊喜，也常常会沮丧地发现“在山的那边，依然是山”。“要以不忧不惧的坚定意志投入扑朔迷离的未来。”美国诗人郎费罗曾以这样的诗句激励世人敢于拥抱未知、执着探索未知，因为唯有如此，有限的生命才能遇见无限的可能。

执着需要不惧挑战。人生正是一种敢于与现实“较真”、不断迎难而上，敢于与自己“较真”、不断突破自我的过程。“桃李春风一杯酒”的潇洒，注定需要“江湖夜雨十年灯”的苦练。回首过往，你会发现，最清晰的脚印，往往印在最泥泞的道路上。建材系 1983 级校友张宝兰正是选择了“最泥泞的道路”，勇敢挑战“让大体积混凝土不开裂”这一世界级难题，驻守荒岛七年试验研发“超级配方”，才最终攻克让海底隧道“滴水不漏”的关键技术，成就了堪称世界桥梁史上珠穆朗玛峰的港珠澳大桥。

执着需要不惧失败。探索未知，迎接挑战，一定会伴随失败。执着与否就要看我们面对失败时的态度。输得起的人，一般只会输一阵子；输不起的人，注定将会输一辈子。古人云：“愿君学长松，慎勿作桃李。受屈不改心，然后知君子。”

战胜失败，有时真就需要我们“轴”一点，需要钻一钻“牛角尖”。越是难熬的时候，越要输得起，勇于从头再来；越是想放弃的时候，越要咬紧牙关，敢于屡败屡战。

同学们，执着的人生，始于有梦想的追求，基于有定力的积淀，成于有胆识的坚守。执着的人生，因梦想而闪耀，因笃定而厚重，因勇气而强大。当然，置身大千世界，感受纷繁万物，真正懂得执着，勇敢选择执着，还需要我们明白执着不是思想僵化、坐井观天、固执己见，而是以开放和包容的态度，以广阔的视野和跨界的思维，与时俱进、兼收并蓄、博采众长，为实现梦想“执着”地不断升华自我认知、不断加快自我迭代的过程。我坚信，只要遵循执着本质的纹理，秉持执着辩证的价值，在未来的人生旅程中，同学们一定能避开“快消”的旋涡，远离“速成”的陷阱，以执着书写青春无悔的精彩人生，铭刻绚丽斑斓的时代印记。

亲爱的同学们，90 年前，创校先贤们就在《重庆大学宣言》中立下“不计久远之成功，惟是当前之勠力；不期一驾之企及，惟是十驾之不休”的执着誓言。重庆大学正是凭着这份执着，不管风云几何，我自步伐坚毅，眼望星辰，胸怀八荒，树西南风声，领时代风尚，历久弥新，成长为我们无比骄傲的精神家园。未来，同学们回到校园，跨越时间，对话青春芳华的自己：“若是初心未改，多应此意须同”！

谢谢大家，再见！

（本文为作者在重庆大学 2019 届学生毕业典礼暨学位授予仪式上的致辞）

选择是勇气、智慧和未来

张　希
吉林大学校长

同学们、老师们、各位来宾：

大家上午好！

首先，我代表学校，代表校党委杨振斌书记，向 2019 年毕业的同学们表示热烈祝贺！并向为你们付出辛勤劳动的教职员工们和一路支持你们成长的家人们致以衷心的感谢！

毕业是一段重要人生经历的结束，也是新生活的开端。在座的同学们一些人选择继续深造，一些人选择走向工作岗位。作为你们的老师，你们的校长，我很希望你们永远是校园里纯真的学生，但我更坚信你们将成长为勇担重任的成人。

你们刚刚完成的毕业选择是对你们四年大学生活的总结，它体现了你们四年来的付出与收获，体现了你们是否学会了独立思考，是否培养了健全人格，是否具备了专业素养，是否懂得了交流与合作。毕业选择只是一次实践课，年轻的你们还有时间、有机会去修正。我希望同学们可以通过这一课，理解选择对人生是多么重要。未来，你们还将面临更多的选择与被选择：成为一个什么样的人，组建一个什么样的家庭，成就一番什么样的事业。

吉林大学是一所具有光荣传统的大学，我们的前辈与学长做出了杰出的榜样。在东中华路上有一道名人墙，上面铭刻着吉大的很多先贤，如唐敖庆先生、蔡镏生先生、王湘浩先生、余瑞璜先生、高鼎三先生、吴式枢先生，等等。当年，先生们风华正茂，在祖国需要时，义无反顾地选择了回国参加新中国建设。20 世纪四五十年代，一批先贤来到亟待建设的东北工作，包括林枫先生、陈先舟先生、任抟九先生、李四光先生、饶斌先生等。他们共同努力，奠基了今天吉林大学的文、理、工、农、医、信息和地学等学科。在个人得失和国家事业的选择上，先生们没有迟疑。先生们的人生选择让我们敬仰，让我们尊重。令人欣慰的是，吉大这种心怀家国的精神血脉在被继承和发扬，“心有大我，至诚报国”的黄大年老师是新时代的典范。在一辈辈这样的老师们的熏陶与影响下，一代又一代的吉大学子投身于建设国家的事业，肩负起历史和时代的重任。

合适的选择需要独立思考的能力，也需要掌握足够的信息。大学生活教会了你们很多收集信息的方法——文献整理、案例研究、实验分析、社会实践，等等，而交流是获得信息的重要途径。与不同文化背景、不同专业领域的人们交流，不但可以丰富我们的信息量，还能激发我们的想象力、创造力，拓展我们选择的空间，为我们的独立思考与决策提供依据。

选择是对未来的预判，只有时间才能检验它是否合适。坚持选择，还是修正选择，不但需要理性的思考，批判性的思维，还需要豁达的胸怀。面对选择，有人迟疑，有人坚定，有人随遇而安。面对选择的态度，恰恰体现了我们内心的格局。一个精致的利己主义者，难免患得患失；而一个有家国情怀的人，更能获得内心的从容。对个体来说，任何一种选择都有失败的风险，但从人类整体来说，每一次失败的尝试都是有价值的积累。人类的每一步前行都不是个体的成功，而是千百次失败后的集体总结。

所谓“大学之道，在明明德，在亲民，在止于至善。”确实，学无止境！我们只有坚持终身学习，不断增益自身能力，才能获得更多选择的机会。各项能力中，学习能力和创新能力是最具长远价值的。我们都知道当前的国际形势复杂多变，关于贸易战，关于关税，关于知识产权，等等。此次交锋反映出我们需要更多各个领域的专业技术人才。维护国家安全，赢得国际尊重，需要吉林大学的每一位毕业生不断学习、不断完善自己，掌握最新的知识与技术。让自己这颗螺丝钉，坚定地钉在祖国需要的岗位上。

今天，一万零四百六十三位同学即将毕业。你们将面临各种各样的机会、挑战、挫折、诱惑，等等。我希望同学们在纷繁的选择面前，有格局、有境界、有勇气、有担当，能站在国家与时代的高度，选择有价值有意义的事业，不忘初心，坚守理想，做出无悔的人生选择！

同学们，这是一个尤其需要人才的时代，而你们，正是这个时代的希望与未来！我面前的吉林大学毕业生们，期望你们会成长为一万零四百六十三份建设祖国的坚定力量！

谢谢大家！

（本文为作者在吉林大学2019届本科生毕业典礼上的致辞）

未来法治建设，期待与君同行

张吉豫
中国人民大学法学院副教授

亲爱的同学、家长、院友、老师们：

大家好！

对高校教师而言，每年的六月都是依依惜别之时。同学们正意气风发地准备迈向人生的下一段精彩旅程，留在校园的我们内心则充满了不舍，但更多的是一份喜悦。祝贺所有的毕业生们！

今年的毕业典礼于我有特别的意义。在今天的毕业生中，我作为本科班主任见证了许多同学四年来的成长，也曾与许多同学在军训中结下战友情谊。我想也正因如此，学院给了我这个宝贵机会，在今天这样一个极为隆重的场合里，与同学们说一些临别话语。

诸君毕业在即，虽然夏至未至，但于我们而言，未来已经到来。法律是在历史中存在和展开的法律，而你们是将在未来中继续成长和绽放的你们。有人说，与我们这些互联网时代的“移民”甚至“难民”不同，你们身为互联网时代的“原住民”，成长过程和中国信息产业的蓬勃发展相互影响。你们在人大法学院求学的这几年，也正是中国乃至全世界对新科技发展充满了憧憬和担忧的时期。一方面，网络、大数据、人工智能等信息技术正日益成为社会运转的强大动力，对人们的思维范式、行为习惯、经济社会结构和治理方式都产生深刻影响。另一方面，基因编辑、再生医学、脑机接口等技术不断取得进展，拓展着人类在生命体层面改变世界乃至改变自己的能力，在带来崭新希望的同时，也引发了深刻的伦理忧虑。诸多科技进展勾勒出一个具有无限可能性、希望和风险并存的未来社会。然而，蓦然回首，却看到中国大地广阔的车间乡野里，有很多还是多年前的样貌；放眼望去，国与国之间相互依存愈发紧密，但利益冲突却时时发生，挥之不去。最传统与最前沿的问题同时存在，国内与国际的问题紧密交织，这就是你们所处的历史方位，也是你们成长的时代。

法律曾被誉为人类最伟大的发明："别的发明使人类学会了如何驾驭自然，而法律让人类学会了如何驾驭自己"。科技创新需要法理引导和制度支撑，以确保其朝向符合人民美好生活需要的方向发展。当前的中国正值重要的战略机遇期，也是社会矛盾凸显期，更迫切地需要法律在新一轮科技革命中切实发挥作用。促进创新，控制风险，保障人权，推动社会普惠发展，让法律彰显其应有之重要价值和深刻意义，这是一个需要你们担负责任的时代。

法律立足当下，"当下"是过去经验范围和未来期待范围有所重叠的时间区间。但当前新型科技应用不断涌现，突破了以往成熟的社会实践，"当下"时态正在不断萎缩。过去的经验尚在总结，人们还未来得及充分展开对话，建立共识，崭新的实践又扑面而来。对新科技工具及其深层次影响，人们常常缺少理解。这种对工具的陌生疏离正是异化滋生的空间。《大数据时代》的作者维克托·迈尔－舍恩伯格深刻指出，不同于印刷革命等技术变革带来的新的规范和价值观转变，这次"我们没有几个世纪的时间去慢慢适应，我们也许只有几年时间"。由此，当代科技和社会发展变革的超高速度，为法学研究范式的发展提出了"面向未来"的新常态。在这场探索中，我们要有理论创新、方法创新的勇气和想象力，但更要尊重市场，尊重科学规律，令法律保持应有的审慎和谦抑。

这是充满挑战的时代，也是充满机遇的时代。人生如同逆旅，你我都是行人。有人说，法律也像旅行一样，必须为明天做准备。它必须具备成长的原则，必须能够面向未来。你们关于未来问题的答案，可以从自身学习过程中寻找和体会。在过去的几年里，我们看到同学们在进行扎实的法学基础知识学习之外，也热切地在用你们自己的方式表达着对这个国家和社会的关注。你们关心个人信息保护，曾在文章中为数字人权呐喊；你们关心数字时代的商业秩序，曾在大数据杀熟模拟法庭上针锋相对，积极论辩；你们关心国家网络安全，曾探索白帽子群体的法律保护和恰当规制；你们还关心智能时代的国际合作，曾针对国际标准化组织的人工智能伦理指南写下报告意见。你们曾为研究大数据流通规则前往贵阳和前沿企业调研，你们也曾尝试性地开发辅助定罪量刑的计算机软件……你们在校园内就已绽放出超乎我们想象的对这时代的理解和关怀，并将其付诸实践。这一切清晰地告诉我们，应对未来挑战最好的准备，就是具备坚实的法学基础和学习能力，并永远保持着像你们这个年龄的热情和勇气。未来不仅仅是时间上对今天的延续，更是我们心中的理想现实的投影。和很多先生一样，我们相信世界是一天一天往好里去的；我们之所以坚定地相信未来，是我们相信你们的眼睛和心灵。一个民族有一些关注天空的人，才能感受到未来和希望。你们是新生的凤与凰，不要只骄傲地在大地上行走，还要试着飞翔。我们既然来人间一趟，总要看看太阳。前路有时难免尘土飞扬，但请相信在山巅之上，依然可见清晰的月光。

面对未来、预测未来的最佳方式，就是去创造它。在中国未来法治的道路上，我们都是同行者。我们期待与诸君一起，更好地建构属于我们这个时代、也更属于你们时代的理想社会秩序。在法治实践之中，相信母校法学院与你们不会分离。就像那古老的诗句：你无论走得多远都走不出我的心，就像黄昏时树影拖得再长也离不开树根。

同学们，人大法学院，对渐行渐远的你们究竟意味着什么呢？记得八年前，我刚刚来到人大法学院，我问这里的先生，他心中人大的精神底蕴是什么。我原本想，或许是那镌刻在学校东门口巨大岩石上的“实事求是”。先生微微一笑，告诉我，在他看来，人大的精神底蕴就写在校名这六个字里：中国、人民、大学。

由此，中国人民大学法学院，立足在这片土地上辽阔绵长的山河岁月和乡情文化之间，致力于让这片土地上的每个人都能够在这个滚滚前行的时代惬意安居。而将这一切投射在德法兼修的学习和实践之中，就构成人大法学院最深沉的理想。特别是那十六字院训值得铭记："人文情怀、追求真理、崇高法治、奉献社会"。正如科技实践需要法治，法治实践也需要精神指引。有些梦想，我们不能将之搁浅。

如果你相信，我们所经历的一切，都悄无声息地构成了我们自身的一部分，那我相信你也会赞同，"中国人民大学法学院"的文化精神底蕴中，亦已融入了你的贡献；而不论你离开此处走向哪里，"中国人民大学法学院"所承载的精神，都将作为你自身的一部分，随你前行，形影不离。

在法学教师们的眼中，你们每一个人，就是一整个国家。于是，我祝福你们，如同祝福这个国家。祝福这个国家，是祝福她的当下，更是祝福她的未来。祝福我们的未来因为法治而更加文明昌盛，而我们的法治将因为诸位而更加充满力量。

祝福你们!

（本文为作者在2019年中国人民大学法学院毕业典礼上的致辞）

凡是过去，皆为序章

吕 建
南京大学校长

尊敬的各位来宾、各位家长，老师们、同学们：

大家下午好！

六月南雍，繁花锦簇，这是收获盛大的美好时节，2019届的同学们学业有成，即将开启新的人生旅程；六月南大，芳草连天，这是骊歌唱起的惜别时刻，互道珍重的话语、流连不舍的身影充盈着校园处处。此时此刻，请允许我代表学校，向各位同学致以热烈的祝贺！向为同学们的成长付出辛勤汗水的老师、员工和家长们致以崇高的敬意和衷心的感谢！

四年前，一张录取通知书将同学们和南京大学这所百年名校联系在一起；今天，一份毕业证书记录下南京大学的薪火传承与同学们的青春记忆完成互动交融的过程，记录下同学们与时代同行、与南大同路的成长历程。

同学们是南京大学百年教泽的传衍者，注解着母校致力民族振兴，践行立德树人，培养栋梁之材的使命担当。同学们牢记习近平总书记“爱国、励志、求真、力行”的嘱托，沐浴着“大哉一诚天下动”的庄严旋律，熏陶着“嚼得菜根，做得大事”“诚朴雄伟、励学敦行”的校训校风，浸润着“以人为本、崇尚理性、注重人文、开放包容”的校园文化，实践着“严谨求实、勤奋创新、格物致知、追求真理”的科学精神。在“文理工医学科融通、专业体系相互通达”的人才培养体系中，你们持续构建坚定不移的理想信念、昂扬勃发的爱国主义情怀、高尚和谐的品德修养、丰富融通的知识体系、勤勉力行的奋斗精神、多元发展的综合素质，日益明德尚诚、睿智多思、身康体健、性善心美、勤劳笃实，具备了自主学习实践的能力，拥有了博学明知、厚泽深仁、弘毅沉勇的立世格局与人生起航智慧。

同学们是南京大学事业发展的参与者，推动了母校创建“第一个南大”的历史进程。同学们身上的南大烙印越来越清晰的同时，你们也以饱满的热情、激扬的青春打磨出一个个闪亮的日子回馈母校，那些丰富多彩、生动活泼的细节已融入南京大学 117 年的历史脉络中：作为“悦读经典”计划推行后的第一批南大学子，你们潜心向学，遨游在知识的海洋中，在图书馆、教学楼、实验室留下思考的笔触、实践的探索；你们视野宏阔，奋发进取、孜孜以求的足迹遍布海内，在世界知名学府和国际组织中实现自我提升；你们中流击水，在各类竞赛中为母校赢得了荣耀，在社会志愿活动中展现了南大学子的人文关怀；你们爱校荣校，活跃在招生队伍里，投身于会务工作中，助力各类学校活动，理解并支持学校的政策变化，关心并推动学校的事业发展，以真挚的爱校情怀丰富了南京大学的精神品格。

南京大学谢谢你们！

所以，在同学们的毕业证书上，隐藏在“姓名、学校、校徽、时间、专业”这些关键要素背后的，是它厚重而丰富的内涵：它凝聚了同学们的身份转换、时代印记、风范学风、知识能力和标准水平，诠释了你们身上的南大烙印和南大基因，将同学们定格在时代与南大的坐标上，是“时代—大学—个人”相互交融的产物，浓缩了一所大学的精神、文化、风格、底蕴。

“凡是过去，皆为序章”。毕业标志着一个学习阶段的完成，也意味着你们即将离开母校，步入更加广阔的世界，登上新的人生舞台。这个人生舞台以五四运动 100 周年为序曲，以中国特色社会主义进入新时代为主旋律，以中华人民共和国即将迎来的 70 华诞为重奏，以中国发展面临的历史机遇和重大挑战为背景，它就是在实现中华民族伟大复兴中国梦新征程中不断展现人生价值的时代舞台，就是不断面对国际环境变化、科技革命与产业变革提出的新挑战与新机遇的时代舞台，就是不断适应由开放互联、动态变化的社会所带来的不确定性选择的时代舞台，就是不断调整事业、家庭、亲情、友情、爱情等各种错综交织关系的时代舞台，就是不断抵御由功利主义、拜金主义和享乐主义可能带来的心灵迷失的时代舞台。

习近平总书记指出，“每一代青年都有自己的际遇和机缘，都要在自己所处的时代条件下谋划人生、创造历史”。舞台已经搭就，历史赋予使命，时代呼唤担当。同学们是时代的主人、国家的希望、民族的未来，你们即将面对的人生命题就是青春接续奋斗，前路砥砺驰行，把握历史机遇，肩负时代使命，在新时代中谋划人生、创造历史。

同样是面对时代所给出的历史命题与人生命题，回顾南京大学薪火传衍、教泽绵延的117年，一代代南大人与时代同呼吸、与民族共命运，谋国家之强盛、求科学之进步，将国家的重任与自我的发展、人生的升华融为一体，奏响时代的强音。他们身上的优秀品质或许能够给同学们一些启示：

我们南大人坚忍奋进、卓越引领。人居环境科学的创建者吴良镛、真理标准大讨论的代表人物胡福明、核武器事业的开拓者程开甲三位荣膺“改革先锋”称号的杰出校友，勇立时代潮头，诠释了砥砺奋进、阔步前行的先锋精神；美国工程院院士张翔校友、鲍哲南校友不断攀登科学高峰并取得突破性进展，收获世界性赞誉，体现了南大人卓越引领的精神特质。

我们南大人尚和贵诚、担当有为。匡亚明老校长在任期间为学校发展呕心沥血，他举贤任能，与程千帆、陈白尘等多位老先生留下了肝胆相照的佳话；闵乃本院士、施斌教授带领各自团队精诚合作，历经数十年研发，为学校首捧国家自然科学一等奖、国家科技进步奖一等奖的同时，研究成果有力地推动了经济社会的发展。他们的故事生动展现了南大人团结一心、勇担重任的时代自觉。

我们南大人牢记使命、立德求真。韦慧晓校友怀揣参军报国梦，投笔从戎，成长为中国海军第一位女副舰长，在蓝海碧波中唱响了强军报国的巾帼之歌；“中国青年五四奖章”获得者袁辉校友以淡泊宁静的品德、大爱无疆的情怀，将心血倾注到山区孩子成长中，书写了“大山之间播撒爱心”的感人故事。他们的事迹体现了南大人心系祖国、情系社会的高贵品质与时代担当。

我们南大人身上的宝贵品质远不能一一道尽，也有待同学们在未来继续发掘、汲取和丰富。但我们从成功校友的事迹中可以看到，同学们要想面对历史命题和人生命题时交出满意的答卷，就必须具备两种特质：既要顺应时代要求，牢记使命、担当有为、卓越引领，又要强化社会立身，立德求真、尚和贵诚、坚忍奋进。只要你们做到这两点，就一定能从时代舞台上奋翼高飞。

为此，我想给同学们以下三点建议：

一是既要登高望远，也要脚踏实地。《庄子》中说，“井蛙不可以语于海”，“夏虫不可以语于冰”，是因为它们受到眼界、境界的局限，这启示我们，为人处世要有高远的境界和长远的眼光，才能看到不一样的风景。登高望远不是好高骛远，同学们必须付诸笃实勤勉的行动，必须坚决克服幻想症、拖延症等“时代病”，做行动的巨人，才能步步登高、再上层楼。

二是既要励学终身，也要敦行致远。“终身学习是21世纪人的通行证”，在世界变化日新月异、知识更新不断加快的今天，同学们只有牢固树立终身学习的理念，不断完善知识体系，才能使思维视野、思想观念、认识水平、实践能力跟上越来越快的时代发展要求。“学而不能行之谓病”，学与行必须统一起来，做到终身学习，持续实践，才能达到慎思笃行、知行合一的理想境界。

三是既要坚守传统，也要勇于创新。大到国家、民族，小到学校、家庭，优秀传统文化都是传承和发展的根本，如果丢掉了，就割断了安身立命的精神命脉，因此，同学们应当自觉做传统文化的传承者。但坚守传统并非囿于传统，“周虽旧邦，其命维新”，在坚守传统的同时也要积极发扬创新精神，从传统中汲取道德养分和精神力量，从创新中淬炼聪明才干和立世本领，坚定道路，自信前行。

归结起来，今天我想借这样的机会，将毕业证书装入同学们的毕业行囊，为你们描述并推开人生新阶段的大门。在大门的另一边，时代的舞台属于你们，未来的世界属于你们，人生的精彩属于你们！

我或许无法一一道尽你们未来面临的难题，但相信我们身上所共有的南大烙印和南大基因一定会帮助你们穿过“独上高楼，望尽天涯路”的迷茫，跨越“衣带渐宽终不悔，为伊消得人憔悴”的曲折，实现“蓦然回首，那人却在，灯火阑珊处”的升华。

把手临别，曲短情长，我想说的话还有很多，但只能把千言万语归结成美好的期望与祝愿，衷心祝愿各位同学继续吹响青春奋斗的号角，奋起砥砺驰行的脚步，书写出于国有功、于校有荣、于己有彩的壮丽人生！

同学们，你们深深地依恋着母校，母校的教师员工们也同样对你们怀有深厚的感情，他们同你们的家人一起为你们的成长付出了含辛茹苦的陪伴、呕心沥血的操劳，为你们的成绩感到欣慰和鼓舞。在此，我提议同学们以最热烈的掌声，向全体教师员工和家长们致以最衷心、最深情的谢意！

同学们，你们是南京大学无限延伸的根脉，也是南京大学广泛撒播的种子。你们在哪里，南京大学的精神就在哪里；你们在哪里，南京大学的事业就在哪里；你们在哪里，南京大学的影响就在哪里；你们在哪里，南京大学的奉献就在哪里；总之，你们在哪里，南京大学就在哪里！

南京大学是全体南大人的南京大学！母校是你们永恒的家园和坚强的后盾！母校永远祝福你们！欢迎你们常回家看看！

谢谢大家！

（本文为作者在南京大学2019届本科生毕业典礼暨学位授予仪式上的致辞，原标题为《青春接续奋斗，前路砥砺驰行》）

成功就是做最好的自己

陈国祥
南京师范大学校长

尊敬的各位老师、各位毕业生亲友、亲爱的同学们：

大家下午好！

凤凰花开，毕业季来。今天，是一个值得铭记的日子。我们在这里隆重举行2019年研究生毕业典礼，共同见证3419名研究生人生中的重要时刻！首先，让我们用最热烈的掌声，向各位毕业生同学，表示最热烈的祝贺，祝贺你们顺利完成学业，迈向人生的新征程！

今天，也是一个收获喜悦的日子。今年毕业的研究生中，年纪最大的54岁，年纪最小的只有22岁！在南师从本科、硕士读到博士的"土著"一共有8位同学，你们是南师的"铁粉"！理工科发表论文最多的，是化科院博士毕业生乔曼同学，以第一作者和共同第一作者发表SCI论文11篇；文科生中发表论文最多的，是马院的博士毕业生刘旺旺同学，以第一作者发表CSSCI论文12篇，现在他已经正式留校任教！在座的每一位同学，不管你来自哪里，去向何方，在经历了学海拼搏的历练之后，你们都有理由收获学业成功的喜悦！

今天，更是一个表达感恩的日子。你们经历过选题时的反复纠结、组会前的惶恐不安；体验过好不容易有了想法，别人却早已发表的苦恼；感受过马上就要有结果，实验设备却莫名掉链子的辛酸；既体验过被期刊拒稿的伤心，也经历过打开邮箱看到论文被录用的狂喜。学术之路上取得的每一点成功，我们都应该感谢导师的悉心指导，感谢家人的支持，当然也要感谢自己在几乎放弃的时刻又咬牙坚持的执着。这些一言难尽的科研经历，将成为你们每个人最珍贵的记忆。在此，我也提议，让我们用最热烈的掌声，向所有关心和支持你们成长的老师和亲友们，送上最诚挚的感谢！

今天之后，同学们即将离开母校，继续求学或者步入职场，开启人生的新阶段。大家在研究生阶段获得了学位，取得了学业成功，而如何在未来的人生中继续取得新的成功？这是每个人都将面对的人生课题。说起成功，我想起了一个月前，也就是 5 月 20 日，28 位南师校友受邀参加了第二届江苏发展大会，他们都是来自全球各行各业的精英，可以说是大家心目中的“成功人士”。其间，校友们专程回校，我们一起进行了座谈交流。从他们身上，我不仅感受到他们对母校深厚的感情，也使我对“成功”有了新的感悟。校友们有着不同的专业背景、来自不同的行业，经过多年的奋斗和打拼，他们都在各自的领域里有所建树，虽然他们每个人的成功都有着不一样的故事，但是又有一个共同的特点，那就是，做最好的自己。换句话说，做最好的自己，就是人生最大的成功。在你们即将扬帆起航的特别时刻，我想跟大家分享四位校友的故事，希望能够帮助你们更好地思考未来的人生，走好未来的路。

做最好的自己，要确定人生的目标。每个人的人生目标都是独特的。第二届江苏发展大会上的南师人、我校 1987 届美术系校友吴为山，是国际著名雕塑家、中国美术馆馆长、法兰西艺术院通讯院士。20 世纪 90 年代初，经济大潮涌动，许多年轻人对我们国家杰出的思想家、文学家、科学家、艺术家都很陌生，转而去崇拜明星，商业雕塑大行其道。吴为山却不为所动，坚持在塑造中华杰出人物的艺术实践中追寻自己的梦想。他说：“作为雕塑家，我觉得应该用雕塑的手法为这些历史人物塑像，建立时代丰碑。”用雕塑为时代建立恒久的价值标准，这就是吴为山的人生目标。为此，吴为山致力于中国文化精神在雕塑创作中的融渗和表现，开中国现代写意雕塑之新风。在这里，希望大家找准自己的人生目标，并像学长吴为山一样，在人生目标的指引下，坚定、主动地做出人生中的重大决定。

做最好的自己，要坚守自己的初心。所谓初心，就是在所有的愿望、誓言和梦想当中，离自己本心最近的那个。著名的行知小学校长杨瑞清校友，他始终坚持陶行知先生所说的“为一大事来，做一大事去”，长期根植于农村教育，并坚守着自己的初心，也就是“让农民的孩子，也能受到最好的教育”。1981 年，毕业后的杨瑞清，放弃进城机会，几经波折，来到当时的江浦县五里村小学。那里地处偏僻，生活条件很差，但是在他看来这些困难都算不上什么。他耐心做村民们的工作，不让一个孩子失学，村民们为之动容。1983 年 5 月，组织决定让他担任江浦县团委副书记。在矛盾中，他服从了组织的决定。可是，仅仅干了 4 个月，杨瑞清就打了辞职报告，他说：“做共青团工作不缺我一个，做乡村教师却不能少我一个。”2000 年，杨瑞清入选全国师德报告团，在北京人民大会堂作报告时，他说：“事实证明，我到乡下去，到偏僻的地方去，路子是走对了。这是一种生命的内在力量在牵引着我，去寻找自己的心可以自由自在的那个环境，寻找自己的快乐老家。”在这里，也愿同学们在未来的人生中，能够像杨瑞清校友那样坚守初心，在人生的忙碌中始终看清自己的人生方向。

做最好的自己，要把优势发挥到极致。成为最好的自己，并不是要做一个十全十美的人，更重要的是淋漓尽致地发挥好自己的优势。正如罗斯福所说的：“杰出的人不是那些天赋很高的人，而是那些把自己的才能尽可能发挥到最高限度的人。”我校地科院 1998 届校友刘彦随博士就是将自己的研究所长发挥到极致的杰出代表。刘彦随校友品学兼优，他在我校读博的学位论文还获得了“江苏省首届优秀博士学位论文奖”。毕业后他心无旁骛、孜孜不倦地致力于农业与乡村地理学领域的研究。近些年，他积极响应国家战略需求，带领千余名专家学者开展精准扶贫理论、政策与模式的研究，撰写的评估报告、咨询建议等累计超过千万字，他们的工作被认为是“21 世纪最有意义的上山下乡”。刘彦随校友不仅在学术领域成果卓著，获评“全球高被引科学家”“Top1% 科学家”；而且在把专业优势服务于国家战略方面做到了极致，因为他在乡村振兴与发展创新研究领域的突出贡献和杰出成就，在 2018 年被荣选为“发展中国家科学院院士”。希望同学们也能像刘彦随校友一样，在自己热爱的领域里面充分发挥自己的潜力，以高度的专注、倾情的投入，把自己最擅长的事情做到极致。

做最好的自己，要始终保持成长的热情。成为最好的自己，意味着我们不能安于现状，不能满足于一时的成就，而是要不断地超越自我，持续升级，始终保持旺盛的生长状态。金女大 1947 级学生郑小瑛校友，是中华人民共和国第一位歌剧、交响乐女指挥家，她一辈子和音乐指挥打交道。68 岁的时候，她接受厦门市创建民办职业交响乐团的邀请；两年后，70 岁的郑小瑛出任厦门爱乐乐团的艺术总监，全身心投入交响乐的普及和乐团的管理发展中。之后，乐团慢慢走上正轨，从没有听众，再到获得音乐界最高奖——“金钟奖”，如今的厦门爱乐乐团，已经成为厦门“十大城市名片”之一。回顾她的人生经历，有人说，20 世纪 80 年代的她，知性恬静，气定神闲地紧握指挥棒；90 年代的她，举手投足间，都是自信；21 世纪，已近耄耋的她，依旧活跃于舞台；如今，已经 90 岁的她，站在指挥台上依然是那样激情澎湃、光彩照人！校友郑小瑛的音乐人生，既有风景都看透后的通达，也有不变的纯真热情。希望同学们在未来人生路上，也能时刻充满对生活的热情，保持内心的活力，坚守对生活的热爱，每一天都能活出崭新的自己。

同学们，做最好的自己，不是做一个精致的利己主义者。刚才分享的四位校友的故事，他们都是把自己的人生与国家的发展、社会的进步紧密相连，在与时代的连接中成就最好的自己。同学们恰逢中华人民共和国成立 70 周年之时毕业，正处于大有可为的新时代。虽然你们的人生目标会有不同，职业选择也有差异，但希望你们都能砥砺家国情怀，弘扬“厚生”精神，在新时代的追梦之路上实现人生的价值！

青春无问西东，岁月自成芳华。同学们，全新的生活在向你们招手。未来，无论你走到哪里，无论你身在何处，只要能确立清晰的目标，执着地奋斗；坚守自己的初心，从容地努力；把优势发挥到极致，勇敢地尝试；保持成长的热情，不断地超越，你就一定会成为这个世界里一道亮丽的风景，绽放出与众不同的美好！也一定会成为未来校友故事里的主角！

最后，祝愿同学们鹏程万里，梦想成真，活出最好的自己！母校永远都是你们温暖的家园，永远的依靠！未来，纵然天高路远，得闲，常回家看看！

谢谢大家！

（本文为作者在南京师范大学2019年研究生毕业典礼暨学位授予仪式上的致辞）

自立自强　科学报国

窦贤康
武汉大学校长

亲爱的同学们：

大家上午好！

前不久才和大家在“九一二”操场合影留念，今天就要送你们离开母校。作为校长，也作为一名教师，我的心里十分不舍，相信你们的心情也是一样。近年来，学校努力把毕业典礼办得庄严和盛大，除了彰显对学术的尊重和敬仰外，也是为了给你们的大学生活留下最美好、最难忘的临别记忆。

这几年的“珞珈时光”，母校和你们一起奋斗、一起成长。学校大力倡导更加崇尚学术、更加追求卓越、更加关爱学生、更加担当有为，通过大力引育高水平人才、优化培养方案、开设高质量课程，为你们提供更加优质的学习资源；通过配齐选强辅导员队伍，为你们成长成才更好地引路导航；通过改造教室、修缮宿舍、升级食堂、翻修运动场馆，为你们创造更加舒心的学习和生活环境……学校一直在尽最大的努力，希望以最优质的教育资源培养出最优秀的学生。

当然，你们也是学校改革发展的重要见证者。你们见证了学校入选首批“双一流”建设高校，见证了学校对人才的空前重视以及高水平人才数量的大幅增长，见证了学校在 *Nature*（《自然》）、*Science*（《科学》）等国际顶尖期刊上发表重大研究成果的突破，见证了学校成功发射全球首颗夜光遥感卫星“珞珈一号”……如今的武大，办学的标准越来越高，与实现世界一流大学的梦想越来越近。母校以你们为荣，也希望你们每个人为母校感到更加骄傲和自豪！

同学们，你们毕业的今年，恰逢五四运动100周年，也恰逢中华人民共和国成立70周年。你们生逢其时，在国家最蓬勃发展的时代学习和成长。回顾这百年历史，我们不难发现，一个国家的发展，离不开重道义、勇担当的知识分子，他们是社会的良心，是民族的脊梁。

100年前，山河破碎，民族危亡。在国家生死存亡的那个年代，与你们年龄相仿的一批青年知识分子，以追求“爱国、进步、民主、科学”的五四精神，努力探索救亡图存之路，挺身而出，奋起抗争，奏响了浩气长存的爱国主义之歌。

70年前，国家新建，百废待兴。一大批知识分子以科学兴国为己任，自力更生、艰苦奋斗，为中华人民共和国建设立下了不朽功勋。这其中，就有研制出第一座军用核反应堆的“中国核电之父”欧阳予院士、中国计算机事业创始人之一张效祥院士、中国“两弹一星”功勋科学家俞大光院士等武大校友，他们推动了中华人民共和国在多个领域实现零的突破。

40年前，改革开放，百业待举。又是一大批知识分子勇立改革潮头，在经济、科技、教育等各个领域敢闯善创、建功立业。这其中，就有以泰康人寿创始人陈东升，小米科技创始人雷军，中国兵器首席专家、中国99A式主战坦克总设计师毛明为代表的武大校友，他们胸怀振兴国家的志向，勇当改革先锋，成为推动科技进步和经济发展的中坚力量。

进入21世纪，科技发展，日新月异。在新一轮科技革命与产业变革到来的新时代，武大人瞄准国家战略需求和世界科技前沿，在地球空间信息领域攻坚克难，为“北斗导航”提供更精密的位置服务；在以“红莲型”为代表的杂交水稻研究领域孜孜以求，为落实国家粮食安全战略做出重要贡献；在人文社科与自然科学交叉前沿领域，为维护边界与海洋权益积极贡献“武大智慧”；还有一大批从事物理、化学、生命科学等基础研究的优秀学者，甘于寂寞、潜心钻研，产出了一批有代表性的原创成果。

回望来路，中华人民共和国从艰难困苦中一路走来，实现了从站起来、富起来到强起来的伟大跨越。当今世界正经历百年未有之大变局，一方面以人工智能为代表的新一轮科技革命和产业变革正重塑全球创新版图，另一方面贸易保护主义和逆全球化思潮屡屡抬头。面对发展的不确定性，只有大力弘扬自立自强的精神，把关键核心技术掌握在自己手中，才能牢牢把握创新主动权和发展主动权。

国家的希望在青年，民族的未来在青年。国家强盛和民族复兴的重任，无疑落在包括你们在内的新一代中国知识分子身上。武汉大学作为一所国家赋予重任、社会寄予厚望的国家重点大学，培养的是民族的精英和社会的栋梁。进入新时代，国家需要你们以自立自强之精神、担纲科学报国之重任！

我希望你们用心锤炼攻坚克难的勇气，身处逆境要有永不言弃的坚忍，面对挑战要有迎难而上的果敢；我希望你们始终秉持笃行实干的精神，按照习近平总书记所强调的“最重要的还是做好我们自己的事情”，不论是继续学术深造，还是走向工作岗位，一定要打好基础，苦练内功；我希望你们勠力锻造自主创新的本领，大胆探索未知，勇于批判质疑，敢于并成就“从 0 到 1”的首创之举。

同学们，自立自强是一代代武大人流淌和传承的血脉，科学报国是武大人永恒的情怀和担当。在你们身边，已经有很多同学做出了表率。物理科学与技术学院 2015 级博士生何海龙同学潜心科研，在校期间就在 *Nature* 发表高水平论文，毕业后选择在学术道路上继续深造，努力践行科学报国的梦想；水利水电学院 2015 级本科生嘎次同学，毕业后响应国家号召，回到西藏建设家乡；由我校化学学院 2014 届本科毕业生谢肖创办、你们这届毕业生中也有许多同学参与过的“清泉计划”公益组织，通过进行水质检测、开展公益调查、捐赠净水设备等志愿接力行动，一届接着一届学生干，只为了让农村贫困地区儿童喝上干净的水，充分彰显了武大学子强烈的社会担当；还有你们中的很多同学，即将奔赴国家经济建设主战场和基层一线，用青春和热血谱写人生的新篇章。从你们身上，我看到了武大人自强不息的奋斗精神、爱国报国的家国情怀和追求卓越的时代担当。我相信，你们未来一定能够在广阔的天地中尽情翱翔，成就精彩人生！

每年毕业的时候，我都会把校友喻杉写给母校的一首散文诗送给毕业生。今天，我同样把这首诗送给你们，以此表达母校对你们的依依不舍之情：

武大的学子也是树
是带着武大之树的魂魄走向四面八方的
武大学子的根不管植于何处
总会有一支伸向珞珈山

请你们记住，无论将来飞得多高、走得多远，你们永远都是武大的孩子。当你们累了、倦了，母校的怀抱永远为你们敞开！

（本文为作者在武汉大学 2019 届毕业典礼上的致辞）

敬畏明止　敬业知行

张来斌
中国石油大学（北京）校长

同学们、老师们、家长朋友们：

今天，我们以热烈而质朴的典礼为2019届毕业生送行。我代表全校师生员工，祝贺大家顺利完成学业！向辛勤培育与关爱你们的所有人表达诚挚的感谢！

拍完毕业照，跑完毕业跑，喝完“下午茶”，走过红毯礼，经历送别晚会，迎来了此刻最后的话别。在这几年的求学生涯中，大家因石大而相聚在一起。在这里，你们安放了青春，褪去了青涩，寄托了梦想，充实了人生。石大是你们青春做伴的故乡，在这里你们一起课堂操场，一起宿舍食堂；一同聆听教诲，一同高歌轻狂。石大是你们磨炼意志的校场，在这里，你们获得了安身立命的知识和本领，学会了承担责任和使命。此刻，你们学业有成，你们怒放的青春枝繁叶茂、花团锦簇！

同学们，几年来，我们珍藏了许多共同的记忆：克拉玛依校区成立，东校园启用，入选一流学科建设高校，成立世界能源大学联盟……校园绿树繁花，四季成景。几年来，作为师长见证了你们的成熟、成长，我为你们自豪和骄傲！此刻，我还要感谢你们的包容，尽管我和老师们一直致力于“善待学生”，但是还有很多不如意的地方，你们为此吐槽过、失望过，但最终都化为对石大的记忆和期盼。

你们真挚地关心石大、热爱石大，不仅因为这一方土地定格了你们最热血的青春和最纯真的梦想，更因为你们成长于斯、升华于斯！

同学们，今朝一别，各自天涯，每个人选择不同，道路不同，成就不同，但无论怎样的人生，希望大家，行有所止，心存敬畏以立身；志有所安，勤勉敬业以处世。

敬畏，不是畏首畏尾，而是对自然的尊重、对生命的敬重、对法则的遵守。古人言“畏则不敢肆而德以成，无畏则从其所欲而及于祸。”常怀敬畏之心的人立身正、讲原则、守规矩，不因小利而失大局，不因诱惑而失节操。

心存敬畏，源于自知，持于自省，贵在自律。

自知，就是坦然面对自我、接纳自我。因知己之短而奋发，因知己之长而自信，不因失败而看低自己，不因成功而目无他人。不因过去无法挽回而抑郁，不因未来不可预知而焦虑。

自知，既要尽力而为，又要量力而行。学校 66 年的发展，因为尽力而为，我们涉沙漠、履极地、越重洋、下深海，在发展中壮大；因为量力而行，我们坚持特色化发展之路和精品、开放的办学模式，谱写了“双一流”建设的新篇章。尽力而为体现了决心和气魄，量力而行体现了科学和理性。

自知，能帮助我们准确定位人生坐标。是小草就添一抹新绿，是大树就撑一处绿荫。要明晓个人力量有限，尺有所短，寸有所长，扬长避短、互相支持才能成就事业。你们要摆脱小我，将个人的发展融入集体、融入社会的大熔炉，融入祖国建设的汪洋中，从自知走向自信，走向深邃，走向广袤，最大限度实现个人价值。

自省，是回归本真基础上的自我反思和提升。

自省如同罗盘，助力我们不断校准航向。善于自省的人，有坚定的信仰。信仰是内心的法则和道德规范，是立世的底气和定力。有信仰的人，才能在舍中看到得，在欲望中安守灵魂，既脚踏实地又仰望星空。多少身陷囹圄、功亏一篑的人不可谓不聪明、不努力，只因信仰缺失、道德缺位使之无所敬畏，直至万劫不复。有信仰，不会迷失方向，“有所畏”，才能“有所为”。

善于自省的人，有及时止损的自觉。人非圣贤，犯错不可怕，可怕的是不能汲取教训；失败不可怕，可怕的是失去前进的勇气；时光流逝不可怕，可怕的是生活的热情日渐消弭。先哲曾说：“认识错误是拯救自己的第一步。”每一次的自省，都是一次觉悟与进取。

自律，是自我管理的开端和关键，只有真自律才能真自由。

自律是抵御平庸的良药。人生的一大境界就是当时觉得百般艰难，唯靠自律坚忍，再回首，万鸟早已飞渡千山。正如大学生活不是时时刻刻都充满着快乐与刺激，教室、食堂、宿舍……枯燥又充实的生活是大部分的真实。朝起暮寝，渴饮饥餐，有趣蕴含在无趣之中。随着你们逐渐成熟，会发现，一个人最优秀的品质不是聪明、智商高，而是有节制，能自律。功不唐捐、玉汝于成，你的自律、节制、努力，生活和事业终将回报与你。

自律是跳出“舒适区”的底气。时间无限，生命有限，我们要把握无限中的有限，在有限的生命里不断突破自我。舒服安逸时，要挑战自我，坎坷不平时，应勇于坚持。人的成长过程如同蚕化蛹，蛹羽化成蝶，是以新形式和内容对旧存在的扬弃。在这个过程中，应拒绝故步自封，谢绝画地为牢，主动脱离舒适区，通过自律和勤奋，不断突破自我。生命是一维的，以自律和勤奋，使今日之我超越昨日之我。生命又是三维的，如同一块璞玉，以自律的刻刀精心雕琢，每一笔都会接近更美好的自己。

敬业，是恪尽职守、勤业精业，是中华民族的传统美德，是匠心独运的职业操守。敬业看似简单平凡，实则不易；敬业看似小道理，实则蕴含大境界。敬畏是敬业的起点，敬业是敬畏的升华。

敬业，要乐业、勤业、精业，从而成就大业。敬业，应敬心、敬行、敬事，在敬业中见自己，见天地，见众生。

敬心才能乐业，乐业是敬业的前提。正心诚意才能坚守初心。乐业是一个人对工作由热爱生发的激情。因为热爱，所以自带光芒；因为热爱，才能追求完美；因为热爱，才能感染他人。青年人不能沉溺于“小确幸”，不能沉迷于“佛系”“丧文化”，而应保持昂扬向上的姿态、点燃奋发有为的热情。当然，朝气蓬勃、争创一流不是一句空话，需要不断学习、不断改进来达成。学历代表过去，学习力代表未来，持续学习才能跑赢人生的马拉松。

敬行才能勤业，勤业是敬业的保证。“敬终如始，敬行如知。”敬行，就是要在敬心的基础上做到匠心独运的专注，精益求精的坚守，淡泊名利的宁静。敬业才会专心致志、淡定从容。走进社会，面对激烈的竞争和纷繁的选择，唯有淡定从容才能保持头脑清醒、目标清晰。毫无目的和规划的职场频繁跳槽，只会令人心烦意乱、心气浮躁。只有专注于做事，才能让人追求卓越而不甘于平庸，品性高洁却不自命不凡，公平正直而非曲意逢迎，难不住，夸不倒，击不败。

敬事才能精业，精业是敬业的升华。敬事从小处讲，就是精心钻研工作，相信道路千万条，知行合一，持之以恒，每一条都通向美好未来。从大处讲，是大事时的担当，是逆境时的胸怀。习近平总书记在纪念五四运动100周年大会上指出，时代呼唤担当，民族振兴是青年的责任。只要青年都勇挑重担、勇克难关、勇斗风险，中国特色社会主义就能充满活力、充满后劲、充满希望。石大有爱国奉献的基因，为国家和石油石化工业培养了大批开拓者、奉献者。今天，历史的接力棒已经交到了你们手中，你们的未来就是国家和民族的未来，身处国家发展“两个一百年”奋斗目标的历史交汇期，身处“百年未有之大变局”，勇做新时代的弄潮儿，你们责无旁贷。愿你们发扬石大人奉献报国的优良传统，耐得住寂寞，守得住底线，抵得住诱惑，顶得住压力，以奋斗为底色，以创新扬风帆，在广阔天地里书写锦绣人生！

同学们，情千缕，意万重，千言万语，诉不尽依依不舍离别意。你们的征程是星辰大海，归来仍是石大人。虽然离开了校园，但石大将伴你一生同行。从今往后，你所处世的方式里铭刻着石大气质，你所练就的品格里镌刻着石大风骨，你所获得的荣誉里传承着石大品质！石大在你自信的笑容里，在你坚定的信念里，在你深情回眸的记忆里。同学们，今番良晤，终有一别，他日相逢，愿你们归来仍是朝气蓬勃的少年。

谢谢大家！

［本文为作者在中国石油大学（北京）2019年毕业典礼暨学位授予仪式上的致辞］

自信改变未来

王云贵
中国人民解放军陆军军医大学校长

尊敬的各位领导、各位老师、各位家长，亲爱的 2019 届全体毕业同学们：

大家上午好！

又是一年毕业季，又是一年离别时。每年这个时候，大学都会举行隆重的毕业典礼暨学位授予仪式，庆祝同学们寒窗苦读学业有成，欢送同学们走出校园建功立业，同时也借这个机会再跟同学们唠叨几句。

这几天，穿梭于校园主干道，看到同学们嬉笑着合影留念，心中不免感慨时光飞逝、岁月荏苒。刚才，我一直在台上看你们，感觉与几年前刚入校相比，同学们的脸上少了青春的羞涩，多了医者的气质；少了书生的娇弱，多了军人的血性。我想这就是对同学们成长成才的最好见证，也是对老师们教书育人的最好回馈，更是对大学立德树人工作的最好肯定。作为大学校长和 1981 级的老学长，我谨代表大学党委、代表季富政委、代表全校教职员工，向学有所成、顺利毕业的各位同学表示热烈的祝贺！向静心教书、潜心育人的各位老师表示崇高的敬意！向关心支持大学建设发展的各位家长朋友表示诚挚的问候！

同学们，你们在校学习生活的几年，是国家、军队和大学不平凡的几年，你们见证了中国特色社会主义进入新时代，见证了军队领导体制、规模结构和力量编成改革，同时也见证了陆军军医大学的成立，你们以高昂的斗志、充足的干劲、丰硕的成果，践行着建设部队满意、世界一流军医大学的强校梦。在座的毕业同学中，本科学员薛方超以第一作者在影响因子 7.2 的杂志发表 SCI 论著；李思瑞以第一作者在影响因子 7.6 的杂志发表 SCI 综述；张冠、邓川江、常唯尊获美国大学生数学建模竞赛一等奖；李杰、辛浩然获全国大学生基础医学创新论坛暨实验设计大赛一等奖；博士研究生任栓成以第一作者在国际顶尖学术期刊《科学》杂志发表原创性论著，并获评华人生物学在读博士最高奖吴瑞奖学金；硕士研究生刘馨竹 2 次获得全国研究生数学建模竞赛一等奖；全校博士生发表 SCI 论文人均影响因子超过 8.0。总的来说，同学们取得的成绩可圈可点，获得的荣誉令人振奋，你们是家人的骄傲，是老师的骄傲，更是大学的骄傲，将来也一定会是国家和军队的骄傲！

同学们，今年毕业典礼后，你们有少数人会继续留在大学学习深造或投身工作，多数人将奔赴祖国的大江南北去建功立业。我希望，当你们老了，回首往事的时候，不会因为虚度年华而悔恨，也不会因为碌碌无为而羞愧，要始终牢记习主席“好儿女志在四方，有志者奋斗无悔”的嘱托和教诲；我希望，在你们的人生道路上，能够始终坚定理想信念，矢志强军目标，陶冶道德情操，不忘初心，砥砺前行，以青春之我、奋斗之我，实现自己的人生价值。

毕业临别之际，我想送同学们一句话作为毕业寄语，就是“自信改变未来”。为什么送这句话，一方面源自习主席反复强调的“四个自信”，即道路自信、理论自信、制度自信、文化自信；同时，也有感于复旦大学中国研究院院长张维为经常讲的“中国人，你要自信”。

自信，是心理学上的一个名词；自信，对一个人的成长成才至关重要。爱因斯坦说“自信是向成功迈出的第一步”；萧伯纳说“有自信的人，可以化渺小为伟大，化平庸为神奇”；苏格拉底说“一个人能否有成就，只要看他是否具有自尊和自信”；罗曼·罗兰说“人能在一生之中取得成功，必定只有一个源头，而这个源头唯有自信”；李白自信“天生我材必有用，千金散尽还复来”；毛泽东主席自信“俱往矣，数风流人物，还看今朝”。

自信，为什么那么重要？自信，要如何去培养提高？我觉得可以从三个方面去寻找答案，也希望同学们从中找到属于自己的答案。

首先，自信给人以肯定，给人以激励，给人以执着，拥有自信就拥有了成功的一半。鲁迅先生坚持弃医从文，是因为他坚信能够通过文字启发国人的思想；钱伟长先生高考时理科分数很低，但面对强敌入侵，他毅然改学物理，并最终成为“中国力学之父”，是因为他坚信学好物理可以制造飞机大炮抵抗外敌；华罗庚先生小学时只拿到修业证书，初一时通过补考才数学及格，但最后成为著名数学家，是因为他坚信自己能够学好数学；时代楷模张富清在解放战争中英勇杀敌、九死一生，三次荣立一等功，两次获得战斗英雄荣誉称号，是因为他坚信只有中国共产党才能救中国。可见，凡是自信心强的人，不论做什么事情都会相信自己能够成功，即使遇到困难也会想方设法去克服困难，正所谓“有志者，事竟成”。

其次，自信是一种潜在的、可贵的、强大的力量，他能使弱者变得强大，强者变得更强。中华人民共和国成立之初，我国还是一个十分贫穷落后的农业国，没有冶金设备和矿山设备，制造业很不发达，不能自主制造飞机、汽车、坦克、大炮。但是，在几代领导人的正确领导下，在广大人民群众的自信自立自强下，攻克了一个又一个看似不可攻克的难题，创造了一个又一个彪炳史册的人间奇迹，今天我们比历史上任何时期都更接近、更有信心和能力实现中华民族伟大复兴的目标。其实，贫穷落后、困难挫折并不可怕，可怕的是你没有勇气去面对，没有自信去克服，没有行动去解决。俗话说“笨鸟先飞”“勤能补拙”，只要你相信自己，只要你愿意付出，终有一天会有收获。

再次，自信并非意味着不劳而获等待成功，而是通过自己的奋斗去赢得一次次的成功。习主席说：“人的一生只有一次青春。现在，青春是用来奋斗的；将来，青春是用来回忆的”。我认为，人的一生是奋斗的一生，而自信是人生奋斗的重要基石，自信是开拓事业的人格基础，自信是人生中最宝贵的心态之一。但同学们也要注意，自信不是孤芳自赏、自以为是，也不是盲目乐观、得意忘形，更不是骄傲自大、目中无人，而是要始终保持一颗责任心、一颗进取心、一颗平常心，紧紧围绕强国梦和强军梦，从大处着眼、小处着手，脚踏实地，一步一个脚印，扎扎实实做好每一件事，从一次次成功的喜悦中肯定自己、激励自己，以一次次胜利为民族复兴铺路架桥，为军队建设添砖加瓦。

同学们，今天的离别是为了明天更好的相聚。请记住，今天毕业临别之际我给大家的赠言“自信改变未来”。请相信，在大家追逐心中梦想、实现人生价值的道路上，母校永远是你们的心灵驿站和精神家园！欢迎大家常回家看看！

最后，祝全体毕业同学一帆风顺、一路平安、一生健康！谢谢大家！

（本文为作者在中国人民解放军陆军军医大学2019年毕业典礼暨学位授予仪式上的致辞）

学会制定自己的人生战略

陈向东
跟谁学董事长

敬爱的各位老师、亲爱的各位同学：

非常高兴回到人大，人大是给我温暖、给我力量、给我依靠的一个地方。我在人大上课的时候，每一次都喜欢坐第一排，我记得每一次向导师请教的时候总会问很多问题，我记得每天晚上和好朋友、好同学去跑步，寒冬时在洗手间里面冲冷水澡。那时候我是一个默默无闻的听众，突然有一天我的同学说："陈向东，你口才不错，你可以试试新东方。"后来我到新东方教书，再后来我创办了自己的企业。慢慢地我自己变得更有力量，这种力量与人大是永难分开的。我是农村的孩子，小时候因为家里穷，高中没有补习，14 岁读了师范学校，17 岁成为初中老师。后来我读了专科，又读了本科，1998 年的时候考入中国人民大学经济学院读硕士研究生。那时候我已经 27 岁了，也已经工作 10 年了。那 10 年的每一天我都渴望能够到北京的好大学读书，这就是为什么我在人大比很多的同学都感恩，也是我为什么在人大会比很多人都更能感受到一种力量。

可能你们会说我有一点小小的、自以为是的骄傲，但这种骄傲来自一种自信，这种自信来自信任，而信任完成于给予的过程中，升华于共同面对的默契之后。我每一次心里痛苦的时候，都会一个人默默地到人大遛弯儿；我面临人生痛苦的时候也会一个人到人大，甚至到求是八百人大教室那里走一走，坐一坐。很少有人懂得，当你真的不断地做一件事情，不断地探索自己的认知边界，表象是你和自己人生对话来寻求人生的突破，本质上是你对周边的人、对你周边的时代、对于周边的、整个的、我们处的国家以及世界的一种深度的思考。如果我们想真正地做一个合格的毕业生，要想真正地做得更好，我的体悟有几点。

一、一定要有一份你自己特别想做的事。大家今天毕业了，人生的差距开始被拉开。如果方向错了，停止就是进步，人和人之间最大的智慧差距是选择。你没有选择对，后面就越差越大，“失之毫厘，差之千里”就是从选择开始的，我希望同学们能够热爱你们的选择，为你们的选择而奋斗。

二、用力地做好你热爱的事。如果你选择了这件事情，那么就要付出百分之一万的努力，这样你就会做得比较好，你做得比较好就会收获别人的认可，你收获认可的时候就会有自信，你有自信的时候就会有小小的傲骄，有小小的傲骄内心就会踏实和充实。

三、要谦卑。不要总觉得自己是专家，面对新的事物，我们都是初学者。马化腾说“养育一种能力要瞬间把自己变成小白”，如果有一天各位同学能练就一种本领——面对新事物的时候就像一个初学者、一个小学生，像你第一天恋爱时的紧张和新鲜，我们做任何事情就都可以做得非常棒。如果我们放下自己心中固有的认知，如果我们敢于挑战自己的边界，能够不断地构建系统的底层，构建自己认知大厦当中最坚硬的部分，能看到冰山下面庞大的整体，我们就可以做一番事业，让自己心里踏实。

四、一定要学会享受自己可能会面临的以及正在面临的痛苦。世界上所有的苦难都是为了让你能更好地感知幸福，没有付出就没有回报。如果你没有痛苦，又怎么能够感受到别人所得到的那份真正的荣光、真正的财富，或者真正的地位？关键是，如果我们懂得我们会有痛苦，我们如何享受这份痛苦？如果我们有很多的磨难，我们如何享受这种磨难？如果我们注定要面对羞辱，我们为什么不享受这份羞辱？它可能是让你提升人生高度的冒险，它可能是让你在人生路上挑战自己的角色，每个人只有真正地超越自己才能真正幸福。我小时候家里特别穷，冬天里穿不上棉衣棉裤，我后来就想“陈向东，你过得再悲惨也要比那时候好得多得多，那是你为将来经历真正的幸福而必然经历的冒险”。

五、要真正地懂得别人的痛苦，我们要有同理心、同情心，要懂得别人。我们长大了要懂得我们的父母，再大一些要懂得我们的老师，懂得跟我们合作的战友，我们要挑战更大的人生状态。我们真懂得别人的痛苦吗？真站在别人的角度思考吗？当我们懂得别人的痛苦，当我们利他的时候，恰恰是更多的人为我们尽力的时候。

六、要学会依靠他人。这个世界上最美好的事就是有人可以依靠。工作中几乎没有一件事情单凭一己之力就能完成，要靠一个团队，你才能冲上人生的最高点。1999 年我进新东方的时候，只有 100 多人，我离开新东方的时候已经有 3 万多人。“跟谁学”是我五年前创办的，投资人说“跟谁学”在美国是所有上市的教育公司第三名，我们很荣幸。我们用了五年时间，做到了中国的第三名。我觉得这个福分不是我一个人的，而是“跟谁学”的几千名小伙伴一起努力得来的。

七、不要让自己过得太痛苦的哲学就是“让一切事情变得简单”。怎么找到人生简单的密码呢？要订立原则，订立人生规则。我每天都问自己：“陈向东，什么样的事情是你必须要做的？”在我看来，重要的事情不着急，着急的事情不重要。如果你每天忙忙碌碌，那么一般是你没有找到重点；如果你做了很多年，每天忙得一塌糊涂，不能从事务当中摆脱出来，那么就表明你没有在做重要的事情。我在公司作为CEO，每天想的是怎么让CEO没有权力。当我没有权力的时候，副总裁才会把屁股对着我，把笑容对着员工。当我们每一个人都能够定一些规矩，定一些原则，告诉自己不做什么的时候，才是真正的智慧。

哲学上有三个问题：我们是谁？我们从哪里来？我们到哪里去？参加工作之后我们要调一下顺序：我从哪里来？我从人大来。我到哪里去？有一天要想成为一个什么样的人物？我是谁？怎样才能从今天的这个点到达未来，到达我们要的那个方向？在一个企业，你从哪里来，就是你所在的公司的使命；你到哪里去，就是那个公司或者部门的愿景；你是谁，就是要恪守的价值观。我们今天可以这样发展，这是我们今天的起点，未来会要什么，这可能是我们未来的终点。我是谁呢？我要放弃什么，什么东西坚决不要呢？我要踏踏实实，我要谦卑，我要诚信，我要勤奋好学，我要感恩。我要放弃什么呢？我在人大上经济学的课，老师讲过两个概念，其中一个叫作“机会成本”。我们都是学经济学的，什么是机会成本？就是第二号选择的成本，你变得越有力量的时候你的第二号成本就越大，关键问题是你怎么聚焦第一选择，让你的机会成本成为杠杆，作用于每天的事务。

我们每一个人都会制定自己的人生战略，战略的关键不是“战”，不在于尝试各种可能，而是在于“略”，在于聚焦，在于你是谁，你从哪里来，你到哪里去。最后，再次祝贺各位同学，你们毕业了，意味着你们有了更大的舞台，可以施展自己的才华，担当希望、担当责任。同时再次感恩母校，感恩人大，因为这里是我的精神家园，可以让我不断地找到更加努力的力量，我们一起努力！祝贺大家，谢谢。

（本文为作者在中国人民大学经济学院
2019届硕士学士学位授予仪式暨毕业典礼上的致辞）

登有形之山，亦登无形之山

庄方东
北京大学化学与分子工程学院2014级博士研究生

亲爱的老师、同学、校友、家长们：

大家好！

我想问大家一个问题：在座的各位，有谁跑不下来 400 米？请举手。

不是吧，一个都没有？

那这里有一个。

九年前我刚到北大时还是个运动“小白”，400 米的跑步比赛勉强撑到 300 米，吐了很久才起来。

吐完之后就觉得，我也太弱了！

于是，我拼命锻炼，现在我可以站在这里自豪地说：我登上了“世界屋脊”珠穆朗玛峰。

登顶后，我哭了好几分钟，不是因为见证了队友在世界最高处的浪漫求婚而感动流泪，而是感慨向上爬真是比向前跑要难太多了。

今天，如果要用一个词来概括我的北大九年，那就是“攀登”，登有形之山，亦登无形之山。

你们知道微信运动的步数上限吗？

一次有同学跟我开玩笑说："你要是再每天霸占微信运动榜首，我可要删你好友了！"

不过他并不知道，由于微信运动的限制，98800只是我半天的步数。

可能有同学在"北大最高楼"王克桢楼碰到过我们——一群大汗淋漓的人在顶层冲进电梯，到一楼又疯了一般朝楼梯跑过去。

20公斤负重，4小时跑42趟，一次训练，差不多抵得上住在六楼的同学三个月所爬的楼梯量。

珠峰训练期间，我们攀升的高度接近10万米，超过了10个珠峰的高度。

我们消耗了26万千卡的能量，大概相当于食堂2000多碗米饭或者1200瓶"快乐水"所能提供的卡路里。

艰难困苦，玉汝于成。

2018年5月15日，我们终于站在世界最高峰上高声喊出："北大精神，永在巅峰，团结起来，振兴中华。"

和我一起攀登珠峰的，还有几本文献——下山后，我得回去开组会。

作为一名北大博士生，我同时攀登着另一座无形的山，那就是科研。

它和登山一样，都是对未知的挑战，都需要坚忍的意志、不懈的努力和向上的力量。

"九层之台，起于累土。"

我的专业是有机化学，需要花费大量的时间做实验，而我最缺的就是时间。

为了节约那坐下和站起来的几秒钟，在实验室的一整天我都站着，往返实验室我都跑着；一个化学反应好几个小时，那就再开一个反应，实验台上的五个搅拌器从来都没有停过。

尽管如此，读博的前两年，我在科研这座高山上的攀登并没有取得预期的成果。

当时我很沮丧，甚至有点绝望，那种感觉像极了攀登卓木拉日峰时面对不稳定的雪层，明知道成功就在前方，却无法克服抵达时的焦灼无力。

可我不想认输，我重新一遍遍阅读文献，一遍遍反思实验过程，一遍遍尝试新的反应条件，又迎接着一遍遍新的失败……

登山的经历告诉我：没有竭尽全力，就没有资格放弃。

后来，我的实验逐渐步入正轨，攀登科研之峰的脚步越发坚定从容。

你们看，今天我也顺利毕业了。

珠峰的征途和研究生的学习都已落下帷幕，可 8844 米不会是我们到达的最高处，对北大人来说，攀登不是完成时，更不是过去时，而是正在进行时。

博士期间我的课题围绕有机半导体材料展开，这是一种在国防、民用等领域都体现出巨大研究和应用价值的材料。

然而研究得越深、了解得越多，就越能感受到一些国家的专利封锁导致我们的研究出现“卡脖子”的被动局面，我切身体会过缺氧的感受，我不想我的祖国在这一领域上承受缺氧的痛苦。

我申请了北大博雅博士后，继续攀登科研之峰，进一步优化我们已有的材料；我和志同道合的同伴一起创业，希望发展出具有中国标识的有机半导体材料，在这个领域为祖国做出一点微薄的贡献。

我知道未来的路或许坎坷，但我会始终保持向上攀登的姿态，同即将前往大江南北和各自奋斗的大家一起，为我们站立的这片土地播撒希望的种子。

毕业季期间，我一直在想，以后和别人谈起北大时，到底什么最值得骄傲。是未名湖畔的朱漆灰瓦，是图书馆的古籍特藏，还是九年都没涨价的鸡腿饭？

于我而言，大概还是她给予我的追求卓越、勇攀高峰的勇气，是她教会我的不畏艰险、愈挫愈勇的坚忍。

她让我明白，“攀登”是个人永不松懈的姿态，是集体持之以恒的信念，也是国家砥砺奋进的壮志。

每个来到北大的同学，都是心怀理想的雏鹰，雏鹰欲高飞，需苦训练、克艰辛、经磨难。

作为新时代的新青年，我们北大人要让世界看到中国强是因为少年强！

今日一别，未来可期，祝愿大家都能攀登上自己人生的高峰。

谢谢大家。

（本文为作者在北京大学2019年研究生毕业典礼暨学位授予仪式上的致辞）

第四部分

去做一个堂吉诃德吧

鲁莽和怯懦都是过失，勇敢的美德是这两个极端的折中。不过宁可勇敢过头而鲁莽，不要勇敢不足而懦怯。挥霍比吝啬更近于慷慨的美德，鲁莽也比懦怯更近于真正的勇敢。

——塞万提斯《堂吉诃德》

人生是一种态度

汤和松
襄禾资本创始合伙人

尊敬的各位老师、各位同学，大家下午好！

今天非常高兴来到这里，和大家分享交流。两个多月前，我也在这里，参加我们毕业 30 周年 reunion（聚会）。现在看到在座的同学学有所成，青春洋溢，意气风发，怀着对理想的憧憬，仿佛看到了自己 30 年前的样子，非常亲切。回到咱们电机系，我的心情既高兴激动，又有些惭愧。高兴和激动，原因很简单，清华电机系是我人生中最重要的标签。在我的人生经历当中，从来清华求学，于电机系本科毕业后，研究生被保送至经管学院就读，后来到美国，就读于芝加哥、哈佛、斯坦福，工作于思科、微软、百度，直到现在自己创业做投资基金，每当别人问我，你是哪个学校的？我都会简单而直接地回答：我本科毕业于清华电机系。我来自江苏宜兴的农村家庭，是清华的录取、电机系的召唤，让我离开了江南小山村，从南京来北京，第一次见到了公共汽车，第一次看到了火车，第一次开始用普通话进行生活和学习。记得当年第一次到北院买东西，营业员根本听不懂我说什么，出了很多笑话和洋相，用今天的话说，叫交易成本极其高。但恰恰是在电机系的五年本科经历，给我后来的工作和生活带来了质的变化，成为我人生中最重要的里程碑。我对咱们电机系有特殊的感情，所以今天回来分享交流，感觉非常高兴和激动。当然也有些内疚，我从电机系毕业之后没有从事电力系统专业相关的工作，而是转向了IT和投资行业，从事战略、投资和并购，感觉有点对不起电机系老师的辛勤培育。

系里请我来分享，我想了很久，最后选择了“life is an attitude”这个主题，用中文讲就是“人生是一种态度”。现在，导师名言和心灵鸡汤遍布网络，非常抱歉，我今天讲的，其实也是一碗心灵鸡汤。当然了，我这个鸡汤跟别人的可能不太一样，毕竟我姓汤，自家炖的，比较正宗。换句话说，这是我从过去二三十年的工作学习中总结出来的感受，就是人生是一种态度，态度决定你的人生。我为什么选这个题目呢？很重要的原因是我在想，我们清华同学还缺什么。我们清华同学都很聪明，我们不缺聪明，不缺知识，甚至也不缺能力。那我们需要什么？或者说需要注意什么？除了运气外，我们清华同学需要拥有的就是正确的人生态度。

人生的态度应该是什么？我对这个问题的看法，大都融入了我现在创业的襄禾资本的文化和管理之中。在此和大家做些分享。

第一，招人时招什么样的人？我经常讲招人就四个字：聪明、踏实。聪明是能力，踏实是态度。踏实就是做事非常仔细、可靠，让人放心。这一点，我们在工作中是看得非常重的。我在百度战略投资并购部时，团队中绝大多数是清华毕业的，我现在的合伙人也是我曾经的部下，在我创立襄禾资本时，之所以选择她做我的联合创始人，其中很重要的原因是她非常踏实可靠。我举个例子，如果我发送带有附件的E-mail给客户或合作伙伴，并抄送给她时，她会打开附件仔细查看，提醒我文中用词是否合适甚至指出错别字。还有一次，我在美国，那时我们正在考虑投资“运满满”，我在中国时间周一早上九点多给她打电话，她已经在运满满上海分公司开始工作了。我问她怎么这么早，她说早上六点多坐飞机过来的，想抓紧时间做尽职调查，尽快推进项目进度。这就是一种态度，她不是做给我看的，是她自己认为应该抓紧时间，扎实做好各项工作。她现在已经是合伙人了，我们投资企业有时送来几十上百页的数据包，她依然会花好几个小时仔细查看和分析，再进行内部讨论或和对方公司探讨。这种踏踏实实的工作风格，是无价之宝。我们清华同学不缺聪明，而这种踏实做事的态度，确是无比珍贵。

第二，内部管理我经常讲八个字：认真做事，宽厚待人。认真做事，就是做事做到极致，要做就做最好的。这是一种追求极致和卓越的态度，什么叫最好的？我就举个例子，我在百度的时候，我带领下属做一个项目的研究，第二天要向老板李彦宏汇报，我跟部下经常讲，我们要做，就做最好的。什么是最好的？我说我也不知道。但我觉得，明天你去 present（汇报），Robin 问你任何问题你必须都能回答，回答不出来，你告诉他，我看过看不清楚，Robin，你看看，你看得清否。我说这就是最好的。我觉得这就是一种追求极致和卓越的态度。

第三，在当今竞争激烈的环境下，怎么才能做得好，靠什么来赢天下？我说三点：一勤奋、二聪明、三人品。首先是勤奋，要享受勤奋、享受成就。因为，运气是上天给予，聪明是父母遗传，你能把握的，只有勤奋。其次是聪明。聪明人很多，如何比别人更聪明？我的逻辑就是俗话说的三个臭皮匠，顶个诸葛亮，三个省状元顶一个业内顶级专家，这就是所谓的集体智慧。这个说起来容易，做起来难。大家都能用集体智慧，大家有钱都能招清华北大毕业生一大把，貌似不是很难。但其实是很不容易的，就像我们襄禾内部任何的项目论证，需要经过几个小时的讨论，最后整个团队在一个白板上对投资项目根据几个维度，分别由每个同事打分，并且讲述理由，最后当然由投委会决策。这个流程看上去很简单，没有什么了不起，但是非常难，原因是什么？很简单，你怎么让 junior（职级低）的同学能说出他的真实想法，甚至否定一把手的意见，他不用看你脸色，不用琢磨你的想法，选择性说话。这最重要，这是靠什么？靠领导的态度。你是要面子、要权威、摆架子的人，还是就事论事、追求真理的人？这是一个基本态度问题，甚至是品质问题。所以我讲集体智慧需要充分民主、善于集中，充分民主是品质问题，善于集中是水平问题。所以，我经常讲两个平等两个不平等、人格平等、思想平等，决策不平等、思想不平等。这个本质就是人是否有谦卑的态度，对人平等、对事敬畏。我说的第三点就是人品。什么叫作人品？我经常讲的一句话，就是永远做对的事情。什么叫作对的事情？也就是十年以后，二十年以后，回过头来看，仍然是对的。这就是人品的界定。人性的弱点是贪婪和恐惧。我们都会遇到诱惑，祸福相依，每一个诱惑背后都会有坑；恐惧和焦虑也会让人变形，扭曲，从而做一些越过底线的事情。所以，面对诱惑和恐惧的态度就很重要。当然你可以说人品是正直、诚实、大气、厚道等，但对我来说很简单，就是永远做对的事情。如果这样，有些同学可能会有疑问，“这样势必我们会失去一些机会。很多成功的人，比较坦率地讲，人品并不是让人很称道，甚至很差。历史上如此，现实中仍在出现。这个你怎么看？”同学们，这点我也不否定。但是世界上有些机会是不属于你的，不属于你的就不要去争取，不属于你的就要学会放弃。放弃了，也许你少“成功”了一点，但祸福相依，那样的成功长久看未必是好事。所以坚持人品的底线，你可能会失去一些机会，但失去机会也不要后悔。人类社会，永远是由两股力量交织在一起往前推动的，一股力量，用我们电工学术语讲，属于零输入响应，就是丛林规则，你死我活，胜者为王。另外一种力量，则是零状态响应，就是人文主义。随着社会的发展，人文主义越来越重，但是丛林规则在今天还是大行其道。在乱世丛林规则往往取胜；在盛世，人品口碑、诚信关爱这样的人文情怀往往会起到很好的作用。幸运的是，我们生活在越来越文明的社会，我们生活在一个相对平安和盛世的社会，所以同学们更有理由坚持人品底线，靠道德的力量，赢得口碑尊重。一个聪明、勤奋、人品三位一体的人，万事俱备，只欠运气，是无敌的。

我前面讲了好多了，同学们，还有两点，我要跟大家再分享，一点就是成功的核心要素究竟是什么。我也见了很多很多创业者，有些非常成功，包括我的老东家比尔·盖茨、李彦宏。他们为什么成功？行行出状元，为什么他们是状元中的状元。状元中的状元由行业来决定，行业中的状元是由人来决定，也就是说成功的第一要素是由选择的舞台来决定，用我们 VC 行业的话说，就是由赛道来决定，在同一个赛道中，是由人来决定。那么个人的素质，最重要的是什么？这也是我在不同的场合经常在问的一个问题：想要创业成功个人最重要的是什么？我认为最重要的就是执着、持之以恒、坚持不懈。我见了这么多成功的创业者，坦率地讲，很少是他们的聪明让人惊艳，更多的是一种性格在决定着，也就是执着和专注的态度，让他们与众不同。

最后跟同学们分享一个我们清华同学要注意的所谓的模糊决策能力。我们清华同学大部分是学理工科的，逻辑很好，模型能力很强，数据能力也很牛。可是社会的现实，例如在军事、商业、政治、社会学、领导力等方面，大量的是模糊的，简单讲世界的本质是连续函数，不是离散点，不是简单的 0 和 1，如何在模糊情况下做决策？这可能不是我们清华同学平时训练和擅长的。某种意义上讲，学文科的同学这方面感觉可能更强一些。既要数据和逻辑，又要有概念和框架思维，两者要结合。也就是我经常在投资中讲的看树木见森林，近距离观察，远距离决策，定量分析、定性决策。模糊决策需要有勇气，需要克服对不确定性的恐惧，也就是个勇气问题。而这点，是事业成功非常重要的因素之一。

我刚才唠唠叨叨啰啰唆唆跟同学们分享了很多，其中的核心还是人生的态度问题。第一，做任何事情成功的第一要素是要专注和执着；第二，勤奋和踏实是无价之宝。第三，要永远谦卑，尊重人、敬畏事；第四，有好的人品，永远做对的事情，是人生永恒的平安符。第五，方法论上学会模糊决策。最后我要给同学们一个建议，当你们接受各种心灵鸡汤，追求人生成功的时候，千万不要忽视了人的本质是为了追求幸福，成功学不是幸福学。要平衡好成功和幸福之间的关系。

成功是幸福的重要因素，但如果越过了红线，例如身体红线、家庭红线，成功不会带来幸福，甚至适得其反。所以最后希望同学们毕业后，身体多保重，工作多努力，家庭多照顾，同学多联系，就像我们班同学一样，30 年后仍在清华园再次相会！谢谢大家！

（本文为作者在清华大学电机工程与应用电子技术系 2019 年毕业典礼上的致辞）

去做一个堂吉诃德吧

姚　洋
北京大学国家发展研究院院长

同学们、家长朋友们、老师们：

在盛夏时节，国发院又迎来了一个丰硕的毕业季。今年国发院的毕业生总数为 909 人。其中，经济学博士 13 人、南南学院国家发展博士 17 人、经济学和管理学硕士 32 人、南南学院公共管理硕士 25 人、BIMBA 高级工商管理硕士（EMBA）66 人、工商管理硕士（MBA）110 人、PPE 经济学方向 35 人、经济学双学位 581 人、经济学辅修 30 人。在此，我谨代表国发院全体教师和员工，向毕业的同学们以及他们的家人表示最热烈的祝贺！

今年是新中国成立 70 周年。从大历史的角度来看，我们无疑处于一个伟大的时代。中华文明自宋代达到顶峰之后，停滞达千年之久，直到新中国成立，中华民族的伟大复兴才得以重新上路。在未来的 30 年里，我们将为重回世界文明之巅发起最后的冲刺。从 1840 年算起，以 200 年的时间实现现代化，对于中国这样一个有着五千年文明的大国而言，注定将是一项伟大的成就。

然而，历史进程不是线性的，对于身处其中的当事者来说，体会更多的往往不是“进步”，而是停滞、甚至倒退。今天我们知道，当亚当·斯密写作《国富论》的时候，人类开始迈入工业文明时代；而斯密本人却对此浑然不知，他想做的，不过是为人类的占有欲找到一个合理的释放场域，也就是市场。社会进步之于个体，永远是一个超慢的变量，以至于我们常常忽略它们。我们能够感知的，多半是各种各样的焦虑和日常的琐碎：升学，找工作，找爱人，找投资，找房子，还贷款，还有各种各样无休止的柴米油盐。在更高的层面，我们还要面对个体在社会和历史面前的无力感，似乎空有一腔报国志，却总是不得其门而入。

这就引出了我今天要和同学们分享的话题：我们要以什么样的人生态度，去战胜生活的琐碎和不断袭来的挫败感？我想以大学时代对我影响很大的一本小书《六人》来开始我的分享。这本书借助六个文学著作中的人物，讲述了六种人生态度。作者鲁多尔夫·洛克尔把这六种人生态度比作人生的六个篇章，它们交织在一起，构成了人生的交响乐。

第一个人物是浮士德。歌德笔下的浮士德，曾经尝试各种人生路径，最终回归理性，把探究终极真理作为人生的目标。用浮士德自己的话来说："我要探究窥伺事物的核心，我想得到关于整个存在的知识。我因此牺牲了我灵魂的幸福，甘愿为一个时间极短的理解永受天罚。"何等克制，何等执着！作为北大人，同学们很容易与浮士德的人生态度产生共鸣，追求真理，是北大人永不磨灭的印记。

然而，人生不只是对真理的追求；亲情、友情、爱情，青山好水，人间词话，都值得我们去追求、去欣赏。书中的第二个人物，唐·璜，把这类感官享受做到了极致。对他而言，"一切真理只不过是官能的陶醉，而一切陶醉也只是一个梦。"可是，梦总有醒的时候。老将至，唐·璜在镜子里发现自己两鬓飘白，不禁对自己虚浮的一生，产生怀疑。人间的享受，最好是当作奋斗的副产品，而不是追求的目标；所谓"佛性"，所谓"仙风道骨"，要么是附庸风雅之举，要么是自甘平庸的借口。

在追求真理和享受人生之间，我们经常会有彷徨的时刻。当今的年轻一代，生活无忧，选择更多，却更容易患选择困难症，就像哈姆雷特一样。To be, or not to be，是一个大问题。哈姆雷特的选择是走向虚无。"他觉得人生是十分卑鄙无聊的。任何可能有的生存目标都是琐碎而无价值的，就像造化的恶作剧那样毫无意义。”对他而言，“人生的目的不过是死亡而已，因为，在这世界里生存的一切都会像尘土一样被时间的气息渐渐吹走……就像在沙漠中，足迹一下子就会被吹没了那样，时间也会抹掉我们存在的痕迹，仿佛我们的脚就从来没有踏过大地似的。”是的，当你对人生产生些许怀疑的时候，你的脚就已经踏上了滑向虚无的斜坡。

治愈哈姆雷特似的彷徨症的最佳选择，是做堂吉诃德。这个中世纪的骑士鲁莽、笨拙，往往事与愿违，但是，他用行动冲毁任何对人生的怀疑。他是一个理想主义者；“他出发去解放人类，把人类从历代相传的苦难中解救出来”。人们说他是疯子，“他那些古怪的行动常常引他们开心，他们拿自己的行为跟这个傻瓜的幻想相比较，更觉得自己的行为合理了”。理想主义者总是孤独的，把理想付诸现实，更会激起世人的反抗。

因而，我们常常纠结于宏大叙事和小我之间，就像书中的第五个人物梅达尔都斯和第六个人物阿夫特尔丁根之间的对立那样：梅达尔都斯对人类深怀慈悲之心，而阿夫特尔丁根总是在万物之中只看见自我。

六个人的追求，是人生的六个面向。理性和享乐，犹豫和果敢，悲天悯人和自我陶醉，这看似一对对的矛盾，却无不闪耀着人性的光辉。在浩渺的宇宙之中，人类的诞生纯属偶然。宇宙有自己的生灭规律，却让人拥有了反躬自问的自觉，让人不得不面对万物生灭与永恒之间的痛苦，于是，我们就会彷徨，就会在大我与小我之间挣扎。

北大的毕业生，是从来不缺理性的，也不会缺少理想；我担心的是，同学们走入社会之后，会被社会浑浊的一面所浸淫，变得犹豫，变得不那么“鲁莽”。文明的重要功能之一是驯服人的动物本性。北大给了同学们充分发挥的空间，而社会却时刻要把你们纳入轨道，变成社会这部精巧机器的零配件。我不怀疑同学们会心生抵触，但我担心同学们会放弃，会像柳永吟诵的那样，给自己找一个败退的借口："青春都一晌，忍把浮名，换了浅斟低唱。"北大的先贤之一梁漱溟先生，在生命的最后阶段给我们留下一个世纪之问：这个世界会好吗？在"浅斟低唱"之中，这个世界不会好。

我要说，如果同学们想让这个世界变得更好，那就做个堂吉诃德吧！没错，堂吉诃德显得鲁莽、笨拙，总是被人嘲笑。但是，他乐观，像孩子一样天真无邪；他坚忍，像勇士一样勇往直前；他敢于和大风车交锋，哪怕下场是头破血流！

当今的中国，充斥着无脑的快乐和人云亦云的所谓"醒世危言"，独独缺少"敢于直面惨淡的人生"的勇士。这恰恰折射出北大的可贵；在这里，同学们学会了独立思考，学会了以批判的眼光看世界。希望同学们在迈出校门之后，不忘在北大许下的诺言，做一个社会的批评者，做一个推动中国进步的人。

北大是无可替代的，她与一个国家现代化之间的关系，是世界上任何一所大学都无法比拟的。先贤曾经狂歌竟夜，我辈续写青春之歌！

是与同学们共勉！

（本文为作者在北京大学国家发展研究院暨南南合作与发展学院2019届毕业典礼上的致辞）

每个人都有自己开花的季节

冯仕政
中国人民大学社会与人口学院院长

亲爱的同学们：

大家好！

今天是你们的毕业典礼。这是诸位人生中一个激动而光荣的时刻。过了这个关口，你们就将站在新的起点，迎接新的挑战，开创新的生活。

对未来，你们想必已经有过无数次的憧憬；而我，每当这个时刻都会情不自禁地想起大一给你们讲授《社会学概论》的情景。在这个课上，我每年都会例行播放一部名为《幼儿园》的纪录片。这部纪录片中有许多有趣的情节，但让我印象最为深刻，同时最为感动的是两组儿童的对歌。对歌是这样的。

先是一组小孩童声清脆地唱道："红花红花几月开？"

另一组小孩坚定而大声地答道："一月不开二月开！"

那一组小孩又唱："红花红花几月开？"

这一组小孩又答："二月不开三月开！"

那一组小孩再唱："红花红花几月开？"

这一组小孩再答："三月不开四月开！"

如是反复，随着人影渐行渐远，歌声也逐渐渺茫，直到再也听不见。

这个场景，每次想起，我的心中都会升腾起一股难以名状的感动，盘桓良久，迟迟难以挥去。

我曾经反复问自己：一首如此简单的儿歌，为何让我如此感动？

我想，大抵是因为它形象地道出了一个人生的真谛，那就是：每个人都有属于自己的价值；不要抱怨幸福来得太晚，关键是守住属于你自己的价值。价值不同，花期也不同。只要守住自己的价值，终归会有花开的时候：一月不开二月开，二月不开三月开……每个人都有自己开花的季节，不是谁开得最早，谁就是赢家。人生如同股市，跌宕起伏、扑朔迷离，高开低走、低开高走是常事。人生的意义，不在于争一时之高低，而在于守望自己的价值。

守望价值，也许是当前市面上最为流行的心灵鸡汤，几乎已经泛滥到让人无感，甚至反感。然而，我在这里以“守望价值”相期许，并不是无病呻吟地贩卖鸡汤，更不是号召大家“佛系”，坐在那里静待自己开花的季节；相反，我是希望大家能够洞穿历史的迷雾，倾听时代的声音，从而抓得住关键，耐得住寂寞，扛得住压力，守得住底线，做更有格局、更有韧性的奋斗。

诸位都是“早上八九钟的太阳”，“红日初升，其道大光”，“前途似海，来日方长”。然而，青春期也是人生中构建自我认同的关键时期，本来在价值归依上就很容易产生纠结。而当前，世界正面临百年未有之大变局，守望价值不仅需要抵御眼前的诱惑，更需要承受历史的张力。这对我们的识见、胸怀和毅力是一个严峻的考验。人在社会中生活，就如同船在大海中航行。在波涛汹涌的历史大潮面前，我们有必要拿起理论武器，以获取正确的方向和强大的力量。

马克思曾经说：“人们自己创造自己的历史。”确实，历史是行动的产物。要理解人类的历史，首先必须理解人类的行动。而根据另一位社会学大家韦伯的观点，人类历史不过是一个不同类型的社会行动不断更新迭代、排列组合的过程。社会行动有四种基本类型，分别是：感性的行动、传统理性的行动、价值理性的行动和工具理性的行动。不同行动类型的差别在于，它们蕴含着不同的动机，从而遵循不同的逻辑。而人类社会的现代化进程，简单地说，就是一个理性行动逐渐压倒感性行动的理性化过程，更进一步说，则是工具理性逐渐压倒传统理性和价值理性的工具理性化过程。

越是大变革的时代，人类越是寄望于自己的理性。“理性选择”被普遍认为是人类应对风险的良方。然而，如果借用韦伯的理论来分析，就会发现，“守望价值”在当前之所以成为一种强烈的呼唤，正是因为随着现代化进程的不断深入，无论理性化还是工具理性化似乎都已经走入穷境，而世界下一步应该向何处去，则一时没有太好的主意。

这首先表现在，理性化进程遭到感性行动的强烈反攻。曾经在相当长的时间内，情感被认为是一种原始的、野蛮的、破坏性的力量，必须运用理性予以弹压。然而，出人意料的是，理性化进程推动了信息技术和社交媒体的发展，但借助信息技术和社交媒体，注重感官愉悦而拒绝思考重大问题的各种“小清新”“小可爱”“小鲜肉”“小确幸”却悄然流行，呈现出“小”时代与大时代同场竞艳的奇特景观。围绕情感需求，大做商业文章，已经是互联网时代的一个重要特征。这是整个社会生活日趋感性化的一个缩影。

在这样一种趋势下，人类的心灵到底应该向何处安放？真的只需要“跟着感觉走”“过把瘾就死”吗？我们是否还需要追求某种价值？如果是，又应该追求什么样的价值？诸如此类的价值困惑，又使各种“丧”文化开始流行：以前是“在哪里跌倒，就在哪里爬起”，现在却时兴“在哪里跌倒，就在哪里躺着”。然而，我们究竟能躺多久呢？我们能够一直那么躺着吗？这是我们每个人都必须思考的问题。

另一个表现是，工具理性化进程也陷入了严重的困境。如前所述，韦伯将人的理性划分为传统理性、价值理性和工具理性三种基本类型。而三种类型的差异，概言之，就在于它们在行动过程中对目标和手段的选择程度。其中，传统理性是目标不选、手段也不选，基本按照某种传统的模式去生活；价值理性是目标不选，手段可选，因为那个目标对他来说是一种神圣的、不可移易的价值，是其生活和生命的意义所在，没有商量和选择的余地；而工具理性则是目标可选，手段也可选，即没有什么绝对和永远，从目标到手段都可以反复地比选，一切只为实现效益最大化。

不难发现，在工具理性的逻辑中，万物皆可交易和代换，没有什么价值需要特别地守望。这样一种逻辑显然忽视了人类价值追求的多样性及其重要性。正如经典社会学家们所指出的，工具理性的盛行，使人类对大量社会过程的组织越来越条理化，但也越来越格式化；在此过程中，人逐渐变成工具，整个社会也陷入了“理性的囚笼”。一味按照工具理性逻辑去生活的人，在“成功”之后往往容易陷入价值的迷茫，感觉找不到生活的意义。

确实，在工具理性的思维中，一切问题都只是技术问题，它自信可以通过技术手段构造出一个精密的社会系统，完美地平衡各种价值诉求。但问题在于，第一，所有价值问题都能够转化为技术问题来处理吗？第二，人的理性真的强大到能够构造一个精密而完美的社会系统吗？正是在这两个问题上的质疑，使人们在工具理性盛行的时代不断地呼唤价值。

同学们！在一篇本应十分轻松的毕业致辞中，我却不厌其烦地讲了一番专业的道理。无他，只是因为我希望大家明白：个人的生命历程与人类的社会进程是高度纠缠在一起的。守望价值，不仅是一个关乎人生的问题，同时也是一个关乎人类的问题。这决定了，要解决人类的问题，就必须关心人生的问题；要破解人生的问题，就必须思考人类的问题。只有从这个高度去把握，我们对人生的前景和路径才能有一个清醒的认识。

上面揭示的人类历史进程告诉我们，人生是一个开放而又纠结的过程，并不完全在个人的把握之中。人生充满了不确定性和无常性。据此，对人生的走向和目标，我们应当抱持高度开放的态度。从历史的角度来看，人生一辈子，说到底，都是在不确定中寻找确定、在无常中寻找有常。因此，既要争取成功，又要准备失败；既要永怀希望，也要不惧失望。对人生的挫折和光明，我们都要有充分的估计。唯有如此，我们才能真正保持自信的心态、豁达的胸怀、坚忍的作为，从而耐得住寂寞，经得起风浪，等得到明天，迎来属于自己的花季。

然而，承认人生的不确定性和无常性，并不等于放弃诗和远方而只顾眼前的苟且。恰恰相反，它要求在现实与理想之间、条件与目标之间保持适当的张力，既要追求完美，又要保证完成。举事之要，在平衡完成与完美的关系。完成的永远不完美，完美的永远完不成。因此，既要会讲究，又要会将就；在讲究中将就，在将就中讲究。讲究，是为了追求完美；将就，是为了保证完成。完成与完美、将就与讲究的张力，正是人生不断前进的动力。必须尊重规律、保持耐心、多动脑筋，合理地开发和利用动力，你才能真正守住属于自己的价值，迎来自己开花的季节。

或许有人问：守望价值，到底要守望什么价值呢？对此，我只能说：人生的价值不是坐在书斋里推演出来的，而是在行动中不断摸索出来的。干字当头，野蛮生长。凡事只有干了才是真的，想得再好也只是黄粱美梦。守望价值也一样，只有在不断的行动中，你才会找到和创造属于自己的人生价值。

如今，伴随经济和社会的高速发展，年纪轻轻、甫一创业即有亿万身家的神奇故事不断上演。巨大的诱惑所及，似乎整个社会都在失去耐心，每个人都渴望着挣热钱、挣快钱，一夜成名、一夜成功，守望价值，似乎已经成为一个愚不可及的笑话。然而，我想告诫你们的是：守正出奇才是人生正道。“守正”，就是守住属于你自己的价值；“出奇”，就是随机应变，见机而作。守住属于自己的价值，你一定会迎来自己开花的季节，一月不开二月开，二月不开三月开……

同学们！当前是中华民族伟大复兴的时代，也是全球风云激荡的时代，既充满活力也充满迷乱，既充满希望也充满挑战。青年是一个社会中最积极、最有生气的力量，是国家的希望、民族的未来。大学生是青年中的精英。愿同学们顺应时代潮流，倾听时代声音，把握时代脉搏，担当时代责任，在搏击中成长，在成长中搏击，用永久的奋斗、勤劳的双手和诚实的劳动为自己谱写壮丽的人生，为祖国创造辉煌的明天！

谢谢大家！

（本文为作者在中国人民大学社会与人口学院2019届学位授予仪式暨毕业典礼上的致辞）

人生就是将一堵堵墙翻越过去

刘守英
中国人民大学经济学院院长

尊敬的各位校友、家长和老师们：

热忱欢迎大家参加中国人民大学2019届毕业生典礼。今天将有691名同学分别被神圣地授予学士学位和硕士学位，让我们对这些同学表示真诚的祝贺，我也代表学院衷心感谢你们给学院带来的生机、向上、激励和想象。我尤其要表达个人对你们的感谢，尽管我叫不出你们每个人的名字，但是，当我走在校园里，收到你们微笑的肯定和“老师好”的问候时，我切身感受到作为一名传道授业解惑者的满足和欣慰。

你们即将离开，我们依依不舍，不仅楼将空，更是心在空。在临别之际，给你们上最后一课，作为给你们的临别赠言。

一是用好经济学的思维方式。我从上任经济学院院长以来，就一直在思考一个问题，经济学院培养的学生和其他学院的学生到底有何不同？想来想去，觉得最大的不同还是在约束条件下求解问题的思维方式。以分析约束条件为出发点，你就能客观地认识体制、规则和财富等对人的行为的影响，减少意气用事、怨天尤人，避免偏激、走极端。以问题为导向，你就不会高谈阔论，也不会把种种不如意、不平、不满推给他人或社会。再进一步，试图通过努力改变施加给社会和个人的各种约束，你就能理性地找到推动社会进步的路径。在我看来，这种经济学的思维方式是你们立足社会、改造世界、过好一生的最大本钱，也是你们与其他人竞争的看家本领。你们走向社会后，千万不要把这个武器给扔了，否则就是自废武功！

二是发挥好“90后”的比较优势，同时要克服你们的比较劣势。几年前访问宁波的一家企业——博洋家纺，听这家企业老总给我讲了一个关于代际差异的生动故事。这家企业老总戎巨川告诉我，他们是“90后”做创意设计、“80后”奋斗在一线、“70后”跑销售，我耐不住了，问他：“那‘60后’呢？”戎总幽默地回答：“当顾问吧！”从那次调查以后，我就开始关注代际差异，尤其是你们这些‘90后’的特质，你们接受了系统的现代教育的训练，有想法、求个性，接受对新生事物无障碍，不保守、不畏缩，敢做决定。这些特质构成你们的竞争优势，有利于你们去闯、去开拓、去创新。但是你们也有你们的比较劣势，比如，把一切看得太容易，强烈的反叛意识，将得到的东西视为理所当然，有前手无后手，遇到困难不咬牙坚持，缺乏深学习习惯，不清楚的东西就找“度娘”……这些劣势会抵消掉你们的比较优势，把事业变成搞事情，让本来可以干成的大事夭折。我期待你们改掉这些毛病，如果能做到，你们将是无敌的一代！

三是认识世界的复杂性。与你们的上几代相比，你们确实是迄今最为幸运的一代。你们在60后的呵护下成长，这一代的努力和打拼保证了你们的衣食无忧、物质丰裕，他们把你们遇到的各种不顺都扛着，遮挡着，避着。你们在国家日日升和干什么成什么的时代长大。你们在国家的开放中学到、听到、见到的是一个和平友好的外部世界。但是，所有的好事不会都装在一个篮子里，当你们走向社会时，一切都变了。你们的父母（“60后”）正在退出历史舞台，所有的一切都轮到你们来玩了，国家的高增长年代结束了，你们面对的是一个完全不一样的外部世界。这些复杂性比不确定性还难对付。应对复杂性需要的是智慧而不是鲁莽，需要的是更加开放而不是自闭，需要的是冷静而不是盲动，需要的是知识而不是无知。期待你们在复杂性中锤炼自己，同时解决所面对的复杂性问题。

四是翻过人生一堵一堵的墙。每个人的一生都面临一堵又一堵的墙，人生就是将这些墙翻越过去。以我的经历来看，人生就是翻墙的游戏。

我翻过的第一堵墙是从洪湖贫寒的农家考进海派味十足的复旦。文学笔法者们常用“鲤鱼跳龙门”来形容我们这些以高考求命运改变的农家子弟，但他们何曾想过，这些进了龙门的骄子们内心的煎熬、自卑、反差与窒息还有扛不过去时的缴械投降！有的甚至因此而变得逆反和反叛。在复旦的七年，我时时咬着牙给自己鼓劲，一定要翻过去！我知道很多人在翻这道墙时会倒下来。农村孩子的这种尴尬和不幸，在我入高校后接触到的学生中并非个案，这也成为当下教育的一个重大难题。

我翻的第二堵墙是一家人从老家奔向首都北京求生活改善的爬坡。中国农民从乡到城最配用“可歌可泣”来形容，这一史诗般的悲壮历程是几亿农民不认命的集体翻墙。他们中的很多倒下了，很多翻了一半掉下来了，但仍然有很多不甘心地趴在墙上或蹲于墙脚徘徊。我曾经以《一家子教我的改革》一文作为对中国改革 40 年的纪念，收到许多老友和同事的共鸣与感慨。试想想，如果我们一家在中途倒下，又有几个人会看到或介意我一口气写下的那些文字！

我翻的第三堵墙是从一个农村娃变成一个研究者。很多人以为农村出生就天然能做乡村研究。实际上，这两者有着质性上的不同。我到现在也没有真正越过这堵墙。当农民不易，做研究也不易。后者所需具备的不仅是良好的训练和知识认知，更需要自我超越，需要悲天悯人，需要有非凡眼界并胸怀天下，这是一个好的研究者与将其作为职业甚或单纯学术热情的专业学者的差别。如果以这把尺子来量，对一个农村娃来说是多么苛刻！但是，以我的体会，一旦内心缺了这种要求，你可能热情一阵，但很难长期保持那种“白天思考中国、晚上操心世界”的神经质状态。我选择了以研究为业，实际上近 30 年都在翻这堵墙。

我正在翻的一堵墙是到大学从事教育。在很多人以为我处于人生高峰时，我却在对大学教育基本无知的情况下一厢情愿地撞进了这道墙。最初的想法很简单，就是将过去政策咨询中累积的观察转化成文章，给所经历的伟大时代留下点东西。但是，接触和介入越深就越感到，大学乃大学问也！如何教育、如何学问、如何为人是大学多么厚的一堵墙！入校三年，此墙之面目才初现，但一定要翻越。

同学们，你所得到的一切没有一样是理所当然的，没有什么是应该的。你在人生的征途中要遇到一堵一堵的墙，成功的人生就是将这一堵堵的墙给翻过去。人与人的差别就在于有的人翻过去了，有的人倒下了，甚至被墙给埋葬。对于人大经济学院的毕业生，我愿意听到的是前者，而不是后者。期待你们遇到堵着你们的墙时，毫无畏惧地翻过去！

（本文为作者在中国人民大学经济学院
2019届硕士学士学位授予仪式暨毕业典礼上的致辞）

一千五百种行走

刘　俏
北京大学光华管理学院院长

敬爱的同事、尊敬的各位亲友、亲爱的同学们：

首先，请允许我代表光华管理学院的全体教职员工，衷心祝贺 2019 届 1500 余位各个项目的毕业生。你们多年的辛勤努力使得你们取得今天这样的成就，祝贺你们！还有在现场见证这一激动人心时刻的家人们、朋友们，正是你们长年累月的支持，毕业同学才能走到今天。感谢你们！

数载燕园，一生燕缘，大家身上已经留下了深深的北大印记，种下了“因思想，而光华”的基因。毕业只是暂时的告别。不要忘记你们在学校学会的不唯上、不唯书、注重实证证据的科学思辨方法；相信专业精神、创造力和智慧能够帮助创造一个更好的世界。我们的教育旨在赋予大家“定义美好”的能力和“建设美好”的愿力。在大家再度启程，在那些经过审视或是未经审视的生活奔涌而至的时候，这两种力量会让你们少些疑虑，多些信心。

我们正面临百年未有之大变局，我们正处于一个变化莫测的 VUCA 时代。波动性（Volatility）、不确定性 (Uncertainty)、复杂性 (Complexity) 和模糊性 (Ambiguity) 正在不断挑战我们赖以生存的理性和智慧。急剧变化之下，我们对事物内在逻辑的认知遭到破坏，传统的秩序和规则受到冲击，我们变得慌张、焦虑、愤世嫉俗，开始对那些穿越旧时烟雨、岁月山河具有普适性的规律，甚至对科学理性精神本身产生了怀疑。

在云谲波诡的大时代，我们应该如何安置自己？我们如何在变化之中找到那些朴素的不变，随身携带，以个体的无足轻重真正拥有一个与众不同的人生？大卫·鲍伊曾经唱过一句歌词："穿上红舞鞋，跳出忧伤的舞步"（Put on your red shoes and dance the blues）。穿上红舞鞋，我们怎样才能跳出那些属于自己的卓尔不凡的舞步？大家在开启人生新的旅程之际，其实都会希望增多一些确定性，能够知道这些问题哪怕只是其中一部分的答案。很遗憾，我只能告诉大家，答案其实不在任何一条路上，只有行走本身才是答案。

我希望大家拥有行走的一生，永远在路上。作家劳伦斯·布洛克曾用感性的笔触描述孩子们怎样学会行走，"没有人灰心丧气，没有人提早放弃，每个人都在按步学习；而且，没有奖励的诱惑，也没有惩罚的威胁；没有对天堂的憧憬，也没有对地狱的恐惧；没有糖果，也没有棍棒。摔倒，起来，摔倒，起来，摔倒，起来，然后开始走路。"学会行走，是人类进化历程中最神奇的飞跃，是人类精神中最淳朴，也是最高贵的部分。再平凡的人生，只要不停下，我们都有可能看到不一样的风景，到达自己没有期冀能够去的地方。我们这个时代从不缺乏居高临下的评论者，言辞空洞的高谈阔论者，或是躲在背后的批评者。然而，事实是只有不断行走才有带来改变的可能。行走之所以有意义，是因为它能够对抗制约命运的律条和神秘法则，重新塑造时间的形式。一个人的行走决定一个人的存在，而一群人的行走可能决定一个时代的存在。

怎样才能定义出属于自己的伟大人生行走呢？我希望大家找到正确的行走方向。人生行走，必须有明确的自我进化的方向。追求财富成功，将人生故事写成一个个财富故事，是一种方向；聆听内心，遵从生命的召唤，扎硬寨，打呆战，执着于自己真正热爱的事情，是一种方向；批判性地参与，创造性应对各种挑战，寻求幸福的同时不忘责任，将推动自我进化的力量和推动更大的一个群体进步的力量结合起来，也是一种方向……

万物生长，各自高贵。为生命的成长、人生的行走确定方向，我们必须给自己时间和空间去做深度的思考，我们必须拒绝时代大潮的裹挟，在生命的磅礴和时代的宏大面前保持谦卑，在具有普适性的规律面前保持敬畏；我们必须以开放的心态、包容的精神去深入理解事物背后的本质，建立对本源和普遍性的理解；我们必须对人们习惯接受的现实提出疑问，甚至学习带着破碎的心，丢弃美丽的风景，去做一个更困难而非更容易的选择，在磕磕绊绊中强大自己，让自己拥有精神的力量。

我希望大家有行走的决心和坚持的勇气。人生行走，穿越长川大河、峻岭山丘，路上不都是草地与鲜花，会有尘土甚至泥泞。行走意味着太阳下的炙烤，黑暗中的摸索，甚至孑然一身的独行；意味着经历考验，饱受风霜，去伪存真。行走中，我们必须看清并不得不经常面对的真实处境是——“胆怯者从未出发，弱者死于路上，剩下我们继续前行”（Philip Knight）。去展现行走的决心和坚持的勇气吧！找到适合自己的速度和节奏，像布洛克所说的那样，“保持正确的方向，不断地让一只脚在另一只脚前面……这个过程中我们可能会迷路，会走错路，没有关系，回到走错的地方，从另一头接着来，让一只脚在另一只脚前面……”坚持在路上，不停下，我们才能在行走中感受到时代的憧憬和共鸣，展现出人类精神的各种可能性，为我们的社会带来迫切需要的改变。

坚持一生行走。用思想、声音和行动去做出改变。我们选择的方向，我们行走的方式，我们前行时留下的身影，将构成全部的我们，它的意义超出了那些对人生目的史诗般的追问，超出了记载传说的河流和厚厚的史籍，超出了答案本身。请记住，我们的行走决定我们的存在，它的重要犹如思想的影子，茫茫水域中，它是唯一的陆地。

2019 届的毕业生们，祝愿你们拥有属于自己的行走人生。穿上红舞鞋，选择行走的方向，然后走在路上。

再次祝贺大家！

（本文为作者在北京大学光华管理学院 2019 年毕业典礼上的致辞）

Be the Change You Want to See

刘思佳
中国人民大学法学院校友

尊敬的各位领导、各位老师，亲爱的师弟师妹们，还有各位远道而来的家长们：

大家下午好！

能够收到母校的邀请，回到人大参加毕业典礼，还能够作为校友代表发言，对我真的像做梦一样，都不能说是荣幸了。

我是法学院2006级的本科生，王轶老师是我的班主任。到今天，我从人大法学院毕业整整九年。这九年里，我在三个大洲、五个国家学习、工作、生活过。华盛顿、纽约、伦敦、考文垂、伊斯坦布尔，还有布里斯班。我刚入学时，从没出过国，护照都没有，离开家最远的地方只到过北京。没有人大，不会有今天的我。有人祝福别人时会说，祝你活成梦想中的样子，而人大真正帮助我活成了我从没想到过的样子。真心地感谢母校，感谢老师们！

今天站在这里，首先，我必须向大家坦白，我的法律学得一点也不好，你们学得肯定都要比我好。而且我从事的工作是"非法"工作——非法律专业的工作。我在联合国任职，先后在联合国亚洲与太平洋经济社会理事会、联合国儿童基金会工作，任职社会发展司顾问、公共政策项目官员，现在在联合国环境规划署工作。

说到这儿，我就要先跟大家分享人民大学教给我的第一课了。不是法学知识，不是做人的道理，不是努力进取，而是，失败。

是，法学院教会了我失败。我来自一个特别小的城市，一个普通的中学，我是我们中学最好的学生。一直以来特别习惯自己是最好的那个。结果一进人大发现，我的同学怎么都那么优秀啊！我的成绩也不过是就那样，心里一直觉得很失败很慌。毕业时像你们今天这样坐在台下时，我甚至有点儿心虚：周围坐着未来的大法官、大检察官、大律师，我没有从事法律相关工作，我是不是特别差？那我还算人大法律人吗？

这种情绪纠缠了我很久，在离开学校之后，我才开始慢慢意识到人大对我的意义。在知识之外，这所学校赋予我的，是可能性，是建立在综合能力之上的广阔的可能性。法学院训练了我们完善的思维、缜密的逻辑、世界级的视野。这是在任何行业都必需的能力。我意识到，法律不是我的界限，而是 empower 我的强大动力。哪怕从事的不是法律相关的工作，人大法律人，一样印在你我的血液里。去年回学校参加牛津大学模拟法庭做亚太区决赛圈法官的时候，看着神采飞扬的参赛选手，我有一瞬间的晃神，我想，行业有不同，但是法律带给我们的追求是一致的，公平与平等，Equity and equality，这是我们共同的使命。

学弟学妹们，人生总有失败挫折，申请学校被拒，工作不顺利，没关系，不要害怕，没什么可担心的，想要的我们努力争取，但是争取不到也没有关系，心里放不下也没有关系，就带着向前走，我们会找到适合自己的路。我们工作中有个很常用的词，叫“resilience”，翻译作“复原力”。一般是用来说增强对气候变化导致的自然灾害或者贫困等层面危机的抵御能力。我感觉对个人来说，resilience 也很重要，这种复原力，是跌到低谷，能够重新把自己拉回来的能力。正是在一次一次的失败、试错、打击中，我们心中模糊的未来慢慢成形，我们才能成长为今天的自己。

说到这里，我想跟大家分享一个关于上一任联合国秘书长潘基文的小故事。高级别访问每次行程都是非常满的，在他卸任前的最后一次访华时，他仍然抽出时间跟联合国在华的工作人员见面。我印象特别深刻，那是大夏天，就在我们小院儿里。室外草坪上，好晒，好热，而且现场只有我们内部人员，我以为大概是个 5 分钟的小会，握手、合影，就结束了。结果没想到潘基文秘书长认认真真给我们讲了 40 分钟。而那 40 分钟，成为之后我在国际组织坚持下去的动力。他说："We are the first generation that can end poverty and we are the last generation that can end climate change." 我们是第一代有机会去终结全球贫困的人，同时，我们也是最后一代可以去应对气候变化的人。消除贫困，零饥饿，实现优质教育、性别平等，这一个个宏大的可持续发展目标，都与我们有着千丝万缕的关系。

不知道大家有没有这样的感觉，我时常觉得自己生活在一个割裂的时代。在北京、上海、纽约，我的同学朋友们在谈的都是随处可见的机会、很厉害的社会地位、很多很多的钱。可是在这同一个星球上，仍然存在着月亮背面。联合国儿童基金会报告中有一段诺贝尔和平奖获得者写的前言，我想分享给大家。他写道："许多年前，我在喜马拉雅山脚下遇到过一个小小的童工。他问我：'这个世界真的这么贫困吗？我连一个玩具和一本书都没有，只能拿着一把枪或工具？'还有一次，在哥伦比亚街头一个被拐卖、强奸和奴役的妈妈问我：'我从来没有任何梦想，我的孩子可以有梦想吗？'一个被极端恐怖主义分子劫持并强迫杀害他的朋友和家人的苏丹男孩有一次曾问我：'这是我的错吗？'"

大家知道吗？许多近期数据显示，目前世界上每年仍有 1.5 亿童工存在，5900 万小学生不在学校里，1500 万名 18 岁以下的女孩子被强迫结婚。这些听起来有点匪夷所思的数字，是我和我的同事们的原动力。有句话这样讲："Be the change you want to see." 我们希望世界有怎样的改变，自己先向前一步，成为那样的改变，为改变付出努力。Nobody can do everything, but everybody can do something. 在座各位，我们都是让世界变得更好了一点点的那个 everybody。

我想每一份工作都需要一点理想主义的坚持，工作久了，难免会有"无他，但手熟尔"的时候，难免会有懈怠觉得没劲的时候。作为一个过来人，学姐我想给大家的一点点建议是，我们一定不要做机械的螺丝钉，努力去记得那一两个打动你的瞬间，形成自己的内在驱动力。工作不是我们谋生的手段，工作，是我们对世界温柔的爱意。

说了这么多工作的事，说回到个人生活呢，我还有一个小经验，一个生活小妙招，想要分享给各位学弟学妹，那就是寻找自己的 balance。我一直特别自豪我业余时间总在玩，我是个健身教练，还是个中英双语主持人，在伦敦主持过《汉语桥》，采访过洛杉矶副市长、比利时王子，主持过好莱坞电影首映式。下一个目标是当一次婚礼司仪！我最喜欢婚礼了，那种真情时刻总能让我柔软好几天。我想说的是，人生一场，一定要 have fun！

最后，我想说，在座的各位学弟学妹，我好羡慕你们啊。和我当时上学的时候比，法学院多了好多好多的国际交流机会，带给学生超级的全球视野和不输任何学校的国际竞争力。中国越来越强大，在全球治理中的地位也越来越重要，给了中国人更多在国际舞台上发声的机会。Guys, I envy you so much! 生在这么好的时代，为什么不去尝试看看呢？尝试参与成为可持续发展全球议程、全球环境治理、应对气候变化等宏大议题中的一分子。我一定要说的是，如果试试看之后，发现不喜欢，it is totally fine as well，我们的自我实现是多元的。Find your true self. And I know you will be amazing.

没有任何疑问的是，你们都会特别棒，都会比我们更好。二十四节气里，有个我最喜欢的，叫作“小满”。是指麦子等作物的籽粒渐见饱满，但尚未成熟，预示饱满但未到顶峰。是过程，不是结果。小满之后，并无大满，因为满招损。小满，足矣。学弟学妹们，放心吧，人生路途没什么可担心的，你们会收获一个又一个“小满”。我也真心地相信，人大法学院，我心里世界上最好的法学院，会越来越好！

谢谢大家！

（本文为作者在中国人民大学法学院 2019 届学位授予仪式暨毕业典礼上的致辞）

三味本草　笃行世界

徐建光
上海中医药大学校长

尊敬的各位老师、家长们，今天典礼的各位主角、亲爱的同学们：

大家好！

今天，学校变成母校，同窗变成校友，归途变成启航。你曾面对千万条路，最终推开了中医药这扇厚重的大门；你曾跨越山和大海，最后情定中医药质朴的黄卷青灯；穿越人山人海，远离尘土飞扬；几千年，一座城，一所大学，等来了对的你们！

无论青春和历史年轮是否相认，无论是否不负过往、活出全盛；最美的时光总比流行的抖音还短；但今后的思念会比中医的历史更长……无论是同寝室的兄弟，还是哭过闹过的闺密，都让我在今天，自豪地向你们“官宣”：恭喜你们，你们毕业了！

我想向年轻的你们表示真诚的感谢和衷心的祝愿：感谢你们和上中医同频共振、共创一流；也祝愿你们学有所成、爱有所获、做有所为！

我提议：让我们用最热烈的掌声，向扶掖你们的师长、默默支持的家人、同甘共苦的朋友以及收获成长的自己致以深深的感谢！

半夏沉香，栀子花开，又是一年毕业时节。作为校长，历经五年以上的训练，毕业致辞如何在套路以外开新路、鸡汤之中见真情，这是我今年努力的方向。

忆往昔，光阴似箭，在上中医度过的匆匆数载中，你们经历了，成长了，收获了。

犹记得，你们从五湖四海来到三星河畔，世界倒映在你们懵懂的眼里，那里闪动着憧憬和好奇，衡量着万物的尺度，永不疲惫；

犹记得，你们在教学楼、图书馆、科技创新中心，一盏盏夜灯承载求知的渴望，汗水凝结成独一无二的记忆勋章；

犹记得，你们在学生事务与发展中心、龙舟码头、宿舍园区文化活动室，一段段美好的故事都收藏进你们的青春纪念册，成为属于这里的“独家记忆”；

犹记得，你们在那条你们自己命名的小黑街上，吃着“灵魂料理”蔡记烤猪蹄，听着炭火噼啪作响的声音，仿佛年轻人身上特有的生命律动。

这些回忆，也让担任了五年校长的我，深刻觉得“我不是在最好的时光遇见了你们，而是遇见了你们，我才有了这段最好的时光”。

看今朝，溯洄从之，青春聚场，回声嘹亮。当2019届学子活力飞扬在上中医的舞台，当上中医的淡妆浓抹点缀新时代的宏伟画布，你们在温暖而美好的日子里触摸到了时代的脉搏，每一次都扣人心弦；你们见证了学校前行的步伐，每一步都坚定有力！

“高水平”“双一流”建设给学校带来前所未有的机遇，也给你们的未来带来无限可能。中医学、中药学和中西医结合三大主干学科均为“A+”学科，奠定了我们在全国中医药院校中的领先地位。《中医药——板蓝根药材》ISO国际标准正式发布，中医药纳入《国际疾病分类第十一次修订本》……这一切都让我们坚信：上海中医药大学，拥有创造奇迹和美好未来的勇气和实力！而在座的你们，便是聚沙成塔、聚水成河的青春力量！

你们当中，有获得第十六届“挑战杯”上海市大学生课外学术科技作品竞赛特等奖的武桐、覃艳虹同学；

有热心公益，积极参加首届进口博览会志愿服务的宋恬琪、齐蒙羽同学；

有热爱中国文化，在杏林园演绎跨国友谊的马来西亚邓颢丰同学；

有选择把青春和热血奉献给祖国边疆西藏的蒋丹同学；

有大学期间携笔从戎，做守卫人民身体健康和生命安全卫士的陈华等同学……

正是这些以及更多我没来得及点到名字的同学，是你们，为学校的飞速发展注入鲜活力量！是你们，照亮中医药事业的浩瀚星空！你们每个人，都是中医药事业的C位主角！你们是生逢其时的一代人，成长于中国最好的发展时期。

亲爱的同学们，当全球化的时代大潮遭遇几朵逆全球化的浪花，当隔阂、误解、壁垒鲜亮地出现在我们面前，我们的世界每天都还在忠实地提醒我们：幸福是奋斗出来的。在华为芯片技术“十年备胎一朝转正”的故事里我们看到：要赢得应有的地位和尊重，中华必须有为。正如习近平总书记在纪念五四运动100周年大会上寄语青年：“青年理想远大、信念坚定，是一个国家、一个民族无坚不摧的前进动力”。

而我们中医人天生的使命是守护民族最闪亮的健康坐标，青春的你们都是“守护者联盟”的一员，我们时刻手握着一把打开未来人民健康之门的钥匙，我们要坚守自身所学，并将其发扬光大。

走出校门，你们将从学生正式转变成社会人。成为“社会人”，绝不是“小猪佩奇身上纹”那样简单，也不能“仗着可爱为所欲为”那般任性！

无论你们继续留在校园进行学习探索，还是走上工作岗位，成长与梦想面前，从来没有秘籍、锦鲤，可能也没有带路的老司机，没有消愁的肥宅快乐水！人生的“高光时刻”，必然是在“燃烧你的卡路里”中成就的！“青年的人生目标会有不同，职业选择也有差异，但只有把自己的小我融入祖国的大我、人民的大我之中，与时代同步伐、与人民共命运，才能更好实现人生价值、升华人生境界。”今天在这里，作为在上中医学习了五年多的校长，我也想有点中医药情怀，在大家又一次启航的行囊里放上三味毕业本草，希望你们带着中医药的馈赠，走向世界，走好人生。

第一味本草：生地远志

第一味本草是“生地远志”，希望你们面对未来的世界，始终拥抱梦想、心有远志、志当凌霄。时光本在匀速流逝，但世界在加速奔腾。凝视当今之中国，无论局部还是整体，充满升腾的气势：民族伟大复兴的路径更精准，社会在精细化治理中提升，个人在厚德文明中前行。但同时，我们也看到：过去一段时间，全球格局剧烈动荡，世界变化如此之快，许多新生的思潮和事物尚未命名。时代的伟力把一个个问题抛到我们面前：面对生地——未来世界，我们的远志——志向是什么？

对国家而言，“生地远志”意味着从全面建成小康社会到基本实现现代化，再到全面建成社会主义现代化强国，从而实现中华民族伟大复兴的中国梦。这是一段波澜壮阔的历史时期。

对社会而言，“生地远志”意味着探寻更为高效和高质的运行机制，解决人民日益增长的美好生活需要和不平衡、不充分的发展问题，持续创造更多的价值。

对学校而言，“生地远志”意味着建设具有全球影响力的世界一流中医药大学，引领世界传统医学发展潮流。

那么，对你们而言，“生地远志”意味着什么呢？

未来的世界应该是从历史大发展而来的世界。历史是过去传到将来的回声，更是将来对过去的反映。我们学校有“经方一剂起沉疴，人学散墨归初心”的裘沛然教授；有“悬壶六十载，扶正以治癌”的刘嘉湘教授；有“传承名医薪火，妙手送子观音”的朱南孙教授……他们是国医大师，更是以中医为生命、以知识为生命、以人类健康福祉为生命的先锋战士！回望历史深处，我们应愈发坚定：广阔的中医药世界蕴含着无穷的大美和惊喜。愿你们同他们一样，在追梦求真路上成为最为闪亮的一座灯塔！

未来的世界也是由无数大理想创造出来的世界。巴金先生说："光辉的理想像明净的水一样洗去我心灵上的尘垢。"未来路上，没有什么比保有一个理想更为值得珍视，人类总是在超越旧藩篱、开拓新边界，继而又面临新藩篱的不绝状态中心怀高远，砥砺前行。愿你们在未来，以追求真理、激发思想、探索知识、发展能力，去享有无限广阔的自由和空间；以"勤奋、仁爱、求实、创新"之校训，去品味中医药文化中最美妙的神韵；以传承、融合、发展之精神，去引领中医药事业未来发展的宏伟篇章，与中医药事业同成长、共繁荣。

同学们！金庸先生说："侠之大者，为国为民！"梁启超先生说，青春是"红日初升，其道大光"，是"潜龙腾渊，鳞爪飞扬"，是"前途似海，来日方长"。躬逢盛世，何其幸运！放眼未来世界，你们应该以今日之"我"超越昨日之"我"，又以明日之"我"超越今日之"我"，追求跟随你心，想你所想，爱你所爱，无问西东！

第二味本草：细辛厚朴

第二味本草是"细辛厚朴"，希望你们面对现实世界始终踏实细致、谦卑忠厚、不忘初心。未来世界让梦想升腾，呼唤着我们奔赴；而现实世界，仍需预计苦难、勇敢面对。走出校园，你很难一下子成为"开挂"的主角，事实上，你更多会成为小王、小张、小李、小吴中的一个，平凡又无足轻重，笨拙又不知何去何从。

同学们，作为一个过来人，我很能够理解初入职场的困惑、角色转换的迷茫。在这个时候，我可以劝你的是，"慢慢来，往往比较快"。正如路遥在《平凡的世界》中说的："生活不能等待别人来安排，要自己去争取和奋斗；而不论其结果是喜是悲，但可以慰藉的是，你总不枉在这世界上活了一场。有了这样的认识，你就会珍重生活，而不会玩世不恭；同时，也会给人自身注入一种强大的内在力量。"伤心难过、茫然无助，或者无数次想撂挑子不干的时候，请你相信：静心沉潜，久久为功，念念不忘，必有回响！

如果我们把目光放得再远一点，更大的也就是真正的现实危机将出现在你们步入职场 5~10 年的时候——这个时候，你已度过了实习期、新鲜期，有点经验，有些积累，身体康健，意气风发。所谓最大的人生危机往往就发生在“你不再愿意走出自己的舒适区，在越来越低的配置里，活得理所当然”。在西方，这个说法叫：Life begins at the end of your comfortable zone.

事实上，心安理得地躲在舒适区，你能收获的并不是平静，而是继续低走，因为人生的下降空间，远比我们能想象的还要多。这个时候，我劝你回顾此时此刻的初心——现实的生活其实并不复杂，无外乎向前一步是人生，退后一步是余生。人生是一步步品尝的，像打开一包形态各异的巧克力；余生是一点点流失的，像燃尽一支风雨飘摇的蜡烛。人生和余生的区别也很简单，无外乎是不是依然有梦，是不是永远奋斗！

同学们！在最该奋斗的年纪不要让自己的心局限于安逸，不要忽视心中对明天的态度。不要让理想与现实的差距，成为悲观沉沦的理由，更不要让学会生存成为随波逐流的借口。希望你们：

穿越今后 0~5 年“恐慌期”；

跨越 5~10 年“舒适区”；

抖音少玩点，技能多学点；

外卖少吃点，饮食健康点；

熬夜悠着点，锻炼加强点；

牢骚少发点，实干多做点。

最终，真正活出让爱你的人们因你而骄傲的模样来！

第三味本草：熟地当归

第三味本草是“熟地当归”，希望你们面对人工智能带来的虚拟世界，始终内心闪光、眼中有美、守正创新。从工业时代，到互联网时代，到移动互联网时代，再到人工智能时代，对于当代大学生而言，智能手机是一道分水岭，拥有之前是现实世界，拥有之后是杂糅了虚拟的现实世界。在这个虚拟的世界里，信息量超过了人类历史的总和，信息来得特别庞杂，流行来得特别迅猛，嘈杂来得特别突然。网言网语、吐槽笑骂、杠精、键盘侠、夸夸党，报复性熬夜、甩锅式反省等，都以各种形式存在着……

在这样的一个世界里，我们要学会坚守自己，发展自己，过滤没有意义的数据，剔除伪造的数据，从数据海洋中获取有用的信息，随后进行处理，为我所用，这才是万物互联时代，大家的应有态度。

我希望你们在虚拟世界中，首先是一个内心有光的人。一个内心有光的人，能为社会输送阳光、绽放芬芳。能以自己最好的生活状态去感染更多身边人，成为社会温情的光源。

我还希望你们是一个眼中有美的人。美是什么？是一个母亲给孩子洗完澡，怀抱着婴儿的样子；是一位医生治好了病人，并目送他远去的样子；是一个孩子在海滩上筑起沙堡的样子。其实“美是到处都有的。对于我们的眼睛，不是缺少美，而是缺少发现”。

同学们，我越来越深刻地理解，你们成长于一个和我们这代人完全不同的环境，这是一个因信息技术突飞猛进而更加开放的环境，是一个任何人都可以平等获取信息的社会。你们在刷朋友圈、刷微博时，不知不觉就在和社会的前 10% 比较，网络的平等性以及移动互联网的可及性，让你觉得你和明星、政要距离很近。你们的成长在一定范围内是和吐槽、解构紧密联系在一起的，甚至不开权威的玩笑就脱离了你们的群体语言。

当你走向社会，还是要有忠言逆耳的思想准备：适当的解构、戏谑，是生活的调味，无可厚非，但千万不要让网络语言和网上充斥的价值观变成你生活的全部。走向社会，必须“当归”，请你努力做到内心有光、眼中有美，学会在认真处世、感恩待人中逐步建立起正确的价值观。

请不要忘记生活从来就是自由与责任相伴，我们必须在责任与规则中感悟生命。走出大学校门，更要在感恩、回馈家人和朋友当中升华你的追求，在担当和尊重他人中拓展你的视野边界。最终，锤炼植根于内心的修养、无须提醒的自觉、以自律为前提的自由、和为别人着想的善良。不管何时都要感恩这个社会，让你变得强大，感恩父母让你体会人间幸福，感恩老师带你遨游知识的海洋，感恩生活让人生不那么平淡如水。

同学们，生地远志、细辛厚朴、熟地当归，“中医药烙印是母校最深沉的馈赠”，忠实地陪伴你不忘本来，吸收外来，走向未来。

此刻站在时间的谷口，我清晰听见过去的回音，时而温煦，时而昂扬，那是过去的序曲，也是未来的先声。愿你们铭记此刻，逐梦前行！

凡是过往，皆为序章。岁月悠悠，天道酬勤！愿你们始终秉承“勤奋、仁爱、求实、创新”的精神，用“驯服世界放浪”的胸怀和“喷薄云上朝阳”的势头，不负青春，不畏艰难，去开拓，去创造！

你们是大浪奔流，也是雨后新芽！愿你们奔赴星辰大海，用汗水为梦想注入生机，用善意感知彼此温暖。我和你们的老师们将一如既往地在这里守护你们的初心，期盼你们的成长。

我问你要去向何方，你指着大海的方向。

愿你心怀阳光，不惧远方，任岁月流淌，终不负前尘。

共和国 70 年的荣光为你把前路点亮，上中医的厚积薄发让你其道大光。

即便荆棘满地，纵使丢失怒马鲜衣。

少年与爱永不老去，我们随时后会有期！

谢谢大家！

（本文为作者在上海中医药大学 2019 届本专科生毕业典礼上的致辞）

与美为伴，携美同行

杨灿明
中南财经政法大学校长

尊敬的各位来宾，各位老师、家长、校友，亲爱的同学们：

大家上午好！

又到依依惜别的 6 月，今天我们举行盛大集会，共同祝福 2019 届 7000 余名学子顺利完成学业，再次扬帆启航。在此，我谨代表学校，向各位 2019 届的同学表示最衷心的祝贺！向所有关心爱护同学们成长的教职员工们、家长们、校友们和社会各界朋友致以最诚挚的敬意和最衷心的感谢！

2019 届的同学们在校的这几年，是学校大动作频频的几年，我们跨入了国家双一流建设高校行列，“百万校友资智回汉”我校专场取得巨大成功，我们经历了两轮教育部巡视，接受了教育部本科教学审核评估，我们隆重庆祝了建校 70 周年，今年又在举国上下欢庆中华人民共和国成立 70 周年的美好时节迎来了学校迁至武汉办学 70 周年的纪念。数年间同学们也不断给我们带来好消息，你们捧回了全国财经高校大学生信息素养大赛团队一等奖、中国青年志愿服务项目大赛银奖和全国大学生创业英雄百强等一个又一个重量级奖项；你们以出色的志愿服务工作让学校被六部委列入全国首批六所大学生民汉双语志愿服务团建设单位；你们在学校首次承办的第十五届中国模拟联合国大会上，与来自海内外 150 所高校的500多名师生代表共同就世界重大议题展开讨论，以出色的思辨能力、国际视野、演讲口才惊艳亮相、享誉四方……我们为你们的优秀骄傲，为你们的卓越动容，为你们的青春正能量点赞！

自我就任以来，每年6月都会赠送给当年毕业同学一个主题词，之前已经分别送出了“情”“理”“法”和“真”“善”，今天我想把一个“美”字送给在场最美的你们！

今年谈“美”，可谓正当其时。习近平总书记去年8月在给中央美院老教授们的回信中指出“美术教育是美育的重要组成部分，对塑造美好心灵具有重要作用”，在9月召开的全国教育大会上提出“要全面加强和改进学校美育，坚持以美育人、以文化人，提高学生审美和人文素养”；今年4月教育部下文要求“每位学生须修满学校规定的公共艺术课程学分，方能毕业”，这一系列大动作使“美”成了近段时间高校的热词，也必将大力推动今后高校美育工作的改进与优化。

美是什么？这是一个中外美学研究中论争了几千年的话题，正如苏格拉底所说，“美是难的”。但我若问在座的同学们，你们爱不爱美？想必都会不假思索地回答：爱！正所谓“爱美之心，人皆有之”，关于美的定义学界各流派有其各自观察的角度，但美本身所能带给人的愉悦感与高尚感却是为大家所共识并推崇的。在中外历史上，人们都很早就发现了美的重要性，并积极探索、实施对民众的美育。我们的美育传统绵延几千年，从先秦时期的礼乐教化思想，到蔡元培的现代美育思想，到当前我们开展得如火如荼的美育实践，都十分注重“教会学生在生命体验中感知美、发现美、探索美和创造美”。

党的十九大报告指出，新时代我国社会主要矛盾已经转化为人民日益增长的美好生活需要和不平衡、不充分的发展之间的矛盾，这一点相信大家也有着很强烈的感受和体会。大到党和国家，小到家庭和个人，新时代的我们都在朝着更好、更美的方向奋斗。在这个奋斗的过程中，我们大学生，我们新时代的青年，更应当走在热爱美、追求美、享受美、创造美的前列。“青春须早为，岂能长少年。”

我衷心地希望同学们能充分把握美好的青春时光，扬鞭策马，奋进有为，在追求美的道路上不断进取、不断收获。

一是希望大家能修炼美的灵魂。美丽的外形自然人人向往，但相信同学们也很清楚，“最是人间留不住，朱颜辞镜花辞树”，正所谓小美于形，大美于心，相比外形美的短暂易逝，人格美、精神美、心灵美、灵魂美才具有永恒的生命力。失去了双眼和双手的扫雷英雄杜富国，在国人眼里难道不是最美的吗？当95岁的老英雄张富清说出“和牺牲的战友相比，我有什么资格张扬呢”时，难道呈现给我们的不是一颗金子般最美的心吗？

同学们，你们觉得中国最美的女企业家是谁？是不是董明珠女士？是的，我们的校友董明珠女士确实长得很美，但我认为更美的还是她那心系民族产业创新的家国情怀！

在我们的身边，也有很多师生在修炼着美丽的灵魂。比如我们每年都有很多怀着“苟利国家生死以，岂因祸福避趋之”的壮志参军入伍的同学，他们在最青春的年华携笔从戎，到祖国最需要的地方去建功立业，他们回归校园后也仍然是兵，随时待命，等待国家的召唤和检阅；我们有很多怀着“洛阳亲友如相问，一片冰心在玉壶”的心志投身自己所热爱的教育事业的老师们，荣获“荆楚好老师”称号的“量烛”教师团队，八年来利用休息时间，不计名利地为全校学生答疑超过2000学时，生动诠释了“蜡炬成灰泪始干”的无私奉献精神。

二是希望大家能拥抱美的日常。虽然从哲学的意义上来说“美是难的”，但对于我们每个人来说，美并不高冷，并不神秘，并不遥远，它是无处不在、无时不在的，是与我们的日常生活息息相关的，正如著名的雕塑家罗丹所说：“生活中不是缺少美，而是缺少发现美的眼睛。”它可以如同孔子一般闻《韶》音而三月不知肉味，它也可以如同你们一般从《舌尖上的中国》里的美食中品出中国人的文化传统与情感；它可以从博物馆、美术馆里精美的艺术品身上迸发出耀眼的光芒，它也可以从我们学习生活的校园里的一花一树、一草一木、路桥门廊身上散发出迷人的芬芳。

美的日常不仅可以内化于我们心中的情感，更应当外化为我们的一举一动、一言一行，比如骑车走路不乱穿行，不在自习室里高声喧哗，热情耐心地为行人指路，随手捡起路边的垃圾投入垃圾桶等，这些都是我们时时处处可以践行的美言、美行，更是能让美的能量生生不息、绵延不断的火种。比如我们的思政课名师张瑞堂不仅课讲得好，深受同学们喜爱，今年还用实际行动给大家上了一堂生动的思政示范课，他上班途中捡到一个装有贵重物品的挎包后，千方百计多方辗转寻找失主、归还挎包，张老师这种拾金不昧、急他人所急的优秀品质令失主感动不已，更以自己的美言、美行传播了满满的正能量。最近刷屏的“马拉松女神”辅导员刘筱彤老师多年来陪伴同学们一起学英语、上自习、跑马拉松、泡健身房，身体力行地影响学生、带领学生共同进步，将对学生的影响和引领融入与学生相处的日常之中，被称为大学生成长路上的“最美领跑人”。

三是希望大家能共筑美的社会。这两年网上有一个词叫“低美感社会”，有些人对身边的一些奇葩审美现象进行调侃，更有人对这些现象进行了大量的讨论与反思。美的社会不是凭空而来的，由我们每一个个体集合组成的社会美好与否，显然取决于每个个体是不是足够美好，是不是在“各美其美”的同时还能“美人之美”，是不是能够集小美而成大美。

没有美的大学生，就没有美的大学；没有美的大学，就没有美的社会，大学在构筑美的社会的进程中更应当发挥重要的引领作用。我们的很多师生，就是以“不要人夸好颜色，只留清气满乾坤”的姿态为身边的人和事不求回报地默默付出与奉献。19 年来，由我们法科学子建立的法律援助与保护中心累计接待社会弱势群体来访 17000 余人次，无偿代理各类案件 1100 多件，代写法律文书 4400 多份，他们让大家更加深刻地认识到了“以我所学，服务社会”的重量；我们每年都有成百上千的学生以各种各样的形式到基层、到艰苦地区就业和开展志愿服务工作，他们薪火相传，春风送暖，关心帮助贫困弱势群体，以自己所学、所长服务当地经济文化社会建设，在祖国各地传播着团结互助、携手共进的强大力量。

还有奋斗在全国各地各行各业的校友，用爱岗敬业、感恩回馈、责任担当践行着“博文明理，厚德济世”的校训，为共建美好社会贡献着自己的光和热——因病倒在工作岗位上的执行法官徐文娟校友，用真情化解纠纷，让执法变得温情，“跨越生死的承诺”刷屏的不仅是感动，更是整个社会对她敬业奉献之美的致敬和礼赞；设立梧桐树奖学金的陈桂芳、李丽、牟发兵、屈定坤等十位校友，默默无闻坚持十年的捐赠，只为母校“栽好梧桐树引来金凤凰”，这份爱心和付出是他们对心怀感恩之美的深情诠释；今天发言的王永光校友，带领他的企业在发展壮大、成长自我的同时不忘回馈社会，十多年来坚持捐助贫困地区学校、学生，坚持对母校教学科研、人才培养给予大力支持，这份坚守与担当是企业家对社会责任之美的庄严承诺。

同学们，以上我提到的这些师生和校友代表，都是我们身边的普通人，但又都是绝不平凡的拥有美的灵魂的人，无数个这样美丽的灵魂才构筑起美好的社会，才散发出那么耀眼的温暖人心的光芒，才释放出那么强大的凝聚人心的力量。为什么美这么重要？美对于我们每个人来说有什么意义和作用？我们怎么样才能与美相生相伴？这些问题都很宏大、庞杂，也是需要我们用一生不断去感受、去体会、去思索的常想常新的命题，在人生的不同阶段我们也会不断得出新的答案，产生新的感受。希望我们的同学们，在今后的人生路上，能始终记取这一个“美”字，修炼美的灵魂，拥抱美的日常，共筑美的社会，用实际行动来书写和铸造我们这一代青年的美丽！

最后，我想借用费孝通先生阐述文化理想的名言来祝福大家，“各美其美，美人之美，美美与共，天下大同”，衷心祝福2019届的同学们在今后的人生道路上永远与美为伴、携美同行！

谢谢大家！

（本文为作者在中南财经政法大学2019届毕业典礼暨学位授予仪式上的致辞）

存在于彼此的存在

张海斌
上海外国语大学法学院院长

各位2019届的同学们：

下午好！

又是一个收获季，又是一个离别季。毕业典礼之后，你们即将离开学校，意气风发地踏上人生新的征程，去追逐自己新的梦想。对我们老师来说，虽然有那么一点点伤感，但更多的是欣慰、喜悦和幸福。首先，我要代表法学院全体师生对你们表示热烈祝贺和衷心祝福！

今天，在这里，再多煽情的话，都是多余的、苍白的。我相信在上外法学院数年的光阴，日日夜夜，分分秒秒，校园里的一草一木、一砖一瓦、每一栋楼舍、每一张桌椅、每一本书、每一道菜、每一声鸟鸣、每一朵花开，还有清晨的琅琅书声、球场上的矫健身姿、讲坛上的谆谆教诲……所有关于上外和上外法学院的一切，都将深深镌刻在你们的记忆里，融入你们的血液里，并随着时间的推移，空间的转换，酝酿出更加深沉、难以言表也无须言表的情感。

按照惯例，今天，我想在此给同学们提三点希望，“三个勇于”，并与大家共勉。

首先，要勇于尝试。勇于尝试，是一种将自己向世界和未来无限敞开的努力与过程，是让我们不断超越自身、过去和现在所“是”之物，而不断面向未来。勇于尝试的精神实质，乃是人之自由意志不断拓展的过程。未来，我们将是一个什么样的人，我们将要度过一种什么样的人生，皆非宿命与先定的，而是经由我们自身的选择和努力来决定与塑造的。萨特说，存在先于本质。人的存在，表现为种种可能性，经过领会、筹划、选择、奋斗，而获得本身的规定性。这种“自为的存在”背后，意味着我们必须勇于尝试，在尝试中不断发现自己，发展自己，丰富自己，最后成就自己。尝试与实践之后，我们会发现，这个世界上的许多人和事，包括我们自身，都并非或远非我们原本想象中的那个样子。

勇于尝试也是一种生命哲学。判断一个人是否在渐渐迈向衰老，并非靠年龄、体力和精力，而是是否依旧保持着对世界和未来的好奇心，进而，是不是勇于尝试新的事物，并在新的探索和挑战之中，不断点燃生命新的激情，开拓人生新的境界与新的荣耀。英国作家萧伯纳说得好：“一个尝试错误的人生，比无所事事的人生更荣耀，并且有意义。”希望同学们在新的人生道路上，继续并永远保持一种开放的心胸与气度，保持生命的活力和锐力，勇于尝试，锐于创新，不断展示生命的丰富与精彩，证成最真实、最完美的自己。值得注意的是，按照亚里士多德的说法，勇敢乃是一种介于胆怯与鲁莽之间的中道美德。因此，勇于尝试并非一种鲁莽与冒险的盲动，而是一种理性的积极行动。

其次，要勇于进取。关于进取，古今中外有很多精彩的名言警句，振聋发聩。但最令我心动的，是《三国演义》第四十七回里阚泽说的一句话：“大丈夫处世，不能立功建业，不几与草木同腐乎！”这句话背后的人生观与性别意识我们暂且不论，但里面彰显出来的进取心与进取意志，颇让人血脉偾张，肃然起敬。一个人的人生要有意义，就一定要有理想、有梦想，并在以梦为马的追梦实践中，用一种勇于进取、自强不息的奋斗精神，来证明自己的存在，以及存在的意义。《少林足球》里五师兄说得好：“做人如果没有梦想，跟咸鱼有什么区别呢！”笛卡尔说，“我思，故我在”。在我看来，“我进取，故我在”。众所周知，人与人之间，天赋的差别是偶然的，也是表面的。真正的差别，是是否有梦想，以及有了梦想以后的勇于进取。懈怠了，丧失了进取精神，一切梦想，都将成空。

“无奋斗，不青春”。进取是一种最富魅力的奋斗姿态，是一种最绚烂的生命绽放形式。一个人的人生要精彩，就必须在孜孜矻矻的进取中展示。“天行健，君子以自强不息”，说的是进取；“路漫漫其修远兮，吾将上下而求索”，说的是进取；“到中流击水，浪遏飞舟”，说的也是进取。不久前，法学院组织过一场师生合唱，歌名叫《我的未来不是梦》，歌词里那个“从来没有忘记我对自己的承诺”“认真地过每一分钟”的追梦人，在我看来，就是一个不忘初心、砥砺前行的进取者形象。进取者的未来不是梦！

最后，要勇于担当。担当，意味着一种责任和责任感，使命和使命感。一个人是否成熟，是否独立，是否是一个大写的人，重要的标志之一，就是是否具有担当的精神。在某种意义上，担当彰显了人的本质。英国作家毛姆说：“要使一个人显示他的本质，叫他承担一种责任是最有效的办法。”维克多·弗兰克尔说：“能够负责，是人类存在最重要的本质。”担当是一种人生格局和人生气度，担当的背后是使命，是责任。包括对父母的责任，对家庭的责任，对职业和职业共同体的责任，对民族和国家的责任，以及乃至对整个人类共同体的责任。有多大担当，才能干多大事业；尽多大责任，才会有多大成就。“天下兴亡，匹夫有责”，说的是担当；“吾曹不出如苍生何”，说的是担当；“苟利国家生死以，岂因祸福避趋之”，说的也是担当。每一个追梦人都须有一种担当的精神，才能激发追梦的勇气和热情，才能彻底彰显人之本质与存在之美。托尔斯泰说：“一个人若没有热情，他将一事无成，而热情的基点，正是责任心。”任何畏缩、犹疑、胆怯、冬烘、唯唯否否，以及种种精致的利己主义和佛系哲学，都是我们追梦路上的拦路虎和绊脚石，背后缺乏的，正是这种大无畏的担当精神。

前几天，我听到大家都非常喜爱的张小红老师说的一句话：“一个人把自己喜欢做的事情做得漂亮是享受，把自己不喜欢做的事情做得漂亮是成长。”这句精辟和精彩的话，让我感触颇深。在我看来，勇于去做一件自己不喜欢做但基于伦理、责任和使命又应当做、必须做的事情，并且努力把它做得漂亮、做得完美，这种成长与成熟背后，所彰显的，正是一种坚忍的责任感和担当精神。当然，勇于担当，还须善于担当，希望同学们在今后的工作中要继续加强学习和实践，努力提高自己的担当能力和素质。

同学们，毕业典礼结束后，你们即将离开这片熟悉的土地和这片土地上的熟悉的人群，奔赴祖国乃至世界各地，去追逐你们新的梦想。每年，此时，此刻，校园里上演的都是“一场别离”。套用捷克小说家米兰·昆德拉的一句话：“这是一个流行离开的季节，但是我们都不擅长告别。”伤感总是难免的，甚至是必要的。美国小说家雷蒙德·钱德勒在《漫长的告别》里曾写道：“每一次分离，我们挥别的不只是一些故人、一片土地，我们告别的更是一段岁月、一份割舍不去的情感，一个再也回不去的自我。”这般深情乃至煽情的话，总让人读之唏嘘。但是，令人欣慰的是，受益于科学和通信的发展，真正的告别是不可能的。今天，即便你们挥别了校园，但对法学院来说，你们永远不会真正离开，你们永远在线着，在场着。时间的流逝，空间的转换，不过是变换了一种存在的形式。你和法学院，你们和我们，必将永远存在于彼此的空间！

最后，再次衷心祝福每一位追梦人，你们的未来不是梦，愿你们前程似锦，美梦成真。谢谢！

（本文为作者在上海外国语大学法学院 2019 届毕业典礼上的致辞）

不忘初心，法泽天下

刘智慧
中国政法大学教授

亲爱的同学们、参加观礼的毕业生的亲友们：

早上好！

今天，我和大家一样，也是第一次参加本科毕业典礼。作为咱法大昌平校区第一届学生，在我毕业那年，咱法大昌平，这个礼堂，没有；学士学位服，没有；本科毕业典礼，也没有。所以，今天是在我扎根法大第32年的时候作为教师代表第一次参加本科毕业典礼。尽管我明白在法律意义上我不是代表（大家知道，学习民法的人特别敏感代表、代理这两个概念在法律上的区别），但我很荣幸也极为高兴在今天以教师代表的名义，向完成学业的2019届的你们表示最热烈的祝贺！

在大家告别母校之际，作为教师，也是学长的我，为大家的学有所成感到高兴，也为行将别离而倍觉不舍。我一直在想，除了学位证书外，老师还可以让你们带走点什么作为念想。然而，图书馆、体育馆、法大食堂，等等，这些校园里的不动产，你们带不走；学校占有的动产？也都归国家所有，你能带也不容许带走；小师妹？都已经是具有完全民事行为能力的民事主体，不是客体，也是不能用来带走的。那我能让同学们带走点什么呢？

现在，请我们穿越回2015年。2015年6月，正值滑铁卢战役200周年，就在这个月，你们喊着“不苦不累，高三无味；不拼不搏，高三白活”，你们惜秦皇汉武、唐宗宋祖，你们在祖国的四面八方于骄阳、暴雨、蛙声、蝉鸣中经历了自己人生第一次大考。这一年9月3日，中国人民抗日战争暨世界反法西斯战争胜利70周年，为铭记历史、缅怀先烈、珍视和平、开创未来，中国在北京天安门广场举行纪念活动，并进行阅兵式，显示世界人民捍卫和平的决心和能力。这年的9月11日，你们怀着对美好未来的憧憬，对法治梦想的渴望，从五湖四海会聚入驻中国政法大学昌平校区。“除人间之邪恶，守政法之圣洁，积人文之底蕴，昌法治之文明”，这是同学们的入学誓言，也是我们所有法大人的初心。

这四年里，我不仅记得你们在朋友圈不断寻找热水瓶、一卡通、U盘甚至电脑；我还记得你们求知若渴，因一课难求去抢占座位的百米冲刺的速度；记得你们在炎热的夏季考试前彻夜不眠地复习以致晕倒被急救车送往医院的壮烈，记得在老师因咽喉发炎嗓音沙哑时，你们悄悄放在讲桌上的金嗓子喉宝……我更记得，这四年里，无论是端升、厚德、格物、致公、明法、阶梯、逸夫，还是军都山、晓月河，拓荒牛前、玉兰花下，法渊阁外、文渊阁内，宪法大道、法治长廊，还有那个与婚姻无关的婚姻法后花园，我们这个全北京唯一靠城铁跨越的最大的校园，到处都有你们忙碌求索的身影，记着你们追逐梦想的脚步。

这四年来，我们师生共同见证着中国法治建设和社会发展的进程。课堂内外，我们共同研讨“南京彭宇案”“无锡胚胎案”“彭州天价乌木案”“加多宝诉王老吉虚假宣传纠纷案”“徐玉玉被电信诈骗案”“昆山反杀案”等不计其数的民事、行政、刑事案件；我们一起研究“移动直播与传统媒体的跨界融合”“中国文化的特征”“‘一带一路’沿线国家的文化价值观”“如何构建理性的世界经济”“大数据与政府治理”。我们一同在学习中质疑探索，在承继中开拓创新，同学们指点江山，尽显青春豪情，不失理性作为。

如今，璞玉成璧，破茧成蝶，你们毕业了！从此你们在法大的四载“青葱”

岁月将永远定格为“法大记忆”。

今天，临别之际老师想送给你们的，就是请牢记法大人的初心。

四年里，无论法学专业还是“非法”专业，我们都是在一起法言来法语去，今天，我们少用些法言法语。在你们整装待发时，老师想给大家讲个砍树的故事。

一位老教授问学生：“如果你提着斧头上山砍树，发现山上有两棵树，一棵粗，另一棵细，你会砍哪一棵？”学生不假思索：“当然砍那棵粗的。”老教授一笑，又问：“那棵粗的不过是一棵普通杨树，而那棵细的却是红松，现在你砍哪一棵？”学生想一想回答：“当然砍红松，红松更贵！”老教授继续问：“如果杨树是笔直的，而红松却七歪八扭，你砍哪一棵？”学生开始疑惑，回答：“那砍杨树吧。弯弯曲曲的红松什么都做不了！”老教授接着问：“杨树虽然笔直，可因年头太久，中间已空，你砍哪一棵？”学生又答：“那还是砍红松，杨树中间空了就没用了！”老教授再追问：“红松虽然不是中空的，但扭曲得太厉害，砍起来非常困难，你砍哪一棵？”学生答：“那就砍杨树。都没啥大用，就挑容易砍的砍！”老教授又问：“可杨树上有个鸟巢，几只幼鸟正躲在巢中，你砍哪一棵？”终于，学生不再贸然回答。老教授继续问：“为什么你不问问自己，到底为什么砍树？虽然我的条件不断变化，可最终结果应取决于你最初的动机。如果想要取柴，你就砍杨树；想做工艺品，就砍红松。你难道是无缘无故提着斧头上山砍树？！”

我给大家讲这个故事，是想告诉同学们，无论你是选择了读研深造还是选择走上工作岗位，在我们出发前，要先想想我们的人生目标是什么。当你走出校门，才会知道毕业后需要通过的考验远比通过高考要艰难得多。毕业后，你的角色可能需要不断转换，这种转换可能常会让你因措手不及而纠结、痛苦、迷惘……面对岁月的考验，在遭遇挑战、诱惑之时，你是否还能恪守自己的人生目标？之所以希望大家不忘初心，是因为面对挑战和诱惑，不忘初心可以让我们以不变应万变，始终保持正确的航向。作为法大人，要秉持永不退缩的信念和勇气，永葆法大人的风骨和精神，而不能中途易辙，更不能南辕北辙，丧失道德和良知。

亲爱的同学们，你们即将步入自己独立人生的又一个新的平台。从今日起，你们的身份将从“法大学生”转变为“法大校友”，不论是“法大学生”还是“法大校友”，我们都有一个共同的名字，那就是“法大人”。无论面对学习、工作还是生活，也无论身处顺境还是逆境，老师都愿你们不忘初心，受得了挫折，禁得住诱惑。放眼未来，未来已来，自信人生二百年，会当水击三千里，老师对你们的未来充满期待！

亲爱的同学们，大千世界，无问西东，也不问南北，四载亦千秋，我们彼此确认过眼神，法大永远是你们的精神家园，老师愿努力成为茫茫大海上你们人生航程中的那座灯塔。期待同学们不负此生，祝同学们前程似锦，也祝福所有毕业生的亲友！

谢谢你们！

（本文为作者在中国政法大学2019届
本科生毕业典礼暨学士学位授予仪式上的致辞）

抵达梦想前，甘心做一个普通人

袁筱一
华东师范大学外语学院院长

亲爱的2019届的毕业生们、家长们、老师们：

大家好！

又到了一年中的离别时刻。看到学位服伴随着青春的笑颜出现在各种大片中，看到满满当当都是告别宴的餐厅，看到那一片“美出天际线”的花海，我就知道，无论是愿意，或者不愿意，这个时刻应该是到来了。但是，对一个老师来说，人世间还有比这更加令人充满期待的离别吗？而在之前的若干年里，相信你们就已经期待过此时此刻了吧，期待成为主角，期待成为那块巨幅毕业证书背景板右上方的笑颜——虽然“闵大荒的拓荒者”早已不再能够定义你们，期待成为接受花语祝福的那个人，甚至期待借一点毕业的醉意来一次纵情人生。的确，这一切，此刻都可以有。所以，首先，请允许我代表华东师范大学的老师，向你们表达由衷的祝贺，祝贺你们完成学业，顺利毕业了！

祝贺，同时也要感谢，因为有了你们，华东师大才有了他现在所能有的最好的模样。你们的名字已经写在了校长即将送出的榜上，展开，就是华东师范大学的历史；连起来，就是普鲁斯特说的“l’ordre des ann é es et des mondes”，“岁月和星辰的顺序”。

已然进入“岁月和星辰的顺序”的你们，真的做好准备了吗？

也许，你们还在回味过去几年里的快乐或悲伤，无忧无虑或心事重重，意气风发或阻碍挫折；也许，你们还在忙着告别，告别朝夕相处的朋友同学和老师，告别最让你们留恋的师大风景——连多少已经让你们感到腻味的教室、图书馆和时不时会冒出奇葩菜的食堂都变成了你们毕业大片的背景。也许，就是在这一瞬间，你们会突然产生一些复杂的情愫：虽然沉浸其中甚至觉不出有多么美好，但是从此之后不再能够轻易见到，或是再见到时已经不再是记忆中的物、人和风景，于是就想着是不是应该尽可能细致地记录下来，以一瞬的不变抵抗永恒的变化？

是的，记录，是每一个人在即将离开时，跳入脑中唯一可做的事情。如同 26 年前，离开中山北路校园的我，忙不迭地在办公楼的红墙边，在文史楼前的草坪上，在平静无波的丽娃河岸留下自己的影像。而在 26 年之后，站在与丽娃河相隔 30 公里的樱桃河畔，我更想要对同学们说的是，相对于变化的 30 公里，两条不同的河流，不变才是永恒的，是你我心中永远都在的华东师大。只有这个不变的永恒，才使得我们可以不断地回归，代代相承。

于是我期待于你们的，也许和你们此刻做的正相反，我愿你们离开之后，能用从华东师大继承的不变抵抗生活中时时刻刻都在产生、而价值却只系于一瞬的变化。

一如此时此刻，我不想再执着于“语不惊人死不休”可能带给你们的惊悚效果，因为我相信，多年以后，从你们的记忆之河中浮现上来的，会是已然融入你们的成长、积累和变化的那些不变的价值。

华东师大所能够并且期待给予你们的最最平常的不变，应该是与其他任何一所好的大学都没有分别的汲取知识的能力。这种汲取知识的能力使得我在离开学校，走入更为广阔的世界时不再畏惧，在问自己能够为这个社会做点什么的时候充满信心。所谓的知识，当然不只是老师在四年的时间里，通过课堂勾勒的某个领域内的知识体系。冯契先生所说的，要将“理论”转化为“方法”和“德性”，这是关于知识、主体与世界的最朴素的，同时也是最好的表达。

稍微不平常一点的不变，是学会接受做一个普通人。相较于梦想的绚烂，华东师大曾给我的最大教益之一，是学会在抵达梦想前，甘心做一个普通人。甘心，从而调整好气息，走好每一步，而不是一味追问距离目标还有多远；甘心，从而认真对待手上的每一件事情，而不是一味追问这件事情能为自己带来多少即时的好处，这就是所谓的“初心”吧。初心，不仅是出发时的那颗心，它更是一个普通人的心，敏感、脆弱，但不排除需要时在肾上腺素的分泌下完成急行；低调、朴实，却不排除在默默支付了多年的保险后一次性收回命运的馈赠。虽然在广场音乐会上出现了，但我们并不见得需要灭霸的手套才有信心演奏人生的交响曲。

能从华东师大继承的最高贵的不变，是一颗坚定的、向往阳光的灵魂，足以抵挡在未来日子里可能遇到的所有伤害。我喜爱的比利时超现实主义画家马格利特（Magritte）说过：“Il ne faut pas craindre la lumi è re du soleil sous pr é texte qu’elle n’a presque toujours servi qu’à é clairer un monde mis é rable.”（我们不应该借口说阳光几乎总是映照出一个悲惨的世界，就害怕它）学校和老师不是不知道，走出校门，你们一定会遇到不合理、不高尚、不平等，华东师大的选择不是给你准备好实用的三十六计，而是将他所有的信念都容纳在一个“爱”字里。我们坚信，爱，以及爱所意味着的宽容、理解、不强求、愿意为身边的人付出时间的善良，足以抵得过一切聪明的恶意。

如果你们告诉我，这一切过于抽象，你们还没有做好理解的准备，那也不要紧。因为，亲爱的孩子们，华东师大有足够的耐心，那是出自血肉相连的、最具象的耐心啊。我们站在这里，等你们在任何时候归来，和我们确认。当华东师大赠出那一片年年变化的花海时，请年年不同的你们许我们，永远不变的，一生的灿烂！

Je vous souhaite un très bel avenir ! Bonne chance, bon courage et bonne continuation !（祝福你们前程锦绣！加油，好运，永远不要放弃！）

谢谢大家！

（本文为作者在华东师范大学2019届毕业典礼上的致辞，标题为编者加）

君　子

梁启超

君子二字其意甚广，欲为之诠注，颇难得其确解。为英人所称劲德尔门（注：指 Gentleman）包罗众义与我国君子之意差相吻合。证之古史，君子每与小人对待，学善则为君子，学不善则为小人。君子小人之分，似无定衡。顾习尚沿传类以君子为人格之标准。望治者，每以人人有士君子之心相勖。《论语》云：君子人与？君子人也，明乎君子品高，未易几及也。

英美教育精神，以养成国民之人格为宗旨。国家犹机器也，国民犹轮轴也。转移盘旋，端在国民，必使人人得发展其本能，人人得勉为劲德尔门，即我国所谓君子者。莽莽神州，需用君子人，于今益极，本英美教育大意而更张之。国民之人格，骎骎日上乎。

君子之义，既鲜确诂，欲得其具体的条件，亦非易言。《鲁论》所述，多圣贤学养之渐，君子立品之方，连篇累牍势难胪举。周易六十四卦，言君子者凡五十三。乾坤二卦所云尤为提要钩元。乾象曰：“天行健，君子以自强不息。”坤象曰：“地势坤，君子以厚德载物。”推本乎此，君子之条件庶几近之矣。

乾象言，君子自励犹天之运行不息，不得有一暴十寒之弊。才智如董子，犹云勉强学问。《中庸》亦曰，或勉强而行之。人非上圣，其求学之道，非勉强不得入于自然。且学者立志，尤须坚忍强毅，虽遇颠沛流离，不屈不挠，若或见利而进，知难而退，非大有为者之事，何足取焉？人之生世，犹舟之航于海。顺风逆风，因时而异，如必风顺而后扬帆，登岸无日矣。

且夫自胜则为强，乍见孺子入水，急欲援手，情之真也。继而思之，往援则己危，趋而避之，私欲之念起，不克自胜故也。孔子曰："克己复礼为仁。"王阳明曰："治山中贼易，治心中贼难。"古来忠臣孝子愤时忧国奋不欲生，然或念及妻儿，辄有难于一死不能自克者。若能摈私欲尚果毅，自强不息，则自励之功与天同德，犹英之劲德尔门，见义勇为，不避艰险，非吾辈所谓君子其人哉？

坤象言君子接物，度量宽厚，犹大地之博，无所不载。君子责己甚厚，责人甚轻。孔子曰："躬自厚而薄责于人。"盖惟有容人之量，处世接物坦焉无所芥蒂，然后得以膺重任，非如小有才者，轻佻狂薄，毫无度量，不然小不忍必乱大谋，君子不为也。当其名高任重，气度雍容，望之俨然，即之温然，此其所以为厚也，此其所以为君子也。

纵观四万万同胞，得安居乐业，教养其子若弟者几何人？读书子弟能得良师益友之薰陶者几何人？清华学子，荟中西之鸿儒，集四方之俊秀，为师为友，相蹉相磨，他年遨游海外，吸收新文明，改良我社会，促进我政治，所谓君子人者，非清华学子，行将焉属？虽然君子之德风，小人之德草，今日之清华学子，将来即为社会之表率，语默作止，皆为国民所仿效。设或不慎，坏习惯之传行急如暴雨，则大事偾矣。深愿及此时机，崇德修学，勉为真君子，异日出膺大任，足以挽既倒之狂澜，作中流之底柱，则民国幸甚矣。

（本文为作者1914年在清华大学的演讲，
原载《清华周刊》第20期，1914年11月10日）

赠与今年的大学毕业生

胡　适

这一两个星期里，各地的大学都有毕业的班次，都有很多的毕业生离开学校去开始他们的成人事业。学生的生活是一种享有特殊优待的生活，不妨幼稚一点，不妨吵吵闹闹，社会都能纵容他们，不肯严格的要他们负行为的责任。现在他们要撑起自己的肩膀来挑他们自己的担子了。在这个国难最紧急的年头，他们的担子真不轻！我们祝他们的成功，同时也不忍不依据我们自己的经验，赠与他们几句送行的赠言，——虽未必是救命毫毛，也许作个防身的锦囊罢！

你们毕业之后，可走的路不出这几条：绝少数的人还可以在国内或国外的研究院继续作学术研究；少数的人可以寻着相当的职业；此外还有做官、办党、革命三条路；此外就是在家享福或者失业闲居了。第一条继续求学之路，我们可以不讨论。走其余几条路的人，都不能没有堕落的危险。堕落的方式很多，总括起来，约有这两大类：

第一是容易抛弃学生时代的求知识的欲望。你们到了实际社会里，往往所用非所学，往往所学全无用处，往往可以完全用不着学问，而一样可以胡乱混饭吃，混官做。在这种环境里，即使向来抱有求知识学问的决心的人，也不免心灰意懒，把求知的欲望渐渐冷淡下去。况且学问是要有相当的设备的；书籍，试验室，师友的切磋指导，闲暇的工夫，都不是一个平常要糊口养家的人所能容易办到的。没有做学问的环境，又谁能怪我们抛弃学问呢？

第二是容易抛弃学生时代的理想的人生的追求。少年人初次与冷酷的社会接触，容易感觉理想与事实相去太远，容易发生悲观和失望。多年怀抱的人生理想，改造的热诚，奋斗的勇气，到此时候，好像全不是那么一回事。渺小的个人在那强烈的社会炉火里，往往经不起长时期的烤炼就熔化了，一点高尚的理想不久就幻灭了。抱着改造社会的梦想而来，往往是弃甲曳兵而走，或者做了恶势力的俘虏。你在那俘虏牢狱里，回想那少年气壮时代的种种理想主义，好像都成了自误误人的迷梦！从此以后，你就甘心放弃理想人生的追求，甘心做现成社会的顺民了。

要防御这两方面的堕落，一面要保持我们求知识的欲望，一面要保持我们对于理想人生的追求。有什么好法子呢？依我个人的观察和经验，有三种防身的药方是值得一试的。

第一个方子只有一句话：“总得时时寻一两个值得研究的问题！”问题是知识学问的老祖宗；古今来一切知识的产生与积聚，都是因为要解答问题，——要解答实用上的困难或理论上的疑难。所谓“为知识而求知识”，其实也只是一种好奇心追求某种问题的解答，不过因为那种问题的性质不必是直接应用的，人们就觉得这是“无所为”的求知识了。我们出学校之后，离开了做学问的环境，如果没有一个两个值得解答的疑难问题在脑子里盘旋，就很难继续保持追求学问的热心。可是，如果你有了一个真有趣的问题天天逗你去想他，天天引诱你去解决他，天天对你挑衅，笑你无可奈他，——这时候，你就会同恋爱一个女子发了疯一样，坐也坐不下，睡也睡不安，没工夫也得偷出工夫去陪她，没钱也得撙衣节食去巴结她。没有书，你自会变卖家私去买书；没有仪器，你自会典押衣服去置办仪器；没有师友，你自会不远千里去寻师访友。你只要能时时有疑难问题来逼你用脑子，你自然会保持发展你对学问的兴趣，即使在最贫乏的智识环境中，你也会慢慢的聚起一个小图书馆来，或者设置起一所小试验室来。所以我说：第一要寻问题，脑子里没有问题之日，就是你的智识生活寿终正寝之时！古人说："待文王而兴者，凡民也。若夫豪杰之士，虽无文王犹兴。"试想葛理略（Galieo）和牛敦 (Newton) 有多少藏书？有多少仪器？他们不过是有问题而已。有了问题而后，他们自会造出仪器来解答他们的问题。没有问题的人们，关在图书馆里也不会用书，锁在试验室里也不会有什么发现。

第二个方子也只有一句话："总得多发展一点非职业的兴趣。"离开学校之后，大家总得寻个吃饭的职业。可是你寻得的职业未必就是你所学的，或者未必是你所心喜的，或者是你所学而实在和你的性情不想近的。在这种状况之下，工作就往往成了苦工，就不感觉兴趣了。为糊口而作那种非"性之所近而力之所能勉"的工作，就很难保持求知的兴趣和生活的理想主义。最好的救济方法只有多多发展职业以外的正当兴趣与活动。一个人应该有他的职业，又应该有他的非职业的顽艺儿，可以叫作业余活动。凡一个人用他的闲暇来做的事业，都是他的业余活动。往往他的业余活动比他的职业还更重要，因为一个人的前程往往会靠他怎样用他的闲暇时间。他用他的闲暇来打马将，他就成个赌徒；你用你的闲暇来做社会服务，你也许成个社会改革者；或者你用你的闲暇去研究历史，你也许成个史学家。你的闲暇往往定你的终身。英国 19 世纪的两个哲人，弥儿（J. S. Mill）终身做东印度公司的秘书，然而他的业余工作使他在哲学上，经济学上，政治思想史上都占一个很高的位置；斯宾塞（Spencer）是一个测量工程师，然而他的业余工作使他成为前世纪晚期世界思想界的一个重镇。古来成大学问的人，几乎没有一个不是善用他的闲暇时间的。特别在这个组织不健全的中国社会，职业不容易适合我们性情，我们要想生活不苦痛或不堕落，只有多方发展业余的兴趣，使我们的精神有所寄托，使我们的剩余精力有所施展。有了这种心爱的顽艺儿，你就做六个钟头的抹桌子工夫也不会感觉烦闷了，因为你知道，抹了六点钟的桌子之后，你可以回家去做你的化学研究，或画完你的大幅山水，或写你的小说戏曲，或继续你的历史考据，或做你的社会改革事业。你有了这种称心如意的活动，生活就不枯寂了，精神也就不会烦闷了。

第三个方子也只有一句话：“你总得有一点信心。”我们生当这个不幸的时代，眼中所见，耳中所闻，无非是叫我们悲观失望的。特别是在这个年头毕业的你们，眼见自己的国家民族沉沦到这步田地，眼看世界只是强权的世界，望极天边好像看不见一线的光明，——在这个年头不发狂自杀，已算是万幸了，怎么还能够希望保持一点内心的镇定和理想的信心呢？我要对你们说：这时候正是我们培养我们的信心的时候！只要我们有信心，我们还有救。古人说：“信心（Faith）可以移山。”又说：“只要工夫深，生铁磨成绣花针。”你不信吗？当拿破仑的军队征服普鲁士占据柏林的时候，有一位穷教授叫作菲希特（Fichte）的，天天在讲堂上劝他的国人要有信心，要信仰他们的民族是有世界的特殊使命的，是必定要复兴的。菲希特死的时候（1814），谁也不能预料德意志统一帝国何时可以实现。然而不满五十年，新的统一的德意志帝国居然实现了。

一个国家的强弱盛衰，都不是偶然的，都不能逃出因果的铁律的。我们今日所受的苦痛和耻辱，都只是过去种种恶因种下的恶果。我们要收将来的善果，必须努力种现在的新因。一粒一粒的种，必有满仓满屋的收，这是我们今日应该有的信心。

我们要深信：今日的失败，都由于过去的不努力。我们要深信：今日的努力，必定有将来的大收成。

佛典里有一句话：“福不唐捐。”唐捐就是白白的丢了，我们也应该说：“功不唐捐！”没有一点努力是会白白的丢了的。在我们看不见想不到的时候，在我们看不见想不到的方向，你瞧！你下的种子早已生根发叶开花结果了！

你不信吗？法国被普鲁士打败之后，割了两省地，赔了五十万万佛郎的赔款。这时候有一位刻苦的科学家巴斯德（Pasteur）终日埋头在他的试验室里做他的化学试验和微菌学研究。他是一个最爱国的人，然而他深信只有科学可以救国。他用一生的精力证明了三个科学问题：（1）每一种发酵作用都是由于一种微菌的发展；（2）每一种传染病都是由于一种微菌在生物体中的发展；（3）传染病的微菌，在特殊的培养之下，可以减轻毒力，使它从病菌变成防病的药苗。——这三个问题，在表面上似乎都和救国大事业没有多大的关系。然而从第一个问题的证明，巴斯德定出做醋酿酒的新法，使全国的酒醋业每年减除极大的损失。从第二个问题的证明，巴斯德教全国的蚕丝业怎样选种防病，教全国的畜牧农家怎样防止牛羊瘟疫，又教全世界的医学界怎样注重消毒以灭除外科手术的死亡率。从第三个问题的证明，巴斯德发明了牲畜的脾热瘟的疗治药苗，每年替法国农家灭除了二千万佛郎的大损失；又发明了疯狗咬毒的治疗法，救济了无数的生命。所以英国的科学家赫胥黎（Huxley）在皇家学会里称颂巴斯德的功绩道："法国给了德国五十万万佛郎的赔款，巴斯德先生一个人研究科学的成绩足够还清这一笔赔款了。"

巴斯德对于科学有绝大的信心，所以他在国家蒙奇辱大难的时候，终不肯抛弃他的显微镜与试验室。他绝不想他的显微镜底下能偿还五十万万佛郎的赔款，然而在他看不见想不到的时候，他已收获了科学救国的奇迹了。

朋友们，在你最悲观最失望的时候，那正是你必须鼓起坚强的信心的时候。你要深信：天下没有白费的努力。成功不必在我，而功力必不唐捐。

（原载 1932 年 7 月 3 日《独立评论》第 7 号）

青年在选择职业时的考虑

卡尔·马克思

自然本身给动物规定了它应该遵循的活动范围，动物也就安分地在这个范围内活动，不试图越出这个范围，甚至不考虑有其他什么范围的存在。神也给人指定了共同的目标——使人类和他自己趋于高尚。但是，神要人自己去寻找可以达到这个目标的手段；神让人在社会上选择一个最适合于他、最能使他和社会都得到提高的地位。

能有这样的选择是人比其他生物远为优越的地方。但是，这同时也是可能毁灭人的一生、破坏他的一切计划并使他陷于不幸的行为。因此，认真地考虑这种选择——这无疑是开始走上生活道路而又不愿拿自己最重要的事业去碰运气的青年的首要责任。

每个人眼前都有一个目标，这个目标至少在他本人看来是伟大的，而且如果最深刻的信念，即内心深处的声音，认为这个目标是伟大的，那它实际上也是伟大的，因为神决不会使世人完全没有引导，神总是轻声而坚定地做着启示。

但是，这声音很容易被淹没，因为灵感的东西可能须臾而生，同样可能须臾而逝。也许，我们的幻想油然而生，我们的感情激动起来，我们的眼前浮想联翩，我们狂热地追求我们以为是神本身给我们指出的目标。但是，我们梦寐以求的东西很快就使我们厌恶——于是我们的整个存在也就毁灭了。

因此，我们应当认真考虑：所选择的职业是不是真正使我们受到鼓舞？我们的内心是不是同意？我们受到的鼓舞是不是一种迷误？我们认为是神的召唤的东西是不是一种自欺？但是，不找出鼓舞的来源本身，我们怎么能认清这些呢？

伟大的东西是光辉的，光辉则引起虚荣心，而虚荣心容易给人鼓舞或者是一种我们觉得是鼓舞的东西。但是，被名利弄得鬼迷心窍的人，理智已无法支配他，于是他一头栽进那不可抗拒的欲念驱使他去的地方。他已经不再自己选择他在社会上的地位，而听任偶然机会和幻想去决定它。

我们的使命决不是求得一个最足以炫耀的职业，因为它不是那种使我们长期从事而始终不会情绪低落的职业。相反，我们很快就会觉得，我们的愿望没有得到满足，我们的理想没有实现，我们就将怨天尤人。

但是，不只是虚荣心能够引起对这种或那种职业突然的热情。也许，我们自己也会用幻想把这种职业美化，把它美化成人生所能提供的至高无上的东西。我们没有仔细分析它，没有衡量它的全部分量，即它让我们承担的重大责任。我们只是从远处观察它，然而从远处观察是靠不住的。

在这里，我们自己的理智不能给我们充当顾问，因为它既不是依靠经验，也不是依靠深入的观察，而是被感情所欺骗，受幻想所蒙蔽。然而，我们的目光应该投向哪里呢？在我们丧失理智的地方，谁来支持我们呢？

是我们的父母，他们走过了漫长的生活道路，饱尝了人世的辛酸——我们的心这样提醒我们。

如果我们通过冷静的研究，认清了所选择的职业的全部分量，了解它的困难以后，我们仍然对它充满热情，我们仍然爱它，觉得自己适合它，那时我们就应该选择它，那时我们既不会受热情的欺骗，也不会仓促从事。

但是，我们并不能总是能够选择我们自认为适合的职业。我们在社会上的关系，还在我们有能力对它们起决定性影响以前，就已经在某种程度上开始确立了。

我们的体质常常威胁我们，可是任何人也不敢藐视它的存在。

诚然，我们能够超越体质的限制，但这样一来，我们也就垮得更快；在这种情况下，我们就是冒险把大厦建筑在松软的废墟上，我们的一生也就变成一场精神原则和肉体原则之间不幸的斗争。但是，一个不能克服自身相互斗争因素的人，又怎能抗拒生活的猛烈冲击，怎能安静地从事活动呢？因为，只有从安静中才能产生伟大壮丽的事业，安静是唯一生长出成熟果实的土壤。

尽管我们由于体质不适合我们的职业，不能持久地工作，而且工作起来也很少乐趣。但是，为了恪尽职守而牺牲自己幸福的思想激励着我们不顾体弱去努力工作。如果我们选择了力不能胜任的职业，那么，我们决不能把它做好，我们很快就会自愧无能，并对自己说，我们是无用的人，是不能完成自己使命的社会成员，由此产生的必然结果就是妄自菲薄。还有比这更痛苦的感情吗？还有比这更难于靠外界的赐予来补偿的感情吗？妄自菲薄是一条毒蛇，它永远啮噬着我们心灵，吮吸着其中滋润生命的血液，注入厌世和绝望的毒液。

如果我们错误地估计了自己的能力，以为能够胜任经过周密考虑而选定的职业，那么这种错误将使我们受到惩罚。即使不受到外界指责，我们也会感到比外界指责更为可怕的痛苦。

如果我们把这一切都考虑过了，如果我们生活的条件容许我们选择任何一种职业，那么我们就可以选择一种能使我们最有尊严的职业，选择一种建立在我们深信其正确的思想上的职业，选择一种给我们提供广阔场所来为人类进行活动、接近共同目标（对于这个目标来说，一切职业只不过是手段）即完美境地的职业。

尊严就是最能使人高尚起来、使他的活动和他的一切努力具有崇高品质的东西，就是使他无可非议、受到众人钦佩并高于众人之上的东西。

但是，能给人以尊严的只有这样的职业，在从事这种职业时我们不是作为奴隶般的工具，而是在自己的领域内独立地进行创造。这种职业不需要有不体面的行动（哪怕只是表面上不体面的行动），甚至最优秀的人物也会怀着崇高的自豪感去从事它。最合乎这些要求的职业，并不一定是最高贵的职业，但总是最可取的职业。

但是，正如有失尊严的职业会贬低我们一样，那种建立在我们后来认为是错误的思想上的职业也一定使我们感到压抑。

这里，我们除了自我欺骗，别无解救办法，而以自我欺骗来解救又是多么的糟糕！

那些不是干预生活本身，而是从事抽象真理研究的职业，对于还没有坚定的原则和牢固、不可动摇的信念的青年是最危险的。同时，如果这些职业在我们心里深深地扎下了根，如果我们能够为它们的支配思想牺牲生命、竭尽全力，这些职业看来似乎还是最高尚的。

这些职业能够使才能适合的人幸福，但也必定使那些不经考虑、凭一时冲动就仓促从事的人毁灭。

相反，重视作为我们职业基础的思想，会使我们在社会上占有较高的地位，提高我们本身的尊严，使我们的行为不可动摇。

一个选择了自己所珍视的职业的人，一想到他可能不称职时就会战战兢兢——这种人单是因为他在社会上所居地位是高尚的，他也就会使自己的行为保持高尚。

在选择职业时，我们应该遵循的主要指针是人类的幸福和我们自身的完美。不应认为，这两种利益是敌对的，互相冲突的，一种利益必须消灭另一种利益。人类的天性本身就是这样的：人们只有为同时代人的完美、为他们的幸福而工作，才能使自己也过得完美。

如果一个人只为自己劳动，他也许能够成为著名的学者、大哲人、卓越诗人，然而他永远不能成为完美无疵的伟大人物。

历史承认那些为共同目标劳动因而自己变得高尚的人是伟大的人物；经验赞美那些为大多数人带来幸福的人是最幸福的人。宗教本身也教诲我们，人人敬仰的理想人物，就曾为人类牺牲了自己——有谁敢否定这类教诲呢？

如果我们选择了最能为人类幸福而劳动的职业，那么，重担就不能把我们压倒，因为这是为人类而献身。那时，我们所感到的就不是可怜的、有限的、自私的乐趣，我们的幸福将属于千百万人。我们的事业是默默的，但她将永恒地存在，并发挥作用。面对我们的骨灰，高尚的人们将洒下热泪。

（本文为作者 1835 年中学毕业时写的考试作文，原文为德文）

声　明

本书所收文章，我社曾在第一时间联系了各大院校，截止到图书出版前，因种种原因，部分作者未能联系到。为了图书出版的完整性，展示更多优秀篇章，使本书不留遗憾，我们对这部分优秀文章进行了保留处理。恳请相关作者给予理解和支持，特此表示感谢。请见此声明后与我社联系，以便商榷稿酬及其他未明事宜。